A BARRACA DO BEIJO 2
AMOR A DISTÂNCIA

BETH REEKLES

A BARRACA DO BEIJO 2
AMOR A DISTÂNCIA

TRADUÇÃO
IVAR PANAZZOLO JUNIOR

Copyright © 2020, Beth Reeks
Título original: The Kissing Booth 2: Going the Distance
Primeira publicação em 2020.
Tradução para Língua Portuguesa © 2020, Ivar Panazzolo Junior
Todos os direitos reservados à Astral Cultural e protegidos pela Lei 9.610, de 19.2.1998.
É proibida a reprodução total ou parcial sem a expressa anuência da editora.
Este livro foi revisado segundo o Novo Acordo Ortográfico da Língua Portuguesa.

Produção editorial Aline Santos, Bárbara Gatti, Bruna Villela, Fernanda Costa, Mariana Rodrigueiro, Natália Ortega e Tâmizi Ribeiro
Revisão de texto Livia Mendes
Adaptação de capa Agência MOV
Foto da autora Copyright © Bethan Reeks
Foto de capa Shutterstock Images

Dados Internacionais de Catalogação na Publicação (CIP)
Angélica Ilacqua CRB-8/7057

R255b
    Reeks, Beth
      A barraca do beijo 2 — Amor a distância / Beth Reeks; tradução de Ivar Panazzolo Junior. — Bauru, SP : Astral Cultural, 2020.
      272 p.

    Título original: The kissing booth 2
    ISBN: 978-65-5566-026-5

    1. Literatura inglesa 2. Literatura juvenil 3. Adolescentes - Ficção 4. Beijos - Ficção I. Título II. Panazzolo Junior, Ivar

20-2059
                                                                                        CDD 823

Índice para catálogo sistemático:
1. Literatura inglesa 823

ASTRAL CULTURAL É A DIVISÃO LIVROS
DA EDITORA ALTO ASTRAL

BAURU
Av. Nossa Sra. de Fátima, 10-24
CEP 17017-337
Telefone: (14) 3235-3878
Fax: (14) 3235-3879

SÃO PAULO
Rua Helena, 140, Sala 13
1º andar, Vila Olímpia
CEP 04552-050

E-mail: contato@astralcultural.com.br

*Para Gransha, que sempre foi a minha
maior fã desde o começo.*

1

— ÚLTIMO ANO DO ENSINO MÉDIO, CARA!

Quando a porta do carro se fechou com uma batida atrás de mim, virei a cabeça para trás e deixei meus olhos se fecharem devagar, inalando o ar em uma puxada longa. O sol fazia cócegas nas minhas bochechas e um sorriso se formava em meus lábios. A escola cheirava à grama recém-cortada, e o ar estava tomado pelo burburinho fervilhante de adolescentes correndo pelo estacionamento, encontrando-se com os colegas de classe depois do verão. Todo mundo sempre reclamava do quanto detestava o primeiro dia de aula, mas eu tinha certeza de que, secretamente, todo mundo amava esse dia.

Havia alguma coisa na volta às aulas que significava novos começos. Embora isso fosse meio ridículo, porque ainda era o *ensino médio*, a sensação de que aquilo era verdade continuava.

Olhei para Lee, agora já com os olhos abertos, e ele me encarou com um sorriso. Podia ser uma manhã de segunda-feira, mas eu me sentia como se não tivesse preocupação alguma. Meu sorriso era um espelho do dele.

— Último ano, estamos chegando! — respondi, suavemente.

Se havia um motivo pelo qual valesse a pena ficar empolgada, tinha certeza de que o começo do último ano seria o principal.

Eu já tinha ouvido pessoas dizerem que os anos de faculdade provavelmente são os melhores da sua vida, mas me dava a impressão de que seria algo bem mais trabalhoso do que o ensino médio, mesmo se isso significasse mais diversão. Lee e eu estávamos convencidos de que aquele ano era realmente o último em que poderíamos nos divertir *de verdade* antes que a fase responsável chegasse.

Dei a volta ao redor do carro para me encostar no capô, ao lado de Lee. Ele sempre implicava muito com o seu precioso carro, o Mustang 1965, que tanto adorava. Que droga, aquele carro praticamente brilhava.

— Não acredito que finalmente chegou. Tipo... pense só, este é o nosso último primeiro dia de escola. Nesta mesma época, no ano que vem, estaremos na faculdade...

— Nem me lembre. Já ouvi essa mesma frase da minha mãe hoje cedo, inclusive com os olhos cheios de lágrimas, mas não quero nem *pensar* na faculdade. — Lee soltou um gemido frustrado.

— Que azar, cara. É inevitável. Estamos subindo na vida.

Embora o processo de candidaturas para estudar nas universidades fizesse meu estômago se retorcer, cheguei a tentar fazer a minha redação de apresentação durante o verão, mas não consegui progredir muito.

Nem queria pensar na possibilidade de que Lee e eu acabássemos indo para faculdades diferentes. No fato de que ele seria aceito em algum lugar e eu não. Que poderíamos ficar longe um do outro no próximo ano. Tínhamos passado praticamente a vida inteira como gêmeos siameses. Que droga eu faria sem Lee por perto?

— Infelizmente... — Lee estava dizendo, tirando-me dos meus devaneios. — Olha, você não vai começar a falar sem parar sobre o futuro nem nada do tipo, não é? Por favor, me diga se for fazer isso. Aí eu deixo você sozinha com seus próprios pensamentos e vou procurar a galera.

De um jeito mais brincalhão, bati com o meu ombro no dele.

— Vou parar de falar sobre a faculdade agora. Prometo.

— Graças a Deus.

— Ah, e por falar na galera... Cam te falou alguma coisa sobre aquele novo vizinho?

— Eu já tinha quase me esquecido.

Cam, um dos nossos amigos mais chegados desde a pré-escola, tinha nos dado a notícia de que um cara havia se mudado para a casa em frente a da dele, e, como tinha a nossa idade, os pais de Cam sugeriram que ele fizesse amizade com o garoto e o apresentasse para nós;

e o jeito que ele disse a palavra *sugeriram* fez parecer como se tivessem lhe dado um ultimato.

— Eu sei que ele veio de Detroit. E que se chama Levi. Como a marca de jeans. Não sei muita coisa a respeito dele, também. E acho que Cam também não o conhece tão bem — Lee continuou e, em seguida, se desencostou da lataria do Mustang. — Eu só espero que ele não seja uma mala sem alça, porque nós prometemos ao Cam que íamos tentar ajudá-lo a se encaixar na escola. Ajudar Levi, no caso.

— Sim, eu sei — balbuciei, mas estava distraída com meu celular, que tinha começado a tocar na minha mão.

O olhar de Lee se fixou no identificador de chamadas, e ele suspirou. Ergui os olhos e abri um sorriso como se pedisse desculpas, bem a tempo de vê-lo revirar os olhos para mim e começar a se afastar, com a mochila apoiada sobre o ombro.

— Nada de sexo por telefone, Shelly. Estamos em uma escola. Mantenha a conversa em um nível apropriado para menores — disse ele.

— Ah, como se você e Rachel nunca tivessem se pegado no armário das faxineiras — retruquei. Ele respondeu simplesmente fazendo um joinha por cima do ombro.

— Oi, Noah — atendi o celular.

Noah, o irmão mais velho de Lee, era metade da razão pela qual eu não havia feito nenhum progresso na minha redação de apresentação para as faculdades: depois de sairmos escondidos durante alguns meses na primavera do ano passado (o que acabou em um desastre completo quando Lee nos pegou aos beijos), e de estarmos oficialmente namorando desde o verão, passamos o máximo possível das nossas férias juntos. Ele estava do outro lado do país agora, em Harvard.

Noah só tinha partido para a faculdade há umas duas semanas, e eu não conseguia superar toda a saudade que sentia dele. Como aguentaria ficar sem vê-lo até o feriado de Ação de Graças?

— Oi, como você está?

— Estou bem. Na empolgação do começo do último ano da escola. Como está indo a faculdade?

— Ah... ela não está muito diferente de quando eu liguei para você ontem à noite. Tive a minha primeira aula hoje de manhã... foi de...

matemática. Até que foi interessante. Equações diferenciais de segunda ordem.

— Não faço a menor ideia do que você está falando, e acho que não quero saber.

Noah riu, uma risada ofegante e suave que fazia meu coração derreter. Quase tudo nele fazia meu coração derreter ou meus joelhos fraquejarem ou meu estômago se encher com borboletas. Eu realmente era uma garota cafona, um clichê tirado diretamente de alguma comédia romântica. E me sentia ótima assim.

Eu sentia saudades daquela risada quase tanto quanto sentia saudades dos braços dele ao redor do meu corpo, ou daqueles lábios nos meus. Nós conversávamos o tempo todo — por chamadas de vídeo, pelo Instagram, por mensagens e até por telefone... mas não era a mesma coisa. E eu era meio cuidadosa quando falava sobre estar com saudades, para não dar a impressão de que era carente demais. Ainda não sabia direito como lidar com toda essa coisa chamada relacionamento.

— Mas você é um nerd mesmo, hein?

Nunca pensei em Noah como um nerd. Mesmo assim, ele era muito inteligente. A média geral dele na escola chegava facilmente a dez (a mãe dele tinha me contado isso havia pouco tempo; eu sabia que ele era inteligente, mas não sabia o quanto, até agora). Ele perdeu por pouco a chance de ser o melhor aluno da sua turma, mas mesmo assim tinha a reputação de ser o *bad boy* de plantão da escola inteira. Até começarmos a namorar, eu nunca cheguei a pensar que, por baixo daquela imagem, talvez ele *realmente* gostasse de aprender coisas como equações diferenciais de segunda ordem. Seja lá o que isso for.

— Shiu, alguém pode acabar escutando isso. — Eu conseguia até mesmo ouvir aquele sorriso torto na voz de Noah. — Além disso, chega de falar sobre mim. Só queria te desejar sorte no seu primeiro dia do último ano.

— Bom, obrigada. Fico feliz por ter ligado. — Sorri, embora ele não pudesse ver.

— E então, o que vocês estão achando dessa sensação? De serem os garotos grandes da escola?

— Meio assustador, meio nauseante, mas muito empolgante. Estou tentando não me estressar demais com a faculdade e as outras coisas.

— Essa é a parte assustadora, não é?

— Pensar na faculdade faz com que eu me sinta adulta, quando ainda não me sinto nem um pouco como uma. Por exemplo, tive que chamar o meu irmão mais novo para matar uma aranha no meu quarto ontem à noite.

— Sei bem como é isso. Tive que pedir a uma pessoa para me ensinar a usar a secadora de roupas na lavanderia comunitária há uns dias. Me senti um idiota.

— Você nunca lavou suas próprias roupas?

— Minha mãe é muito detalhista na hora de lavar as roupas, Shelly. Você sabe disso.

Eu sabia; ela pediu a Lee para estender os lençóis para secar certa vez, quando ela saiu, e refez todo o serviço assim que voltou. E nunca mais pediu que ele a ajudasse com as roupas.

— Além disso, aqueles quatro ursos de pelúcia na sua cama ajudam com essa coisa de não se sentir adulta — continuou ele.

— Aposto que tem um monte de garotas na faculdade, e até alguns rapazes, que também têm um bicho de pelúcia ou dois em suas camas.

— Mas não quatro.

— Ei, não se atreva a dizer uma palavra sobre o Sr. Felpudo. — Eu não consegui evitar de fazer um beicinho naquela hora. — Além disso, é você que tem uma cueca do Superman.

Antes que Noah tivesse a chance de se defender, ouvi o som de alguém batendo em uma porta do outro lado da ligação e ele suspirou.

— Parece que vou ter que ir. Steve estava no quarto, então eu entrei no banheiro para falar com você. Para ter um pouco de privacidade.

— Flynn, ande logo, cara. Preciso mijar! — gritou Steve, que dividia o quarto com ele. A voz de Steve estava abafada, provavelmente pela porta do banheiro.

— Também preciso ir. A galera já está chegando e nós combinamos de encontrar o vizinho de Cam e fazer com que ele se sinta bem-vindo.

— Ah, o cara que veio de Detroit? O Calvin Klein?

— Levi.

— Foi o que eu disse. Bem, boa sorte para vocês. Ah, e diga ao Lee que eu desejei boa sorte para ele nos testes para o time. Eu mando mensagens para ele, mas ele nunca responde.

Um som de chacoalhar surgiu do outro lado, junto com mais batidas na porta.

— Flynn! *Ande logo!*

— Tenha um bom último primeiro dia de escola — disse Noah.

— Obrigada. Amo você.

Eu ouvi o sorriso na voz dele e praticamente consegui ver aquela covinha que ele tem na bochecha e que sempre acompanhava esse sorriso quando ele disse:

— Também amo você.

Nós dois ficamos na linha por mais alguns momentos e não dissemos mais nada; ficamos apenas escutando o som da nossa respiração. E só então afastei o celular da orelha e desliguei, certificando-me de que havia colocado o aparelho no modo silencioso antes de enfiá-lo na mochila, onde ele não demorou a enterrar-se entre os meus cadernos novinhos e outras necessidades básicas para o primeiro dia de aula (por exemplo: uma escova de cabelos, uma barra de chocolate, um absorvente e um par de fones de ouvido com os fios bem embolados).

— Elle! Oi! Estamos aqui!

Estiquei o pescoço quando ouvi o meu nome ser chamado, ficando na ponta dos pés para olhar. Dixon estava a alguns metros de distância, com Lee e Warren, nosso outro amigo, acenando para mim. Acenei de volta para que ele soubesse que eu já o tinha visto antes de ir até lá.

Serpenteei por entre dois ou três carros para chegar até onde ele e os outros garotos estavam, e assim que comecei a passar por um Toyota verde que não era familiar, a porta do lado do motorista se abriu, bateu no meu quadril e me empurrou contra o Ford que estava atrás de mim.

Eu inalei o ar com força, esperando que o alarme do Ford começasse a berrar — e soltei o ar de uma vez só quando não tocou.

Acho que não vou ser a desastrada da escola este ano. Novo começo, aqui estou eu.

— Ah, merda. Nossa, cara, me desculpe. Eu não vi você aí...

— A culpa foi toda minha, não se preocupe — eu disse, afastando os cabelos que me cobriram o rosto antes de olhar para o cara que estava ao volante.

Não reconheci o garoto; ele tinha braços e pernas bem longos, mas não era muito mais alto do que eu, e seus olhos estavam escondidos atrás de óculos de sol tão escuros que era possível ver meu reflexo nas lentes. Ele ergueu os óculos por sobre os cabelos castanhos encaracolados em um movimento fluido, em seguida, deixou o braço cair ao lado do corpo, com uma das mãos fechadas ao redor da alça de uma mochila.

Ele tinha belos olhos. Do tipo que são amistosos. Eram verdes e se enrugavam nos cantos. Tive que apertar um pouco os meus olhos porque o sol estava bem atrás dele. Ele moveu o corpo para o lado, apoiando o peso sobre o outro pé e bloqueou o sol.

— Está tudo bem? Você se machucou? Olhe, me desculpe...

— Não se preocupe com isso, sério mesmo. Estou bem. De verdade. — Eu sorri para enfatizar, mesmo que meu quadril estivesse doendo um pouco.

O som da porta do lado do passageiro se abrindo atraiu a minha atenção e eu imediatamente reconheci Cam, com a sua cabeleira loira escorrida e a mochila azul surrada que ele tinha, se bem me lembro, desde o fim do ensino fundamental. Ele sorriu para mim.

— E por que eu não estou surpreso? Elle, nós já te falamos, você precisa olhar por onde anda.

Fiz uma careta para ele antes de me virar novamente para o cara de braços e pernas compridos com os óculos de sol, prestes a dizer: "Você deve ser Levi", mas Cam falou primeiro.

— Acho que preciso apresentar vocês dois. Elle, este aqui é Levi. Levi, a minha amiga Elle.

— É um prazer. — Ele estendeu a mão em um aceno e abriu um sorriso que mostrou dentes tão brancos que eu tive certeza que haviam passado por clareamento dental.

— O prazer é meu. Desculpe por trombar com a porta do seu carro. Quando Cam nos disse que íamos conhecer o vizinho dele, não queria que a primeira impressão que eu causasse fosse desastrada.

— Ah, mas você sempre é desastrada desse jeito? Ou hoje está sendo uma exceção? — O sorriso dele ficou ainda maior.

— Ela é um desastre ambulante — interveio Cam, com um tom de voz impaciente.

Será que ele não gostava do seu novo vizinho ou estava apenas estressado? Sentindo que alguma coisa estava errada, mudei de assunto:

— Dixon está logo ali, com os outros.

— Ah, ótimo. — Cam começou a andar em direção ao lugar que eu tinha acabado de apontar, avistando os outros rapidamente, mas Levi não se mexeu para acompanhá-lo.

— Vamos lá — falei para o novo garoto. — É hora de você conhecer o resto da galera.

Quando as apresentações já tinham sido feitas e Levi começou a perguntar sobre os esportes da nossa escola (ele jogava no time de lacrosse em Detroit), cutuquei Cam, discretamente.

— Aconteceu alguma coisa entre vocês? — perguntei, com a voz baixa. — Pode me mandar calar a boca se eu estiver sendo inconveniente, mas... não sei, parece que você não gosta muito desse cara.

A expressão carrancuda de Cam se transformou em algo que estava mais para envergonhada.

— Não é que eu não goste dele... só não o conheço muito bem ainda — murmurou ele. — Apenas detesto ter que ser o responsável pelo cara novo, sabe? Tenho a impressão de que tenho que conter o meu sarcasmo e agir de um jeito gentil.

— Vai ficar tudo bem. Ele parece ser legal. Pelo menos, tente não ficar com uma cara igual a de Brad, quando meu pai o manda comer todos os brócolis que há no prato.

— Para você é fácil dizer isso — murmurou ele. — O cara dirige feito um maluco. E o meu carro ainda está na oficina.

— Vou aproveitar para lembrá-lo daquela vez que você deu ré e bateu em um poste.

— Droga, nem me fale. — Mas ele sorriu; e eu retribuí o sorriso. O ombro de Lee trombou com o meu quando ele gesticulou durante a conversa com Warren e Levi sobre futebol americano, e o meu olhar cruzou com o dele por um breve momento.

Último ano, aqui estamos nós.

2

NÃO DEMOREI MUITO PARA LEMBRAR POR QUE O PRIMEIRO DIA DE aula era tão ruim: vários alunos à nossa volta estavam aflitos para chegarem logo às salas de aula e garantirem um lugar para os seus amigos antes que os melhores fossem escolhidos, e os calouros estavam espalhados em grupos pequenos, entupindo os corredores, perdidos e com uma expressão confusa no rosto — ou dando até a impressão de que estavam enjoados.

Era estranho não avistar a cabeça de Noah em algum lugar, abrindo caminho no meio de toda aquela gente. O ombro de Lee esbarrou no meu e eu fechei os dedos ao redor do pulso dele para que não nos separássemos. Olhei para trás, por cima do ombro.

— Acho que deixei os outros para trás.

— Eles conhecem o caminho. — Lee parou por um momento e alguém que vinha atrás trombou comigo antes de soltar um xingamento e dar a volta ao redor de nós. Lee me puxou para o corredor mais próximo, pegando um outro caminho para a sala da nossa primeira aula. Em qualquer outro dia, esse caminho levaria o dobro do tempo, mas hoje, pelo menos, nós conseguimos não ser pisoteados.

O Sr. Shane, nosso tutor do último ano, era professor de literatura, e sua sala de aula estava coberta de pôsteres com as capas dos livros que suas turmas iriam estudar e fotos em tamanho A4 de autores como John Steinbeck, Shakespeare, Mary Shelley e John F. Fitzgerald.

O próprio Sr. Shane tinha a imagem estereotipada de um professor recém-graduado: usava óculos de aro fino, a gravata estava ligeiramente torta e a camisa só estava enfiada para dentro da calça na frente. Não tinha aquele olhar no rosto que alguns dos professores mais velhos tinham quando já estavam com o saco cheio por ensinar sempre o mesmo conteúdo por vinte anos seguidos. Ele sorriu para cada um dos alunos individualmente conforme entrávamos na sala.

Percebemos que Rachel e Lisa haviam chegado poucos momentos antes, já que estavam colocando as mochilas em carteiras que ficavam perto da janela. Lee foi direto à carteira ao lado daquela escolhida por sua namorada, Rachel, e a beijou na bochecha. Olhei para a carteira que ficava do outro lado, mas ela já estava ocupada.

— Elle! Sente aqui do meu lado! — disse Lisa quando eu hesitei, apontando para a carteira vizinha, na frente de Lee. Ela havia começado a namorar o nosso amigo Cam há uns meses e passou a fazer parte do nosso grupo. — Vocês já conheceram Levi? Eu fui jantar na casa de Cam logo depois que ele se mudou, e depois fomos até lá juntos para dizer oi. Ele é meio tímido, acho, mas parece ser um cara legal. Acho que eu seria capaz de *matar* alguém para ter cílios como os dele! E aquele cabelo? É todo cacheado. Adorei, é demais!

Respondi com um sorriso e ela se virou para continuar a conversar com Rachel. Lee havia puxado a cadeira para mais perto de Rachel, olhando para ela com uma expressão melosa, e eu tentei não me sentir *tão* chateada por ele ter escolhido uma carteira ao lado dela, em vez daquela que ficasse junto de mim. Ainda estava me acostumando com a nova dinâmica que o relacionamento entre Lee e Rachel havia criado. Eu não havia me dado conta daquilo até os dias que passamos na casa de praia no verão deste ano, e agora Noah não estava por perto para ajudar a suavizar a dor que eu sentia quando vi que Lee escolheu a namorada em vez de mim.

Quando quase todas as carteiras estavam ocupadas, o Sr. Shane começou o típico discurso do primeiro dia de aula: como esperava que o verão tivesse sido agradável, o fato de que nós teríamos "um ano realmente incrível pela frente", o quanto este ano era importante para cada um de nós e alguns dos alunos precisariam "levar a escola a sério e se esforçar".

Ele já estava no meio do discurso quando ouvimos uma batida na porta; em seguida, a secretária da escola entrou na sala com um sorriso educado.

— Desculpe interromper... você tem um aluno novo na sala, achei que poderia trazê-lo até aqui. Ele está atrasado por minha culpa, havia alguns documentos que precisavam ser verificados.

Virei para trás para olhar para Lee, que levantou uma sobrancelha em resposta. Nossas cabeças giraram para olhar o novo aluno, embora eu já soubesse quem era.

E estava certa. Levi saiu de trás da secretária, encabulado, e sua boca estremeceu, como se ele não soubesse se devia sorrir ou tentar passar a impressão de que era um cara descolado. Ainda estava com os óculos de sol no alto da cabeça e, na posição em que estavam, afastando os cabelos do rosto, percebi o quanto a face de Levi era alongada. E vi também que ele tinha o queixo um pouco pontudo; o contorno do maxilar era definido, mas não tão quadrado quanto o de Noah. Inclusive, se ele fosse visto de longe, parecia mais alto do que realmente era. Algumas das garotas do outro lado da sala começaram a sussurrar entre si.

A camisa que ele usava não estava nem um pouco amarrotada, mas só estava enfiada por dentro da calça em um dos lados, e ele trazia o blusão jogado por cima do ombro, debaixo da alça da mochila. Era como se estivesse tentando dar um ar de desleixo ao uniforme da escola para parecer descolado, mas ainda parecia ser um rapaz engomadinho.

O Sr. Shane abriu um sorriso para ele.

— Bem, seja bem-vindo. Entre, escolha uma carteira. Qual é o seu nome?

— Levi Monroe.

Quando Levi avistou Lee e a mim, seu rosto se iluminou. Antes que ele pudesse ziguezaguear por entre a carteira até chegar àquela que estava vazia à minha frente, ele tropeçou, girando os braços, e uma expressão de susto tomou conta do seu rosto. Ele agarrou uma carteira que estava perto para se equilibrar, mas acabou derrubando-a junto de si com a queda.

Alguém tossiu, tentando encobrir uma risada, e, em seguida, Lee e eu explodimos em uma gargalhada. Um dos alunos foi até lá para ajudar

Levi a se levantar e outro estava endireitando a cadeira que ele derrubou. Até mesmo o Sr. Shane estava rindo, apesar de tentar se conter.

— Parece que você tem um adversário para o troféu "Desastre da Sala" — sussurrou Lee para mim.

Levi, sem nem mesmo corar, jogou a cabeça para trás e baixou o ombro, observando o resto da sala com um olhar sério:

— Que jamais digam que eu não sei como fazer uma entrada de impacto.

Ele se curvou para a sua plateia e Lee deu um grito de entusiasmo atrás de mim. Outras pessoas riam enquanto Levi vinha até a carteira na minha frente — e, desta vez, sem tropeçar nos próprios pés.

Ele virou a cadeira de lado para que pudesse enxergar a nós e também o professor.

— Oi — disse ele, um pouco inseguro. Eu até conseguia entender o motivo pelo qual Cam não queria passar o tempo todo com o garoto novo, mas senti pena dele. Não devia ser fácil mudar de cidade bem no último ano do ensino médio. Eu sorri para tranquilizá-lo.

— Você é... Ella, certo?

— Elle — eu o corrigi. Apontei por cima do ombro com o polegar. — E este aqui é...

— Lee, eu me lembro. Ah, sim. — Ele olhou para Lisa. — Nós conversamos há uns dias, não foi?

— Sim. Lisa.

Ele fez que sim com a cabeça. — Lisa. Saquei.

— E essa aqui é Rachel — disse Lisa, apontando para trás. — A namorada de Lee.

— Vou ter que começar a fazer uma lista. Nunca vou conseguir me lembrar de quem está namorando quem. Já sou péssimo para me lembrar de nomes.

— Se você gritar "cara!", posso garantir que um de nós vai responder — sugeriu Lee.

O Sr. Shane começou a falar outra vez e nós ficamos em silêncio; ele podia ser um professor muito legal, mas nós sabíamos que não ia gostar nem um pouco se nós começássemos a conversar no meio da sua explicação. Quando a grade de horários das nossas aulas foi entregue, um burburinho generalizado começou a brotar entre os alunos, eles estavam comparando as listas. Eu peguei a de Lee imediatamente, me debruçando sobre as duas.

— E então, qual foi o estrago?

— Salas diferentes para literatura inglesa — falei. — E você está na turma de cálculo avançado. Eu estou na de álgebra 2. O resto está OK.

— Educação física?

— Educação física no mesmo dia e horário.

— Oba! Você sabe que eu adoro ver você eliminando as pessoas no jogo de queimada.

— Bom, você sabe o quanto eu adoro eliminar você no jogo de queimada.

Devolvi a grade de horário de Lee para que pudesse compará-la com a de Rachel, mas ela ainda estava ocupada comparando sua própria grade com a de Lisa. Ergui os olhos e vi Levi mordendo a unha do polegar, observando todos nós pelo canto do olho, como se estivesse encabulado demais para participar daquela atividade, mas mesmo assim quisesse.

Me inclinei para frente e disse: — Vamos, me deixe ver sua lista.

O alívio que ele sentiu ao ser incluído era palpável.

Tínhamos duas aulas juntos, mas, conforme conversávamos sobre as nossas aulas e os professores, Levi começou a ficar um pouco mais nervoso.

— Está tudo bem? — perguntei.

Ele ergueu o queixo, com uma expressão desafiadora.

— Sabe, não quero que você fique com a impressão de que tem que conversar comigo só porque sou novo. Eu disse a Cam que ele não precisava pegar carona comigo para vir à escola, mas ele disse que não se importava. Pelo menos, não nos primeiros dois ou três dias, especialmente porque o carro dele ainda está na oficina. Mas... olhe, você não precisa se sentir na obrigação de ser legal comigo, nem nada do tipo.

— Você não me deu nenhum motivo para *não ser* legal com você. Pelo menos, não até agora. Além disso, se a gente estiver junto na primeira aula, podemos até andar juntos. Certo?

O sorriso dele era apreensivo.

— Você não precisa fazer isso se não quiser.

— Por quê? Você é um assassino em série? Está fugindo da polícia de Detroit? — Eu fingi estar chocada. — Ah, meu Deus! Já entendi. Aposto que você é o tipo de pessoa que concorda com os termos e condições dos sites da internet sem ler o texto.

Ele riu, e a tensão e a ansiedade em seu rosto se desfizeram.

— Você me pegou.

O sinal do fim da aula tocou e eu peguei a minha mochila. — Vamos lá, novato. O inferno na Terra, mais conhecido como aula de álgebra, nos aguarda.

AS AULAS DA MANHÃ PASSARAM VOANDO E A MINHA CABEÇA parecia um carro cujo motor demorava para começar a funcionar. Era como se, durante o verão, tivesse me esquecido de como anotar as matérias, ou esquecido de como devia simplesmente me sentar e aprender as coisas. Além disso, eu me distraía toda vez que meu celular vibrava, imaginando se seria uma mensagem de Noah. Nunca era.

Mas agora era hora do almoço e eu podia respirar aliviada por metade do dia já ter passado.

Entrei no fim da fila da cantina para o almoço e inclinei a cabeça para trás, apoiando-a no ombro de Lee. O queixo dele encostou no alto da minha cabeça.

— Hmmm, sinta o cheiro daqueles tacos.

— Nada de babar no meu cabelo — eu disse a ele, com a voz séria. — Lavei hoje de manhã.

Lee fez um ruído gorgolejante em resposta e eu me agachei, afastando-me antes que ele *realmente* começasse a babar em mim.

Éramos os primeiros do nosso grupo de amigos a chegar à cantina, e quando pegamos a comida, fomos até uma mesa vazia no meio do salão. Era uma mesa onde alguns dos alunos do último ano costumavam se sentar, e agora que eles haviam passado na faculdade, imaginei que aquela mesa seria oficialmente nossa. Quando Lee e eu nos sentamos um de frente para o outro, ele abriu aquele sorriso malandro de sempre, e eu soube que estávamos pensando exatamente na mesma coisa: estar no último ano era, definitivamente, legal.

Não demorou muito até que os outros se juntassem a nós: Cam, Dixon, Warren, Oliver e Levi. Lisa e Rachel não estavam muito atrás, pegando os lugares vazios ao lado dos respectivos namorados. Duas ou três outras garotas com quem elas costumavam conversar se sentaram do outro lado da mesa, junto de Lisa.

Conforme as pessoas começaram a trocar histórias sobre os acontecimentos daquela manhã, percebi que Levi estava com um ar meio desajeitado novamente, tentando acompanhar todos os assuntos.

Lee estava olhando para Rachel com aquela expressão melosa, e então, olhei para Levi. — E aí, o que você está achando da Califórnia? — perguntei a ele com um sorriso. — Muito quente para você?

— As garotas são, e bastante — brincou ele, com um sorriso que me fez corar. Warren bufou, mas acabou se engasgando com tanta força, enquanto tomava o seu refrigerante, que Oliver teve que bater várias vezes nas costas dele para fazê-lo melhorar. Lee agitou as sobrancelhas para mim, tentando não rir.

— Estou brincando — disse Levi. — Bem, não... digo, obviamente você é bonita, mas... não, sem querer ofender, eu só... meu Deus, na minha cabeça, isso me parecia bem melhor do que como saiu. Eu ia falar de um jeito bem suave, descolado e engraçado.

Todos começaram a rir naquele momento, inclusive Lee. — Isso era para ser uma piada. E agora eu devo estar parecendo um idiota.

— Por que você se mudou para cá? — perguntou Warren. Aquilo era algo que todos nós queríamos saber, mas todas as pessoas na mesa encararam Warren com um olhar arregalado que dizia *o que você tem na cabeça?* Percebendo aquilo, ele emendou rapidamente: — Desculpe, cara. Eu não queria bisbilhotar a sua vida.

Mesmo assim, Levi não pareceu se importar muito.

— Não se preocupe, não é segredo. Meu pai é dentista e a minha mãe era a contabilista no lugar onde ele trabalhava, mas a empresa quebrou. Os dois perderam o emprego e decidiram se mudar. Temos alguns parentes não muito longe daqui e minha mãe conseguiu arrumar outro emprego, então... — Ele deixou a frase morrer no ar e, em seguida, limpou a garganta. — Bem, aqui estamos.

— São só você e os seus pais, então? — perguntou Rachel, bisbilhotando de um jeito bem mais discreto do que Warren havia feito.

— Tem a minha irmã, também.

— Irmã? — As sobrancelhas de Oliver se ergueram e ele se inclinou para frente. — E ela é solteira?

21

— Bom... considerando que ela tem oito anos e ainda acha que os meninos são criaturas de outro planeta...

Os rapazes vaiaram Oliver e ele ficou com o rosto todo vermelho. Levi sorriu, passando a mão pelos cabelos cacheados, relaxando.

— Deixe quieto — balbuciou Olly, com a cabeça apoiada nas mãos. — Da próxima vez, fale a idade dela antes.

— Vou me lembrar disso.

— Aliás, já que estamos falando de irmãos... — comentou Dixon com Lee. — Como está o seu irmão na faculdade?

— Ele adora aquele lugar. Vou ficar surpreso se ele quiser voltar para casa no feriado de Ação de Graças.

Espere aí. Como é?

Olhei para Lee com cara de irritada, mas ele nem percebeu. Será que Noah disse alguma coisa sobre não voltar para casa para passar o feriado? Quando eu voltaria a vê-lo, então? Mas... não, tenho certeza de que ele teria me contado. Respirei fundo. Ele definitivamente me contaria. Eu estava tendo uma reação exagerada.

— As aulas dele já começaram? — Cam perguntou para mim.

— Hmmm... sim. Ele teve aula de matemática hoje de manhã.

— Argh.

— Ele adora.

Warren bufou outra vez. — Quem imaginaria que Flynn seria tão nerd, hein? Ele escondia tudo muito bem. Aposto que escondia os livros embaixo do banco da moto.

— Flynn — disse Levi, olhando para Lee e para mim. — Ele é irmão de vocês?

— Meu irmão — explicou Lee. — O nome dele é Noah. Nosso sobrenome é Flynn, mas todo mundo sempre o chamou de Flynn. Ele namora com Elle.

— Oh. Oh! Eu... desculpe, achei que vocês dois fossem parentes ou algo parecido. Tipo... vocês não se parecem tanto, mas pelo jeito que agem, eu achei que...

— Está tudo bem — disse Lee, tentando aliviar a pressão. — É normal as pessoas pensarem isso.

Lee e eu éramos gêmeos em praticamente tudo, com exceção da genética; nascemos no mesmo dia e crescemos juntos. Durante toda a nossa vida, fomos os melhores amigos um do outro. Às vezes, as pessoas se esqueciam de que não éramos parentes.

— Lee e Flynn... Noah... gente, não sei como devo chamá-lo agora que ele foi morar em outro estado. — Cam murmurou esse último comentário para si mesmo. — Eles fizeram festas épicas nesses últimos anos. Inclusive, teve uma há alguns meses... — Ele começou a rir, com o peito arfando enquanto tentava controlar as gargalhadas para terminar de contar a história. — E Elle ficou tão bêbada... que começou a dançar na mesa de sinuca e depois tentou tirar a roupa para pular pelada na piscina. A coisa mais... engraçada... de... todos... os tempos!

Levi me encarou com as sobrancelhas erguidas. — E eu estava pensando que você era uma garota americana normal, do tipo que mora na casa ao lado.

— Foi a experiência mais humilhante de toda a minha vida — falei, sentindo o rosto ficar vermelho. Os rapazes na mesa estavam ocupados, rindo de mim. Eu tinha somente algumas vagas lembranças daquela noite, e não havia tomado mais do que uns poucos goles de cerveja em todas as festas que vieram depois. Mesmo assim, aquela noite acabou com Noah vindo me salvar, por isso... não chegou a ser um desastre completo. E eu o vi só de cueca — do Superman, algo com o que jamais me cansava de provocá-lo.

— Ah, deixe disso, Shelly — disse Lee com uma expressão malandra naqueles olhos azuis, afastando da minha mente a imagem de Noah só de cueca. — Eu consigo pensar em coisas bem mais constrangedoras que você fez.

— Shelly? — perguntou Levi.

— É a abreviação de Rochelle — expliquei.

— Você devia chamá-la de Shelly — disse Warren a Levi. — Ela adora quando a chamam assim.

— *Nunca* me chame de Shelly.

— Mas...

Parecendo estar completamente perdido, Levi olhou para Lee.

Às vezes, eu deixava que Lee e Noah me chamassem de Shelly impunemente, mas não era um apelido que me agradasse. Olhei para Lee, apertando os olhos, e ele estava tremendo com uma risada silenciosa. Apontei meu garfo para ele, com uma batata frita espetada.

— Se você se atrever a falar mais alguma coisa, vou pessoalmente revirar os álbuns de fotos no seu sótão e mostrar aquelas em que você se fantasiou de Elvis Presley para Rachel. Ou as fotos daquele Halloween em que nos fantasiamos de Bananas de Pijamas.

Lee conseguiu se controlar quando eu disse aquilo, e fez um gesto como se estivesse fechando um zíper diante dos lábios. Em seguida, roubou a batata frita que estava no meu garfo e a comeu, ignorando a expressão fingida de raiva com a qual eu o encarava.

— E por falar em festas... — Dixon, que sempre agia como pacificador nessas horas, perguntou quem pensávamos ser o primeiro a dar uma festa naquele ano. Em seguida, ele tentou persuadir Lee ou Warren a organizarem uma festa, mas os dois pareciam estar um tanto quanto apreensivos.

Olhei para Lee, que estava de mãos dadas com Rachel sobre o tampo da mesa e conversava com ela em voz baixa, olhando-a como se a namorada iluminasse todo o seu mundo.

Noah me olhava daquele jeito às vezes.

Pensar naquilo fez com que eu sentisse uma pontada no estômago. Não somente porque eu sentia saudades de Noah, mas porque ver Lee tão encantado com a namorada fez com que eu voltasse a me preocupar com a possibilidade de perdê-lo. Bem, é claro que eu queria que meu melhor amigo fosse feliz e estava muito contente por ele estar tão apaixonado por Rachel. Mas, agora que Noah não estava mais por perto, começava a perceber que Lee e eu estávamos passando muito pouco tempo sozinhos, já que ele tinha Rachel. Porém isso não significa que eu estava sentindo ciúme.

Bem, talvez eu sinta *um pouco* de ciúme. Só um pouquinho. Um pouquinho bem pequeno.

Olhei para Levi outra vez. O garoto novo, que queria se enturmar e fazer amigos. Claro, o resto da galera parecia gostar dele e iria conversar com ele. Mesmo assim, sem Lee grudado em mim, acho que eu acabaria fazendo companhia para o garoto novo este ano.

E, por mais estranha que fosse, aquela ideia não parecia ser tão ruim.

3

— **POR DEUS, LEE — MURMUREI. — TEM UNS CARAS ENORMES.**

Lee estava usando o equipamento de proteção e um capacete, e ele não era exatamente um cara pequeno: mais baixo e magro do que Noah, mas ainda assim era relativamente alto e forte. Porém, alguns dos rapazes que estavam no campo pareciam ter três vezes o seu tamanho, e pareciam já estar se preparando psicologicamente para os testes da seleção. Alguns deles já haviam participado do time no ano anterior.

E, até aquele momento, eu achava que Lee seria selecionado para o time sem problemas.

— Claro — respondeu ele, saltitando. — Mas eu sou rápido, e você sabe que sei agarrar a bola. Aquela camisa de *wide receiver* já está com o meu nome escrito.

— Na verdade, eu acho que é a camisa do *quarterback*.

Ele fez uma careta para mim. Lee sempre gostou de futebol americano, e até que ele era bom. Mas nunca quis fazer parte do time, pelo menos, não quando Noah era o *quarterback*, a estrela do time. Eu não podia culpá-lo por isso.

Lee começou a assobiar e eu demorei um minuto para reconhecer a música.

— Essa é aquela música? "I Hope I Get It" ou algo parecido?

— Sim, daquele musical *A Chorus Line*.

— Você assiste a isso agora?

— Ei. Assisti a vários musicais na internet com Rachel durante o verão para que ela pudesse se preparar para o clube de teatro. Ela vai tentar um papel de protagonista este ano. E eu sou um namorado apoiador, você sabe. Peça para eu cantar a parte de Fiyero de "As Long as You're Mine". Eu arraso.

Primeiro ele escolhe uma carteira ao lado de Rachel, em vez de escolher uma ao meu lado. E agora eu descubro que ele passou o verão todo cantando canções de musicais com ela? O que mais ele estava escondendo de mim?

Revirei os olhos sem deixar que aquilo me afetasse. — Acredito em você.

O apito do treinador soou estridente pelo campo. — Formem uma fila, rapazes! Vamos começar com os exercícios de corrida!

— Acho que está na hora de você ir.

— Deseje-me sorte.

— Ei. — Coloquei a mão no ombro de Lee, de modo que ele olhasse nos meus olhos. Fiz um sinal positivo para ele com a cabeça. — Você tem tudo para conseguir.

— E você tem uma espinha no queixo.

— Também amo você! — gritei para as costas dele, observando enquanto ele corria até o campo para se juntar aos outros candidatos. Fui até a arquibancada para assistir ao teste e não consegui evitar compará-lo com Noah. Lee não era *tão* bom quanto o irmão, mas ainda assim era bom.

Quando terminaram, Lee veio até a arquibancada, na minha direção, em vez de seguir o resto dos rapazes para o vestiário. Desci alguns degraus, sorrindo para ele, mas o treinador Pearson chegou até ele primeiro, dando-lhe um tapa amigável no ombro.

— Você foi bem, Pequeno Flynn. Talvez consiga honrar o sobrenome da família no esporte.

— Eu fui aprovado?

— Vou publicar a lista de convocados amanhã de manhã, mas você tem boas chances. Seu irmão o ajudou com alguns desses passes?

— Sim, senhor.

— Ele fez um belo trabalho. Agora, vá para o vestiário e tome um banho. Você pode celebrar com a sua namorada mais tarde.

— Oh, não, ela não é minha...

Mas o treinador Pearson já estava indo embora.

Desci até o campo e fiz uma dancinha da vitória. — Você conseguiu! Conseguiu! Você entrou no time!

Lee me olhou com uma cara embasbacada por um segundo antes de abrir um sorriso e colocar os braços ao meu redor antes que eu pudesse protestar. Senti a minha garganta se fechar. — Ei, por acaso, você passou desodorante?

— O que foi? Não gosta do meu fedor de homem?

Ele puxou a minha cabeça para baixo da axila antes que eu conseguisse me desvencilhar, empurrando-o para trás.

— Estou muito orgulhosa de você, Lee. Isso é incrível.

— Acho que precisarei ser tão bom quanto Noah — murmurou ele. — Tenho que manter a reputação da família Flynn.

— Ah, pare de se preocupar com isso. Às vezes, Pearson é um babaca. Isso que você disse é bobagem. Agora, vá tomar um banho antes que eu vomite de verdade por causa desse seu "fedor de homem".

Lee fez uma saudação antes de saltar para o vestiário. Dei um grito de comemoração enquanto ele se afastava, e o meu grito se transformou em uma risadinha quando o vi saltar, tocar os calcanhares um no outro e abrir os braços. Sentando-me outra vez para esperar por Lee, peguei o celular para fazer uma chamada de vídeo com Noah.

Somente quando ele atendeu, percebi que provavelmente o próprio Lee iria querer contar ao irmão.

— Ei, espere um segundo — gritou Noah para o celular, segurando-o contra o peito enquanto caminhava. Havia muito ruído no ambiente. Parecia uma festa. Vi figuras borradas no fundo conforme ele andava pelo lugar, dizendo "com licença", até finalmente falar: — Agora sim. Oi. Voltei.

Ele sorriu para mim, mostrando aquela covinha na bochecha esquerda. O rosto dele estava avermelhado e seus cabelos longos estavam um pouco grudados na testa. Meu coração saltitou quando o vi, e percebi que estava retribuindo o sorriso.

— Onde você está?

— Na biblioteca, você não percebeu? — ele riu. — Estou em uma festa. Bom, agora, estou fora da festa. Nós começamos cedo. E aí, o que

27

você conta? Ou só me ligou porque está com saudade? — Ele piscou e olhou para o vídeo com mais atenção. — Você está no campo de futebol americano? Puta que pariu, os testes! Lee foi selecionado?

Enquanto eu gaguejava "Ele... ah... eu provavelmente... não devia...", Noah vibrou, socando o ar e sacudindo a câmera de um lado para outro. Suspirei quando ele voltou a focar a câmera do celular no próprio rosto.

— Bem, você não ouviu isso de mim, está bem?

— Não ouvi o que, Shelly?

— Resposta certa. — Coloquei uma mecha de cabelo que havia se soltado do meu rabo de cavalo atrás da orelha. — Aff, o dia de hoje podia acabar logo. Você sabe quanta lição de casa eu tenho depois de um único dia? É uma loucura. E todos aqueles currículos que entreguei nas últimas semanas para conseguir um emprego de meio período? Nenhum deles me ligou. Por favor, me diga que o último ano do ensino médio não é sempre assim.

Noah ergueu uma sobrancelha enquanto olhava para mim. — Você não vai querer saber quantos capítulos os meus professores mandaram ler esta semana. Não consigo simpatizar com a sua sina.

— Por falar nisso, eu não sabia se você ia atender. Achei que estaria estudando.

Noah deu de ombros, coçando atrás da orelha, desviando os olhos da tela. — Eu estava, agora estou na casa de uma das fraternidades. Steve conseguiu convites para nós. Juro, ele conhece todo mundo por aqui, e eu nem sei como ele consegue isso.

— Ah, que legal. E como está indo a faculdade? No caso, as aulas. É óbvio que as festas são ótimas.

É óbvio que eram ótimas, porque Noah havia ido a várias delas desde o começo do semestre.

Eu só queria que ele me contasse menos sobre as festas e todos os seus novos amigos e me falasse mais sobre a faculdade.

— Você sabe, são só aulas. São legais. Ei, você não vai acreditar no que eu acabei de ver. Um dos caras ficou de cabeça para baixo, em cima de um dos barris de cerveja, e...

— Noah... — Eu não consegui esconder a expressão de decepção no meu rosto, mas ele estava se esforçando bastante para parecer animado e mudar o assunto.

— O que foi?

— E aquele trabalho que você estava fazendo?

— Eu, ah... vai demorar um pouco até eu receber a nota daquilo. Ah, tem outra coisa...

Ele parou de falar quando alguém que estava por perto o chamou, dizendo alguma coisa que eu não consegui entender totalmente. Noah gritou em resposta: — Só um segundo! — E afastou-se do celular antes de trazê-lo de volta para perto do rosto. Ele mordeu o lábio, uma imagem linda na tela do meu celular e com cara de quem pedia desculpas. Senti meu estômago afundar.

— Escute, Elle... tem problema se eu te ligar depois? Desculpe, eu realmente queria conversar, mas é que...

Queria mesmo?, pensei, porque ele parecia estar se esforçando bastante para evitar conversar.

Mas não havia problema. As festas e todo o resto, tudo aquilo era somente... parte da experiência, não é mesmo? Quando ele começou a faculdade, estava bastante empolgado com as aulas. Mas nesses últimos dias... quase não falava delas.

Assim, eu sorri e disse: — Não se preocupe com isso. Podemos conversar amanhã. Divirta-se.

— Amo você — ele me disse, mandando-me um beijo bem ruidoso no celular para me fazer rir.

— Amo você também.

Eu não tive muito tempo para ficar pensando se Noah estava ou não evitando conversar comigo ou se eu estava apenas dando importância demais àquela situação, porque Lee não demorou a voltar dos vestiários. Ele acenou com o celular para mim, com um enorme sorriso no rosto quando me contou que o clube de teatro iria encenar *Les Misérables* este ano e Rachel estava planejando fazer um teste para o papel de Fantine.

De volta ao estacionamento, segurei no braço dele antes de entrarmos no Mustang. — Ei, escute aqui. Estou orgulhosa por você ter entrado no time, sabia?

— Este é o nosso ano, Elle. Este é o *nosso ano.*

4

— **O QUE VOCÊ QUER DIZER COM "VOU TER QUE TE DAR O CANO"?**
Você sabia que eu ia cuidar de Brad esta noite enquanto meu pai está viajando. Você *prometeu* que ia passar a noite aqui.

Lee suspirou ao telefone, e eu sabia que ele estava puxando os próprios cabelos.

— Eu sei, Shelly. Desculpe. Sou realmente um melhor amigo patético e imperdoável.

— Não me deixe na mão, Lee, por favor. Rachel consegue sobreviver sem você por uma noite.

Eu sabia que estava choramingando e sendo teimosa, mas realmente parecia fazer *séculos* que Lee e eu havíamos passado algum tempo juntos, somente nós dois, curtindo nossa própria companhia. Fazia somente uma semana que as aulas tinham começado, mas entre Rachel e a posição que ele havia conquistado no time de futebol americano (e também as tarefas da escola, é claro), eu tinha a sensação de que ele estava lentamente afastando-se de mim.

Eu estava me esforçando bastante para não me irritar com ele por causa disso. Lee estava completa e perdidamente apaixonado por Rachel. Estava ocupado. Eu entendia. E estava feliz por ele.

Mesmo assim... *e eu?*

Lee ainda não havia respondido. Estava se sentindo mal, e eu sabia que ele estava tentando encontrar uma maneira de dizer "prefiro passar a noite com a minha namorada do que com você" sem parecer um cafajeste.

— Sinto a sua falta — eu disse, com a voz encolhida. Estremeci logo em seguida; aquilo era totalmente patético. Francamente, parecia loucura ou não? *Sinto a sua falta.* Eu o via praticamente todos os dias. — Nós não ficamos juntos mais.

— Eu sei, Shelly. Desculpe.

— Será que você não pode vir e ficar nem um *pouquinho*?

— Não dá.

Eu suspirei.

— Vou dar um jeito de compensar isso, prometo. Vamos sair para fazer compras. Comprar sapatos, que tal? Almoço por minha conta.

— Hmmm...

Não chegava nem perto de ser uma compensação, mas eu sabia que Lee estava se esforçando para me agradar. Senti que eu estava cedendo rapidamente. Sempre cedia quando Lee pedia.

— E vou encontrar alguém para te ajudar a cuidar do seu irmão hoje à noite, que tal?

— A sobremesa está incluída no almoço?

— Sobremesa *ou* aperitivo. Não os dois.

— Fechado.

Ele riu, mas, em seguida, disse baixinho: — Olhe, me desculpe mesmo. É que... você sabe.

— Já entendi. Está tudo bem.

Não estava tudo bem, mas tinha que estar. — Divirta-se. E diga que mandei um oi para a Rachel.

— Nos vemos amanhã. Obrigado, Elle! Você é ótima.

Desliguei o telefone e tombei na cama. Brad iria voltar do treino de futebol dali vinte minutos. Assim, decidi curtir a paz e a tranquilidade enquanto elas durassem.

Pouco tempo depois, ouvi Brad despedindo-se dos amigos empilhados nos fundos da minivan que o deixou em casa e o som dos seus passos quando correu para entrar em casa. Desci para ir encontrá-lo.

— Eu marquei um gol!

Baguncei os cabelos dele. — Parabéns! — Em seguida, empurrei-o um pouco para trás, antes que ele entrasse na casa. — Espere aí, mocinho.

Tire as chuteiras. Direto para o chuveiro. E tente não encher o banheiro de barro.

— Mas...

— Chuteiras e chuveiro. Vai, vai, vai!

Eu bati o barro seco das chuteiras dele antes de seguir a trilha de roupas enlameadas até a porta do banheiro. Do outro lado, Brad estava cantando a plenos pulmões algum *rap* que ouvi tocando no rádio, mas errando quase toda a letra. Eu tinha certeza de que os versos da música, fossem quais fossem, não mencionavam queijo tostado.

Eu estava bem diante da porta da frente, ao pé da escada, segurando o monte de roupas sujas de Brad, quando a campainha tocou.

Era provavelmente Cam ou Dixon, mandado para substituir Lee e fazer com que a minha noite de babá fosse mais agradável. Definitivamente, já era tarde demais para que as meninas do grupo de escoteiros estivessem passando pelas casas para vender biscoitos. Tentei abrir a tranca com o ombro, pressionando o cotovelo na maçaneta. E quando ela se abriu, eu empurrei um pouco a porta com o pé.

— O que *você* está fazendo aqui?

Levi ergueu as sobrancelhas. — Ah, é ótimo ver você, também.

Meu rosto ficou vermelho. — Desculpe, é que... bom, eu não estava esperando que você viesse.

— Lee me ligou e disse que você queria companhia para cuidar do seu irmão hoje à noite. Por isso, aqui estou. Te mandei uma mensagem para dizer que estava vindo, você não viu?

— Ah, me desculpe. Não ouvi a notificação do celular.

Uns dois ou três segundos se passaram em silêncio. Levi olhou para o monte de roupas enlameadas nos meus braços e depois olhou para mim, na expectativa. Estava usando uma jaqueta impermeável fina com a gola levantada para se proteger da garoa fina que caía. Seus cabelos estavam úmidos, os cachos quase desfeitos. Aquele *look* o deixou fofo.

Noah sempre conseguia parecer atraente quando tomava chuva. Eu, por outro lado, sempre parecia um desastre.

— Posso entrar?

— Ah, é mesmo! Sim, claro... claro. Entre.

Eu me afastei, dando espaço para ele passar. Ele esfregou as solas dos tênis no capacho antes de entrar. Indiquei o uniforme de futebol de

Brad com um gesto. — Eu volto logo. Preciso dar um jeito nisso aqui. A sala de estar fica daquele lado. Fique à vontade.

— Obrigado.

Era incrível a facilidade com que Levi havia conseguido integrar-se ao nosso grupo. Tínhamos vários interesses em comum e ele tinha o mesmo senso de humor que o restante de nós. Nem parecia que só o conhecíamos há uma semana.

Levi era carismático. Estava até começando a ficar popular. Mas ainda não sabíamos muito a seu respeito. Suas redes sociais tinham pouca informação; assim, a maioria das coisas que as pessoas diziam sobre ele parecia ser mais rumor do que fato — e isso só fazia com que as pessoas falassem ainda mais sobre ele. E Levi também não falava muito sobre si mesmo. Aquele mistério todo só servia para aumentar a atenção que ele recebia por ser o garoto novo na escola. (E era um garoto atraente. Literalmente falando.)

Mas Levi era uma companhia agradável e se mostrou um parceiro de estudos decente quando Lee me dispensava para ficar com Rachel.

Quando voltei, depois de colocar as roupas do meu irmão para lavar, Levi estava estendido no sofá, zapeando pelos canais da TV.

— Temos ravióli para o jantar — eu disse a ele.

— Parece ótimo! Obrigado, Elle. Ei, você quer... — Ele me estendeu o controle remoto, mas eu fiz um sinal negativo com a cabeça, dizendo-lhe para escolher alguma coisa para assistir.

Coloquei o jantar no forno e peguei bebidas para nós. Levi havia escolhido *Uma aventura Lego*. Arrumei nossas bebidas sobre a mesinha de centro e me sentei do outro lado do sofá.

Brad desceu pouco tempo depois e parou na escada ao ver ali um rapaz que não conhecia. Observou-o cuidadosamente e depois olhou para mim; fiz uma careta para ele, avisando-o de que deveria ser legal com Levi.

— Ah... oi.

Levi se virou para olhar para o meu irmão menor que estava sob o vão da porta e abriu um sorriso tranquilo. — Oi. Você deve ser Brad.

— Sim. Mas você não é o Lee.

— Brad! Não seja malcriado.

Mas Levi estava rindo.

— Meu nome é Levi.

— O aluno novo?

— Eu devo ter falado de você uma ou duas vezes — eu disse, como se quisesse explicar a situação. — Lee não vai poder vir para cá hoje, Brad. Desculpe, eu sabia que você estava querendo conversar com ele.

— E os outros caras? Como Cam ou Warren. Warren é legal. Ele me ensinou a falar palavrão em francês. *Merde*. Viu?

— *Brad!*

— O que foi? Só estou *perguntando*. — Brad foi até a mesa para se sentar, e foi então que percebeu que estávamos assistindo a um filme. Ele me encarou, bravo. — Hoje de manhã, você prometeu que eu ia poder jogar *videogame*.

— Eu sei, mas agora nós estamos assistindo a um filme. Vamos lá, você gosta desse. Você sabe, tem o Batman e outros heróis. "É incrível!" — cantarolei.

— Essa não é a letra certa da música, Elle.

— Você sabe do que eu estou falando.

— Isso não é justo. Você *prometeu*.

Ele falava exatamente do jeito que eu havia feito anteriormente, choramingando com Lee ao telefone. Eu só senti um pouco de culpa, entretanto. Afinal, Levi não queria ficar sentado ali e olhar o meu irmão jogar *videogame*; pelo menos um filme era uma opção melhor de entretenimento. Bom, era o que eu pensava.

— Quais jogos você tem? — Levi perguntou ao meu irmão.

O rosto de Brad se iluminou, e eu percebi que ele estava calculando se conseguiria arrastar Levi para o seu lado. — Meu pai diz que ainda não tenho "idade suficiente" para os jogos com armas e outras coisas. Como GTA. Mas tenho uns jogos de corrida bem legais. — Brad começou a enumerar alguns dos seus favoritos, o que se resumia a uma lista nos que ele tinha mais habilidade. — Ah, e *Zelda*. Tenho *Zelda* também.

— Eu não me importo de jogar com você. Desde... desde que a sua irmã diga que não tem problema. — Levi se virou para mim, esperando pela minha aprovação, com as sobrancelhas erguidas. — Afinal... se você tiver que fazer suas lições de casa...

— É sério, você não precisa fazer isso — falei, baixinho, para que Brad não ouvisse.

— É melhor do que pintar as unhas — disse ele. — Minha irmã adora brincar de manicure.

— Elle, podemos jogar? *Por favor!*

Minhas sobrancelhas se ergueram. Foi impossível evitar. Se Brad estava pedindo *por favor* para mim, a irmã mais velha, então ele devia ter simpatizado com Levi. Registrei mentalmente a informação de que ele seria sempre o meu parceiro nas noites em que eu precisasse cuidar do meu irmão se Lee não estivesse livre.

— Ah, bem, eu... por mim, tudo bem. Vocês vão precisar de sorte para tentar quebrar os meus recordes. Nem mesmo Lee conseguiu isso.

Assim, enquanto Brad instalava o seu console e carregava um jogo, eu deixei os dois a sós, decidindo passar a limpo a minha redação sobre a Guerra Fria que a professora pediu para segunda-feira. Depois disso, abri o documento do Word intitulado "Redação para o Processo Seletivo da Faculdade". Mas depois de passar alguns minutos olhando para a página em branco, sem conseguir pensar em nada que pudesse preen-chê-la, e mesmo que soubesse para onde queria ir, eu não fazia a menor ideia de qual curso queria fazer ou o que realmente queria fazer depois da formatura. Pelo menos Lee e eu havíamos decidido há muito tempo que queríamos frequentar a Universidade de Berkeley juntos. Por isso, eu não precisava me preocupar em escolher uma faculdade.

No entanto, parecia que todo mundo já sabia o que queria fazer na faculdade, o que não estava ajudando nem um pouco a diminuir o meu estresse por *não* saber. Eu tinha certeza de que, quando escrevesse a minha redação, tudo acabaria encaixando-se. Eu iria dar um jeito de descobrir. Tudo ficaria bem. Tinha que ficar.

Essa noite, entretanto, larguei mão de fazer a minha redação, distraída demais pelas piadas de Levi que faziam Brad ficar cada vez mais competitivo. Levi olhou para trás, por cima do ombro, para sorrir para mim — e eu me apanhei pensando no quanto aquilo era diferente do sorriso torto de Noah. Havia algo menos audacioso, menos empol-gante no sorriso de Levi. Era como se... como se ele soubesse um segredo, e eu soubesse também. Havia escutado algumas das garotas da escola falando sobre aquele sorriso. Era bem encantador, pelo que deduzi.

Mesmo que meu irmão estivesse ansioso para aproveitar a noite com Lee, ele rapidamente virou fã de Levi, assim como o resto de nós.

Brad nem reclamou quando coloquei alguns legumes em seu prato, junto com o ravióli; estava entretido demais com a conversa sobre futebol e também perguntava sobre as partidas de lacrosse.

Ele até mesmo subiu para o quarto mais ou menos na hora certa, depois de passar dez minutos discutindo comigo sobre ficar acordado por mais tempo porque o nosso pai ainda não havia voltado para casa e porque não teríamos aula no dia seguinte.

— Eu já deixei você ficar acordado meia hora a mais do que o horário em que o nosso pai deixaria! — exclamei pela bilionésima vez.

— Mas ele só vai chegar em casa daqui a uma hora! Vamos lá, Elle, não seja tão prepotente!

— Foi Lee que ensinou essa palavra para você, não foi?

— Isso é injusto! Diga para ela, Levi. Mande Elle parar de ser tão prepotente — disse ele, tentando trazer Levi para o lado dele.

— Desculpe, mas preciso concordar com a sua irmã.

Brad fechou a cara, mas admitiu a derrota com um resmungo.

— Tudo bem. Obrigado por jogar *videogame* comigo — emendou ele. Em seguida, murmurou um boa-noite e começou a subir as escadas para o quarto, pisando duro nos degraus.

— Não se esqueça de passar o fio dental — falei, embora soubesse que ele não passaria o fio dental coisa nenhuma. E então, afundei novamente no sofá ao lado de Levi. — Obrigada por fazer isso. Por tudo que você fez esta noite. Agradeço muito pela ajuda.

— Achei que você tinha dito que ele era um pesadelo na Terra quando falou dele na escola. Deixe-me dizer uma coisa: você nunca nem *viu* uma criança-pesadelo, pode acreditar. Devia ver a minha irmã quando ela está cansada e com fome. Ela começa a gritar por qualquer coisa e é insuportável. Eu trocaria a minha irmã pelo seu irmão qualquer dia.

— Espere até ela começar a ter TPM. Mas você já vai estar na faculdade quando isso acontecer, não é?

— É verdade — confirmou ele.

— Obrigada, mesmo assim. De verdade. As únicas pessoas que Brad realmente respeita são Lee e Noah, e isso só acontece porque ele idolatra totalmente aqueles dois, já que cresceu com eles por perto.

Levi fez que sim com a cabeça, e, depois de fazer uma pausa, disse:

— No caso... você e Noah. Vocês eram amigos antes de começarem a namorar? Eu sei que você e Lee são muito amigos.

Eu fiz uma careta, torcendo o nariz. — Não... exatamente. Mais ou menos, na verdade. Éramos amigos na infância, mas depois acabamos nos afastando quando entramos no ensino fundamental.

— E como foi que vocês voltaram a ficar juntos e a namorar? Me avise se eu estiver sendo inconveniente; estou tentando ser *educadamente* curioso. A questão é que ninguém fala muito sobre o que aconteceu com vocês dois. Parece ser algum tipo de tabu ou coisa parecida.

— Não é bem um tabu — eu disse. — Mas nem todo mundo conhece a história toda. É um assunto meio complexo.

Ele deu de ombros.

— Eu tenho a noite inteira. Ou pelo menos até que o seu pai chegue e você me bote para fora daqui.

Eu sorri e encolhi os pés para baixo do corpo no sofá. — Bom, tudo começou com uma barraca do beijo...

E quando terminei, Levi simplesmente disse: — Que bom que Lee a perdoou, e que vocês dois ainda são melhores amigos. Eu nunca tive um amigo desse jeito. Digo... tive grandes amigos, é claro, mas a amizade nunca foi como a que você e Lee têm.

Eu assenti em silêncio, porque não sabia o que fazer. Em um momento como aquela noite, eu sentia que não "tinha" Lee muito perto de mim. Nós dois voltamos a olhar para a TV, assistindo a um documentário qualquer no History Channel. E depois de alguns minutos o meu celular tocou. Noah.

Eu atendi, formando a expressão "só um segundo" com os lábios para Levi.

— Oi!

— Acabei de voltar de uma festa. Queria que você estivesse aqui. Tenho uma cama enorme só para mim e estou me sentindo *incrivelmente* sozinho. Estou com saudades. — A voz de Noah estava meio mole e ele deu um bocejo longo e ruidoso. Eu corei um pouco.

— Por mais que eu quisesse estar aí e... hmmm... dormir abraçadinha com você, posso ligar daqui a pouco?

— Está tudo bem?

— Sim. Mas eu... tenho companhia aqui.

— Está tudo bem, já está na hora de ir embora agora. Prometi à minha mãe que não voltaria para casa muito tarde. — Levi já estava se levantando.

Eu confirmei com um aceno de cabeça e disse a Noah para esperar um segundo enquanto acompanhava Levi até a porta. Ele vestiu a jaqueta e pegou as chaves do carro.

— Nos vemos na escola na segunda-feira?

— Sim. Obrigada por vir. Vou retribuir esse favor algum dia.

Ele abriu um sorriso enorme.

— Vou cobrar.

De volta à sala de estar, deitando-me no sofá com os pés apoiados no descanso de braço, cliquei no celular para ativar a chamada de vídeo. Noah apareceu na tela, deitado de lado com o rosto bonito amassado sobre o travesseiro. Não consegui evitar um sorriso quando o vi; aquela imagem fez o meu coração inchar.

— Oi. Desculpe.

— Quem estava aí? — A voz de Noah estava mais desperta agora, mas ainda um pouco menos do que sóbria.

— Levi.

— Levi, o cara novo?

— Não, o velho Levi. — Revirei os olhos. — Você se lembra de eu ter dito que teria de cuidar de Brad esta noite porque meu pai só chega mais tarde? E que Lee ia ficar aqui comigo?

Noah se apoiou sobre um dos cotovelos, de modo que eu podia vê-lo melhor. Estava sem camisa. Desejei que ele estivesse aqui, ou que eu pudesse estar lá. E sua boca se retorceu para o lado. — Deixe me ver se adivinho. Ele deixou você na mão e foi ficar com a Rachel.

— Isso mesmo. Mas, como penitência, ele vai me levar para fazer compras amanhã, e vai pagar o almoço. De qualquer maneira, ele mandou Levi vir até aqui para substituí-lo e me fazer companhia. E até que foi legal. Ele é um cara bacana. Engraçado. Fácil de conversar, sabe? Todo mundo parece gostar dele. — Eu abri um sorriso torto. — As garotas, definitivamente, parecem gostar dele. O mocinho tem várias admiradoras, pelo que eu soube.

— Será que eu devia me preocupar com a possibilidade de ter alguém competindo comigo, Shelly? — Mesmo que a voz de Noah estivesse arrastada, o tom era inconfundivelmente de provocação. Aqueles olhos azuis brilhavam, mesmo do outro lado da tela do celular.

— Ah, com certeza.

Ele riu.

— Como estava a festa?

— Legal, eu acho. — Em seguida: — Estou com saudade.

— Estou com mais saudade.

— Não está, não.

— E o que você vai fazer em relação a isso? Você não vai conseguir ganhar uma discussão me enchendo de cócegas enquanto está aí.

— Ah, pode acreditar que, da próxima vez que nos encontrarmos, vou descontar as *semanas* de cócegas que você está me devendo.

Sorri para ele, suavemente. Continuamos conversando um pouco sobre a faculdade, a escola, os nossos amigos... embora Noah parecesse estar fazendo mais perguntas do que respondendo. Tive a sensação de que ele evitava falar comigo sobre alguma coisa, mas era uma ideia incômoda tão pequena e tola que decidi não dar atenção a ela. Estava feliz em vê-lo, em conversar com ele. Pensei em contar a Noah o que sentia com o fato de Lee e eu estarmos nos afastando, mas não queria correr o risco de que ele fosse tirar satisfações com Lee e isso o deixasse irritado. Assim, decidi que era melhor não falar nada.

Enquanto nos falávamos, aos sussurros, senti algo doer dentro de mim. Não era exatamente no peito e nem na barriga, mas um tipo de dor que parecia bem enraizada e se espalhava por toda parte. Eu sentia muita saudade dele. Mais do que qualquer coisa, tinha vontade de me encolher ao lado de Noah, sentir os braços dele ao redor de mim, o subir e descer do seu peito sob a minha cabeça, seus dedos passando pelos meus cabelos. Observei os lábios dele movendo-se enquanto ele falava, pensando no quanto eu queria beijá-lo. A voz de Noah foi ficando mais lenta e mais arrastada conforme conversávamos, e ele voltou a se apoiar no travesseiro.

Um carro parou na frente da minha casa. Meu pai havia chegado.

— Preciso ir — eu disse, bem no momento em que Noah bocejou outra vez. — Meu pai chegou. Conversamos de novo amanhã. Amo você.

— Amo você também, Elle — balbuciou ele, já quase adormecido.

— Bons sonhos.

Ele encerrou a ligação e me deixou ali, sorrindo e com uma sensação agradável por dentro. Fui até o corredor e cheguei bem quando meu pai estava pendurando o paletó.

— Ah, meu bem, você não precisava ficar acordada até eu chegar.

— Você sabe que eu sempre fico. Como foi a conferência?

Ele fez uma careta.

— Você e os outros se divertiram mais. — Ele abriu um sorriso cansado. — Como sempre. Brad se comportou?

— Como um anjinho — eu disse, sem nenhum toque de sarcasmo, e expliquei rapidamente que Levi veio me ajudar a cuidar de Brad e fazer companhia. — Brad o adorou.

— Acho que esse moço, Levi, vai ser a minha primeira opção quando eu precisar de uma babá para cuidar do seu irmão. Vamos lá, já está tarde. Já passou bastante da *sua* hora de dormir, mocinha.

5

TIREI OS PICLES DO MEU X-BURGUER, JOGANDO-OS NO PRATO DE LEE com uma expressão de nojo. Depois de ter me livrado daquilo, enfiei a cara no lanche com bacon extra e soltei um gemido de satisfação, com a gordura escorrendo pelos meus dedos.

— Espero que você esteja realmente gostando. Estou pagando quinze dólares nesse lanche — murmurou Lee, mas, quando ergui os olhos, vi que ele estava sorrindo. Estávamos na praça de alimentação do shopping e ele havia escolhido o restaurante. Era mais caro do que a lanchonete onde costumávamos ir; ele estava tentando me apaziguar e se desculpar pelo que aconteceu no dia anterior.

— Vale cada centavo — garanti a ele, limpando a maionese rebelde que havia melecado o canto da minha boca. Lee perguntou como foi passar a noite com Levi, fingindo estar horrorizado com a possibilidade de ter perdido o posto de pessoa favorita de Brad.

— Eu já devia saber que Brad ia gostar dele — disse Lee. — Parece que todo mundo gosta daquele cara.

— Ouvi dizer que ele foi indicado para ser o rei do baile de formatura na escola onde estudou. Estou avisando, Lee: se continuar me deixando na mão, você vai ter que encarar uma concorrência bem séria.

Era mentira, mas, pelo menos, ele teve a decência de me encarar com uma expressão magoada. Nós dois estávamos empanturrados demais depois de comer nossos hambúrgueres para pedir sobremesa.

Assim, passamos algum tempo caminhando pelo shopping, olhando as vitrines. Lee apontou para umas duas placas nas vitrines que diziam "Precisa-se de funcionários – Informações na loja", mas falei que aquilo era inútil. Já havia mandado meu currículo para todas as lojas que ele havia apontado. Nas poucas vezes que recebi uma resposta, foi somente para dizer que "eu não tinha o perfil adequado" ou que estavam procurando alguém com mais experiência.

Aquilo era um saco, mas não fiquei muito surpresa; Dixon e Warren estavam passando pelo mesmo problema. Eu não levei as rejeições para o lado pessoal depois que soube disso. Depois de andarmos um pouco para digerir o almoço, Lee comprou casquinhas de sorvete para nós dois.

— Sabe de uma coisa? — disse Lee, enquanto tomávamos nossos sorvetes. — Provavelmente vamos ter que voltar para cá daqui a umas duas semanas para o baile de Sadie Hawkins. Preciso de um paletó novo. O que eu tenho está pequeno nos ombros.

— É mesmo?

Ele flexionou os braços, mostrando os músculos. — Você sabe como é. Sou o próximo astro do time de futebol americano.

— Sim, sim, você andou malhando bastante, já entendi. Quer dizer, então, que o baile de Sadie Hawkins vai acontecer? Não era só um boato? — perguntei, mas estava observando Lee cuidadosamente. Ele passou a frequentar a academia com Dixon durante as férias de verão e a treinar passes de futebol americano com Noah. Eu não havia percebido até agora, mas ele *realmente* estava ficando mais musculoso. Não estava tão grande quanto Noah, mas não demoraria a chegar lá. Seus braços estavam maiores, com certeza; os músculos recém-tonificados estufavam as mangas da camiseta que ele usava.

— Ethan Jenkins me disse ontem — respondeu Lee, sem perceber que eu estava olhando para seus ombros e braços. Ethan era o novo presidente do grêmio estudantil, já que Tyrone havia se mudado após passar na faculdade. Ainda não havíamos feito nenhuma reunião neste ano. Bem na hora em que pensei naquilo, Lee disse: — Ah, e antes que eu me esqueça, temos uma reunião na quarta-feira, na hora do almoço. Ethan também me falou isso.

— Claro, sem problemas. Agora, concentre-se no evento principal aqui: o baile de Sadie Hawkins. Ethan falou quando vai ser? Qual vai ser o tema? Você tem *qualquer* outra informação para me dar? Você sabe que eu amo os bailes da escola.

— Ah, meu Deus. Agora você está entrando em pânico. Eu não devia ter dito nada.

— Não estou entrando em pânico! — protestei, talvez um pouco mais enfática do que deveria. Me acalmando um pouco, continuei: — Eu *não estou* entrando em pânico.

— Acho que vai ser no primeiro fim de semana de novembro ou perto disso. Eu não estava prestando muita atenção. Mas me lembro, *com certeza*, de que ele disse que ia acontecer no ginásio da escola. Não em algum lugar chique. Ethan disse que a verba do grêmio sofreu um corte este ano, e dos grandes. Por isso, vão fazer o Sadie Hawkins, em vez do Baile de Inverno de sempre, e vão guardar a maior parte da verba e o lucro dos eventos para o Baile de Verão.

— Até que faz sentido.

Lee começou a me falar sobre uma nova jogada que o treinador Pearson estava tentando ensinar ao time de futebol americano, mas meus olhos se distraíram, avaliando os vestidos nas vitrines das lojas. Metade da minha cabeça estava concentrada no baile e a outra no fato de que era preciso admitir que um emprego depois das aulas me ajudaria a comprar um vestido novo.

— Shelly?

— Hein?

— Você está prestando atenção?

— É claro que estou. Um dos jogadores mais novos deixou a bola cair várias vezes e o treinador mandou que ele corresse algumas voltas ao redor do campo como castigo.

— Você estava pensando no baile, não é?

— Talvez. — Eu baixei a cabeça ligeiramente, uma confissão de culpa. Não queria falar de novo sobre a questão do emprego agora; Lee sabia que eu estava tentando conseguir alguma coisa, mas eu não ia dar conta de encarar outro sorriso de pena agora.

— Está pensando em quem vai convidar? — arriscou ele, e eu podia jurar que senti todo o sangue se esvair do meu rosto; tinha me esquecido da característica principal dos bailes de Sadie Hawkins: são as garotas que convidam os rapazes.

Merda.

— Quer ser meu par no baile de Sadie Hawkins?

Eu sabia o que ele ia responder, mas não perdi a esperança. Lee era o meu melhor amigo, afinal de contas. Havíamos ido juntos a vários bailes, antes de... bem, antes de Rachel.

De maneira bem previsível, a expressão no rosto dele se desfez, antes de se retorcer em uma cara de arrependimento. — Desculpe, Shelly. Você sabe que eu adoraria, mas...

— Não, não, está tudo bem. Totalmente. Eu não devia ter perguntado isso. É claro que você vai com a Rachel.

— Desculpe.

Dei de ombros. *Ela é mais importante para você.* Não disse aquilo em voz alta, porque sabia que soaria como se eu estivesse cheia de inveja e ressentimento; e *estava* mesmo sentindo inveja e ressentimento. Em vez disso, eu disse: — Você não pode largar sua namorada para ir a um baile comigo. Tenho certeza de que, se fizesse isso, estaria ultrapassando algum limite. Rachel é uma garota legal, mas até mesmo ela odiaria se você fizesse isso.

— Tenho certeza de que Dixon iria com você, como amigo, se o convidasse.

Dei de ombros outra vez. Dixon provavelmente receberia convites de outras garotas. Talvez ele não fosse atraente de um jeito muito convencional, mas era carismático, engraçado e doce.

— Talvez Noah esteja em casa no fim de semana do baile — sugeriu Lee, abrindo um sorriso. Abrindo demais aquele sorriso, talvez. Nem ele nem eu esperávamos que aquilo realmente acontecesse, e eu não iria criar esperanças. Além disso, Noah nem mesmo gostava de bailes da escola. Havia participado deles anteriormente porque era isso que todo o time de futebol americano fazia, mas não gostava tanto de eventos como aquele. Ele havia feito um estardalhaço enorme quando me convidou para o último Baile de Verão e quando me pediu em namoro na frente de todo mundo, mas...

— Ele está na faculdade agora — falei, tentando fazer graça com aquela situação. — É descolado demais para um baile do ensino médio.

Será que ele iria rir de mim se eu o convidasse para ser meu par? Será que voltaria para passar um fim de semana em casa e ir comigo ao baile? Será que era justo eu pedir que ele atravessasse o país somente por causa de um baile?

Lee estendeu o braço e entrelaçou os dedos com os meus, apertando a minha mão. Eu apertei de volta antes de soltá-los.

Andamos por algumas lojas e, embora ainda estivesse pensando em como poderia tocar no assunto do baile com Noah, percebi que Lee estava olhando para o celular e ficava um pouco agitado. Diversas vezes, parecia que ele ia dizer alguma coisa.

Eu continuava esperando que ele falasse alguma coisa. Não sabia exatamente o que era.

Após algum tempo, segurei no braço dele, puxando-o para que parasse ao lado do chafariz.

— Que droga está acontecendo? Você está esquisito.

— Preciso te dizer uma coisa.

Aquelas palavras fizeram uma pontada de pânico atravessar o meu corpo. Forcei uma risada e disse: — Lee, você... você vai dar um fim ao nosso relacionamento?

Ele revirou os olhos, mas a expressão amarga continuou em seu rosto: sobrancelhas baixas e repuxadas para dentro, olhos abaixados, boca retorcida e narinas dilatadas.

— Olhe, você está me assustando. O que houve? Aconteceu alguma coisa com Noah? Ou com Rachel ontem à noite? Lee?

— Eu não saí com Rachel ontem à noite.

— Hein?

— Você imaginou que eu estaria com ela, então, não neguei, mas... te deixei pensar que eu estava com a Rachel. Não deixei você na mão ontem para ir me encontrar com Rachel.

— Então... aonde você foi?

A única vez que eu deixei de contar alguma coisa a Lee foi quando estava saindo escondida com Noah; mantive aquilo em segredo porque não queria magoá-lo, nem estragar a nossa amizade. Mas eu não tinha uma irmã com quem Lee pudesse sair às escondidas; assim, quais segredos ele teria? E por que não podia me contar?

— Futebol americano.

— Espere... espere aí... você mentiu para mim porque foi treinar com o time de futebol americano? Isso não faz o menor sentido.

— Não fui treinar. — Lee entrelaçou os dedos atrás da cabeça, inclinando-se para trás. — Era o trote de iniciação. Alguns dos rapazes que estavam no time no ano passado organizaram o evento. Disseram que não podíamos contar a ninguém. Por isso, quando te falei que não podia ir à sua casa, você imaginou que era porque eu ia me encontrar com Rachel...

— E por que você não podia contar a ninguém?

— Não sei, é simplesmente assim que as coisas são. Não é como se eles estivessem ameaçando sequestrar alguém de quem gostamos se falássemos — emendou ele, ficando um pouco mais aliviado e abrindo um sorriso. — Mas eu só... acho que queria fazer parte do time, sabe?

— Por que você simplesmente não me contou antes?

— Não sei. Mas alguém acabou de postar uma foto no Instagram. E eu queria que você soubesse antes de pensar que eu estava mentindo. Só para deixar bem claro, nunca menti.

Ele me encarou com um olhar firme.

— Ah, pare com isso, Lee. Não é a mesma coisa, nem de longe.

— Estou só dizendo que não menti. Só deixei que você pensasse o que quisesse.

Eu mordi o lábio por um momento. — Não, está... está tudo bem, Lee. Não tem importância. O trote de iniciação. Entendi.

— Parece uma idiotice agora que falei a respeito, mas ontem à noite parecia bem importante. Ser parte do time, sabe? E eles souberam ser bem ameaçadores. Tipo... é uma galera que leva essa merda *muito* a sério.

— Sim, já entendi. Ei, pare de se preocupar tanto com isso. — Toquei a bochecha dele, sorrindo. Mesmo assim, guardar segredos (e segredos sobre *futebol americano*, inclusive) era algo que não tinha nada a ver com o Lee que eu conhecia. — E então, você pode me contar o que aconteceu nessa iniciação? Ou, se você me contar, vai ter que me matar depois?

Relaxando mais um pouco, Lee riu, e depois de me fazer jurar que ia guardar segredo, contou como ele e o resto do time entraram escondidos na escola. Uma vez lá dentro, os recém-convocados tinham que passar por uma espécie de pista de obstáculos até o vestiário, e o primeiro que chegasse ali ganharia...

— Nunca chegaram a mencionar exatamente qual era o prêmio, mas tenho a sensação de que é simplesmente conquistar o respeito do resto do time.

— Pista de obstáculos? — Eu queria saber.

— Ah, sim. Não é como aquelas corridas de obstáculos das olimpíadas. Bem, o resto do time se escondeu no caminho que leva ao vestiário com tortas e pistolas Nerf. Colocaram também fios no caminho para que tropeçássemos, passaram manteiga no piso de um dos corredores para que escorregássemos e começamos a cair a torto e a direito, inclusive de bunda no chão... essa foi a foto que postaram.

— Ah, meu Deus! — Bufei, pegando o celular na bolsa. — Mal posso esperar para ver isso. Você aparece na foto, não é?

— Só um pouquinho, mas não foi a foto em que eu caí sentado.

— Você venceu a corrida?

— É claro que sim. Não me olhe assim, Shelly. Até parece que você não me conhece! Claro que eu venci.

Encontrei a foto no perfil de Jon Fletcher e comecei a rir tão alto que algumas pessoas que estavam ao redor olharam para mim.

— Ah, meu Deus! Espero que publiquem essa foto no anuário. O faxineiro vai ficar uma fera na segunda-feira, quando finalmente ver a bagunça que vocês deixaram.

— Ah, não. Os outros novatos do time tiveram que limpar tudo, porque não ganharam a corrida. — Ele parou por alguns instantes. — Desculpe-me por não ter contado ontem à noite.

— Não, Lee, não faça isso. Você pode parar de se desculpar. Eu entendo completamente. Tipo... eu não preciso gostar disso, mas não estou brava com você, nem nada do tipo. Juro.

— Jura mesmo?

— Sempre.

Antes de sairmos do shopping, Lee insistiu em ir até a loja de *videogames* para procurar alguma coisa. — Preciso dar um jeito de reconquistar o seu irmão. Não posso me arriscar a perder vocês dois para Levi, o cara de Detroit.

6

JÁ ERA A TARDE DE TERÇA-FEIRA E, NOVAMENTE, LEE NÃO ESTAVA passando um tempo comigo.

Por mais que tentasse, era difícil não ficar chateada com aquela situação. Eu vivia dizendo a mim mesma que estava feliz por ele e que gostava de Rachel. Mas sentia uma punhalada nas costas toda vez que Lee vinha até mim com aquela cara de cachorro que acabou de levar uma surra e respirava fundo. Eu sabia no mesmo instante que ele iria cancelar qualquer coisa que tivéssemos planejado, mesmo antes de ele dizer qualquer palavra. Já havia sugerido algumas vezes de sairmos em três, mas percebi que eles queriam um pouco de espaço e eu precisava me afastar.

Assim, tive que pedir a Dixon que me desse uma carona para casa, e agora estava sentada no sofá, esperando que Brad voltasse para casa depois de passar a tarde com o grupo de escoteiros e que meu pai chegasse do trabalho, rolando pelo meu feed do Twitter caso alguma coisa interessante estivesse acontecendo. Mas não havia nada.

Tentei ligar para Noah, mas ele não atendeu. Talvez estivesse estudando e, provavelmente, não queria ser interrompido.

Pouco depois disso, meu telefone apitou, e eu me levantei com um salto para atender, sem me importar em ver quem estava ligando.

— Oi.

— Oi, Elle.

Senti o meu coração afundar no peito; não era Noah. Senti algo pesado e enjoativo na barriga, parecido com a sensação que temos depois de assistir a um filme triste. Talvez ele me ligaria mais tarde.

— Oi, Levi.

— Você parece estar decepcionada. Acho que estava esperando que fosse outra pessoa, certo?

— Mais ou menos. Sem ofensa.

— Sem problemas. — Em seguida: — Noah?

— Isso mesmo.

— Bem, se você não estiver ocupada demais esperando a ligação do seu namorado, o que acha de vir jantar na minha casa?

Fiquei um pouco chocada com o convite, até que senti as peças se encaixando.

— Isso é a retribuição por ter me ajudado a cuidar de Brad?

— Sim, exatamente.

Soltei um suspiro forte, como se fosse um martírio parar de não fazer nada e sair com um amigo naquela noite. Além disso, serviria para me ajudar a parar de pensar um pouco em Noah (e em Lee, também).

— Estou a caminho.

Vinte minutos depois, já estava na porta e toquei a campainha. A casa dele era pequena, mas parecia ser bem aconchegante, com um belo gramado no jardim e a tinta descascando ao redor das janelas. Um 209 de latão estava pregado, um pouco fora de centro, na porta verde. Levi a abriu alguns segundos depois, usando um avental florido e com os cabelos salpicados de farinha. Estava com mesma camisa que havia vestido para ir à escola, com as mangas arregaçadas até os cotovelos, mas as calças do uniforme haviam sido trocadas por um jeans.

— Oi!

— Adorei o avental. É o símbolo da masculinidade.

— Esse era exatamente o *look* que eu queria compor. Entre, estamos fazendo *brownies*. — Ele riu.

— Devem estar uma delícia.

— Não tenho muita certeza disso — admitiu ele quando entrei e tirei os sapatos, coloquei-os cuidadosamente no rack ao lado da porta e pendurei a bolsa em um gancho. — Estou tentando fazer algo que não deixe ninguém doente.

Foi a minha vez de rir:

— É só não pedir ajuda. Jurei que nunca mais assaria nada na vida desde o meu desastre na aula de economia doméstica, no oitavo ano.

— Ah, uma história constrangedora? Quero saber de tudo.

— Posso ter usado bicarbonato de sódio em vez de sal, e os meus cupcakes podem ter... explodido no forno. Só um pouco. A sujeira foi enorme, mas não precisamos usar o extintor de incêndio.

— Diabos — murmurou Levi. — As melhores histórias sempre têm um extintor de incêndio. Mas se o problema for esse... é só você não tocar em nada na cozinha.

— Palavra de escoteiro. — Levantei a mão espalmada.

Enquanto íamos até a cozinha, não consegui evitar dar uma olhada ao redor. A divisão interna era muito parecida com a da casa de Cam, exceto pelo fato de ser um pouco mais desgastada. Tive a impressão de que os antigos donos não se preocuparam muito em reformar a casa antes de vendê-la. O piso de madeira escura no corredor estava desgastado e um pouco arranhado, talvez por terem arrastado móveis de um lado para outro. Na cozinha havia uma prateleira sobre um dos balcões com espátulas, escumadeiras e conchas penduradas; desenhos feitos a lápis, boletins escolares e certificados estavam presos à porta da geladeira com letras magnéticas de cores vivas, e livros da escola e outros papéis estavam espalhados sobre o balcão.

O ponto central da bagunça naquela cozinha, de longe, era a menina de oito anos que se equilibrava em cima de uma banqueta de plástico rígido para poder alcançar o balcão. Seus cabelos crespos e castanhos estavam fugindo dos elásticos que os prendiam, e ela estava usando um daqueles aventais de plástico que facilitam a limpeza — novamente, com uma estampa florida, assim como o de Levi, e rosado. Ela se virou quando entramos na cozinha e a metade inferior do seu rosto estava toda coberta de chocolate cremoso.

— Becca! — exclamou Levi, um pouco irritado. — Eu disse para você não comer mais. Você vai acabar ficando doente!

— Quem é você? — ela me perguntou, ignorando completamente o irmão, da mesma forma que Brad me ignorava quando Lee estava por perto. Tinha olhos grandes e castanhos, e, naquele momento, eles estavam fixos em mim.

— Meu nome é Elle. Sou amiga do Levi. Ele me chamou para vir ajudar a cuidar de você.

— Você é a namorada dele? — Ela concentrou sua atenção no irmão mais velho. — Eu gostava mais da sua outra namorada. Ela tinha sardas.

— Becca... — disse ele, com cara de bravo.

Mas eu sorri.

— Não, não sou a namorada dele. Vim aqui só para comer os *brownies*.

Deixei que me instruíssem sobre como untar uma forma de bolo com manteiga enquanto terminavam de preparar a massa dos *brownies*. Becca contava a nós dois sobre o drama que viveu no recreio naquele dia. Estendi a assadeira para Levi, pronta para dizer: "Ei, está bom assim?", mas eu nem consegui dizer "ei" antes de ele jogar um belo punhado de farinha no meu rosto.

Soltei um gemido alto, tossindo e cuspindo, a farinha voando pela minha boca e nariz e encobrindo a minha visão. Pisquei para tirar os flocos de farinha dos olhos e vi os dois rindo de mim.

— Por acaso você... jogou *farinha*... na minha *cara*?

— Foi a Becca!

— Não fui! Não fui eu, Elle, não fui! Foi Levi quem jogou farinha na sua cara. Você viu!

— Eu vou matar você — jurei para ele, com olhar irado.

— Desculpe, não sei por que fiz isso — disse ele, com um sorriso insano no rosto.

Coloquei a assadeira no balcão e esfreguei as mãos no rosto, espalhando farinha pelo chão e por sobre a parte da frente das minhas roupas. Quando Levi estava de costas para Becca, percebi que ela enfiou o dedo na vasilha e lambeu a massa cremosa antes que o seu irmão pudesse se virar de frente para ela outra vez.

— Se você fizer isso de novo, vou romper a amizade com você. Oficialmente. Vou deixar de seguir você no Instagram e em todas as outras redes sociais.

Levi levou a mão ao coração, fazendo um beicinho.

— Hmmm, então, nesse caso, receba o meu mais sincero pedido de desculpas...

Peguei um punhado de farinha e joguei nele para descontar.

NO FIM DAS CONTAS, OS *BROWNIES* FICARAM ÓTIMOS. LEVI CORTOU
um deles no meio e nós o dividimos antes do jantar, longe dos olhares curiosos de Becca. Depois do jantar, ele recusou a minha oferta de ajuda para lavar os pratos. Assim, fiquei sentada na sala de estar com Becca enquanto ela fazia sua lição de casa.

Ela parou de escrever para olhar para mim, no chão, com a língua passando por entre as frestas dos dentes da frente.

— Eu gostava muito da ex-namorada de Levi, mas gosto de você também.

— Não tem problema. Você pode gostar de várias pessoas.

— A ex-namorada dele se chamava Julie. Ele te falou sobre ela?

— Não, não falou.

— Bem, então eu vou te falar sobre ela — anunciou Becca, baixando a voz até o volume de um sussurro conspiratório. Ela abandonou os cadernos para sentar-se ao meu lado no sofá e me disse com um tom grave: — Eles estavam apaixonados.

— Sério? — Eu me inclinei na direção dela.

— *Sério!* Mas ela terminou com Levi antes de virmos para cá. Ele chorou muito, mas sempre que eu dizia que sabia que ele estava chorando, Levi dizia que não estava. Ela tinha sardas e cabelo laranja e tocava violino e piano. E me deu um esmalte de unhas de presente de aniversário.

— Ela parece ser bem legal.

— Tenho saudade dela.

— Tenho certeza de que Levi também sente.

Becca franziu os lábios. — Acho que ele ainda chora por causa dela.

Se eu quisesse dizer alguma outra coisa, não poderia; a porta da casa se abriu. Eu nem tinha ouvido um carro estacionar. Chaves tilintaram, sacolas farfalharam e uma voz chamou do lado de fora:

— Cheguei! De quem é esse carro aqui fora, Levi? Você está com algum amigo aí?

Uma mulher que eu presumi que só poderia ser a mãe deles entrou na sala de estar, largando algumas sacolas de supermercado cheias de compras. Estava usando paletó e calça social e não tinha um fio de cabelo fora do lugar; mas, apesar da aparência sisuda, ela tinha um rosto gentil, o que suavizava todo o conjunto.

52

— Olá.

— Oi. Você deve ser a Sra. Monroe. — Eu me levantei rapidamente, abrindo aquele sorriso que sei que agrada a maioria dos pais. — Eu sou a Elle, sou amiga do Levi, da escola. É um prazer conhecê-la.

Ela retribuiu meu sorriso. — Meu nome é Nicole. O prazer é meu. Levi falou bastante sobre você.

— *Mãe.* — Ele havia acabado de aparecer sob o vão da porta, atrás dela. Atraindo o meu olhar, ele sorriu para mim como se estivesse pedindo desculpas.

— Ah, Levi, guarde as compras, está bem? Você já tomou banho, Becca?

— Não, mas fizemos *brownies*!

— Espero que tenham deixado alguns para mim.

Antes que Becca deixasse a mãe levá-la para o andar de cima, ela cutucou o meu braço e disse de um jeito muito educado: — Obrigada por vir ser a minha babá hoje.

Eu me segurei para não rir, mas sorri. — De nada, Becca.

Ela continuou a tagarelar com a mãe enquanto as duas subiam as escadas, e eu peguei as duas sacolas de supermercado que sobraram na sala e as levei para a cozinha.

— Ah, obrigado. — Levi as pegou das minhas mãos. — Eu já ia buscá-las.

— Sua irmã não é tão ruim quanto você disse, nem de longe.

— Eu poderia dizer o mesmo sobre o seu irmão. Talvez a gente pudesse trocar um pelo outro.

— Talvez não seja má ideia. — Olhei por cima do ombro dele, para o relógio que estava na parede. — Acho que é melhor eu voltar para casa...

— Você não precisa ir embora — disse Levi rapidamente, e enrubesceu. — Digo... você pode ficar mais algum tempo, se quiser, mas não tem a obrigação de fazer isso, obviamente.

— Não me importo de ficar. — E logo, ouvi minha própria voz dizendo: — Ah, sua irmã estava me falando sobre Julie.

O corpo inteiro de Levi pareceu suspirar.

— Você nunca falou dela na escola para ninguém.

E eu não tinha visto nada sobre ela nas redes sociais de Levi. Rachel e eu havíamos stalkeado as contas dele, uma vez, na hora do almoço.

53

— Ela terminou o nosso namoro quando nós descobrimos que eu iria me mudar para cá. Começamos a namorar no primeiro ano do ensino médio. Era...

— Uau.

E eu achava que uns poucos meses já eram bastante tempo de namoro.

— Quando dei a notícia da mudança, ela terminou o namoro na mesma hora. Disse que o último ano era muito importante, e realmente é. E que ter um relacionamento, junto com tudo isso, já era suficientemente difícil, mas achava que não daria conta de um relacionamento a distância. Ela disse... disse que seria melhor assim para nós dois. Um fim definitivo. E foi isso.

— E você não lutou para ficar com ela?

— Ela não quis que eu fizesse isso. Tentei, mas não me esforcei tanto. Percebi que isso estava acabando com a Julie. Ela não queria terminar o namoro, mas não queria um namorado que provavelmente não conseguisse ver, a menos que acabássemos nos reencontrando na mesma faculdade. E... quer saber, honestamente? — Ele deu de ombros, abrindo um sorriso. — Não tenho planos de ir para a faculdade. Então, isso nunca vai acontecer.

Eu pisquei, surpresa. Todos nós vínhamos falando bastante sobre a faculdade ultimamente; e, pensando naquilo, Levi nunca mostrou muito entusiasmo nem falou muita coisa sobre a faculdade que queria cursar ou qual carreira pretendia seguir.

— Eu tenho um pouco de inveja de você, sabia? Você e Noah... bem, vocês estão tentando, pelo menos. Eu gostaria que ela tivesse feito uma tentativa. Mesmo se não funcionasse.

— Talvez tenha sido melhor assim. Como ela disse.

— Sim, mas...

— Mas você a amava — concluí a frase, gentilmente, com a voz baixa.

Levi suspirou outra vez, voltando a guardar as compras na despensa.

Eu não sabia o que dizer a ele, pois não tinha muita experiência que pudesse servir como base para argumentar, e também não tinha certeza se as coisas que eu lia em livros de romance contavam. Resolvi perguntar simplesmente: — Você ainda conversa com ela?

— Não.

— Ah.

— Estou só tentando tocar a vida, sabe? É por isso que não mantive contato. E eu acho que é o mesmo motivo pelo qual ela não me mandou nenhuma mensagem também. Cheguei até a deletar todas as nossas fotos do meu Instagram. Era esquisito vê-las toda vez que eu entrava no meu perfil. Agora, estou só esperando encontrar a garota para quem eu vou olhar e esquecer tudo o que aconteceu entre mim e Julie. Ou, talvez, vou sempre ficar me lembrando dela.

— Não sei dizer se você é um cara romântico ou não.

Ele apenas riu. Em seguida, disse: — Desculpe, você provavelmente não quer ficar escutando enquanto me lamento por uma garota que mora há vários estados de distância daqui e nem é mais minha namorada.

— Eu não me importo. Tipo... Noah foi o único cara com quem eu fiquei até hoje e, por isso, não sei se sou a melhor pessoa para lhe dar conselhos, mas não me importo em escutar se você quiser conversar. Sei que os outros garotos podem não ser a melhor plateia quando você quer chorar as pitangas. Eles fazem muita palhaçada, mas são flores sensíveis e delicadas por baixo de toda aquela casca grossa. Sabia que Cam uma vez chorou porque achou que Lisa estava ignorando as mensagens dele? Mas você não ouviu isso de mim, hein?

O sorriso dele era pequeno e tímido, mas Levi parecia estar emocionado. — Obrigado, Elle.

— Por nada.

Levi pegou o prato de *brownies*, agora que todas as compras estavam guardadas, e os levou até a mesa do café da manhã. Sentei-me ao lado dele e peguei um.

— Bem — disse ele, afastando os cachos que lhe caíam sobre o rosto. — Agora você sabe tudo sobre a minha ex e também sobre o fato de que eu não pretendo fazer faculdade... O que mais eu preciso te contar a meu respeito? Sinto como se estivéssemos revelando os mistérios de Levi Monroe esta noite.

— Ah, deixe de gracinha. Como se você não adorasse ser todo misterioso. — Eu ri.

— Uma garota me perguntou na semana passada se eu realmente fiz uma ponta em Riverdale. Essa pergunta foi bem legal.

Eu sorri, mas percebi que não tinha perguntas a fazer agora que ele tocou no assunto.

— E onde está o seu pai?

Levi ficou um pouco agitado com aquela pergunta, até mesmo um pouco desconfortável.

— Ele... bem, ele...

— Desculpe, você não precisa responder se não quiser.

Levi não falava muito sobre seu pai na escola, mas, até onde eu sabia, os pais dele ainda estavam juntos. Havia até mesmo uma foto deles no dia em que se casaram em um lugar de destaque na sala de estar. Mas o desconforto de Levi me deu a sensação de que eu tinha bisbilhotado em um lugar onde não deveria.

— Não, está tudo bem. — Levi tomou um gole do seu café escaldante e prosseguiu com firmeza: — Ele está em um grupo de apoio. Vai às reuniões depois do trabalho. Teve um câncer na próstata e agora está em remissão. Isso o afetou muito, e quando ele perdeu o emprego... as coisas meio que começaram a desmoronar. Foi por isso que nos mudamos para cá. Para tentar recomeçar, sabe? Ele está melhor desde que conseguiu um novo emprego, mesmo que seja apenas em meio período.

— Ah, meu Deus!

Francamente, eu não sabia o que mais poderia dizer.

— Pois é. Foi como se uma bomba tivesse caído em nossas vidas. Desculpe, eu não devia ter dito nada disso. Mas é que... olhe, esqueça isso, está bem? — Ele começou a se levantar, com as bochechas inchadas e sem conseguir me olhar nos olhos.

— Não, eu... eu só... bem, nunca conheci alguém que teve câncer, então não sei exatamente o que dizer. Só isso. Espero que tudo fique bem com o seu pai.

— Vai ficar.

Levi parecia tão convicto que não me atrevi tentar sugerir que as coisas pudessem tomar outro rumo ou que ele poderia contar comigo, se precisasse.

— Mas não conte isso para o resto da galera, está bem? Não quero que eles comecem a me tratar de um jeito estranho por causa disso. Todo mundo na minha antiga escola fazia isso, exceto Julie. Ela era a única pessoa que não me olhava como se eu fosse algum cachorrinho triste e perdido depois que soube do diagnóstico do meu pai.

— Você disse que ele está em remissão — eu comentei. — Isso... isso é bom, não é?

— Bem, ele fez uma cirurgia, então não vou ganhar mais nenhum irmão ou irmã de surpresa... ah, que merda, esqueça que você ouviu isso. Becca foi totalmente planejada.

Ele abriu um sorriso torto. Estava fazendo piadas porque esse era o jeito dele de lidar com as coisas. Não queria se abrir demais sobre os problemas mais complicados. Eu o entendia, de verdade.

Naquele momento, senti pena de Levi. O pobre rapaz havia perdido a namorada, se mudado para longe de todos os amigos, seus pais haviam perdido os empregos, seu pai passou por uma doença *muito* séria... não era de se espantar que ele não se abria tanto com as pessoas. Senti um impulso de abraçá-lo com força.

— Mas, mesmo assim, as coisas estão bem — prosseguiu ele, antes que eu falasse algo. — Os médicos diagnosticaram a doença ainda no começo e tudo foi resolvido rapidamente.

— É bom que ele tenha encontrado grupos de apoio para frequentar.

Levi fez que sim com a cabeça, mas continuou em silêncio.

— Você sabe, a minha mãe morreu. Já faz alguns anos, quando eu ainda era pequena. Ela estava dirigindo e a pista estava coberta de gelo... e ela não chegou em casa.

Foi a vez dele de se espantar: — Ah, meu Deus.

— Mas é estranho, sabe? Porque já me acostumei com isso. Passei metade da minha vida sem minha mãe, e às vezes eu sinto muita saudade, e depois me sinto culpada por não sentir saudade dela no resto do tempo também, o que só piora as coisas.

— Seu pai não se casou outra vez?

— Não. Às vezes, acho que ele ainda não superou a morte da minha mãe. Ou talvez ser pai solteiro e ter um emprego em tempo integral não lhe dê muito tempo para sair e namorar.

— Mas você... já superou? Está tranquila com a situação?

Abri um sorriso desanimado.

— Acho que isso é uma coisa que a gente não supera. Você simplesmente segue em frente. Mas eu entendo o que aconteceu com você. As pessoas ficam nos olhando de um jeito estranho por causa de alguma coisa assim. Acho que o resto da turma não teria problemas com isso, mas... não sei. Se quiser um ombro amigo para chorar as mágoas, ou se precisar desabafar...

Levi engoliu em seco, com os olhos brilhando.

— Obrigado, Elle.

— Ah, mudando de assunto — falei, rapidamente. — Tinha me esquecido totalmente de perguntar. Você vai à festa de Jon Fletcher daqui a duas semanas?

DEPOIS DA CONVERSA DE CORAÇÃO ABERTO COM LEVI, ASSIM QUE voltei para casa, naquela mesma noite, peguei um dos velhos álbuns de família do armário pequeno que ficava no escritório que meu pai tinha em casa. Ele passou pela porta quando estava indo para a cozinha e me viu sentada no chão, com as pernas cruzadas, folheando as páginas com fotos tiradas bem antes que Brad nascesse.

— O que você está fazendo, Elle?

Dei de ombros, sem confiar muito na minha voz. A última vez que eu havia feito aquilo foi em fevereiro. Tive uma crise horrível de consciência porque havia me esquecido do aniversário da minha mãe até que meu pai mencionou que tinha comprado flores para levar ao cemitério. Passei a tarde e a noite inteiras estudando fotos da minha mãe e imaginando como seria a aparência dela agora. Costumava fazer isso quando a saudade chegava com mais força. Me esforcei muito para decidir se eu me lembrava da aparência que ela tinha nas fotos porque aquilo realmente fazia parte das minhas lembranças ou se era somente porque eu tinha visto as fotos dela espalhadas pela casa tantas vezes.

— Está com saudade da sua mãe, hein? — Os joelhos do meu pai estalaram quando ele se sentou no chão, ao meu lado.

— Um pouco.

Eu não queria que ele ficasse ali. Não queria que começasse a conversar comigo sobre aquilo, ou falasse sobre ela, ou me contasse histórias, porque tudo isso só ia me fazer chorar, e eu não queria chorar naquele momento. *Chorar não iria trazê-la de volta*, disse a mim mesma, da mesma forma que já havia feito centenas de vezes antes.

Fechei o álbum de fotos, mas não o guardei imediatamente.

— Ela teria orgulho de você, se a visse agora.

Dei de ombros outra vez. *Por qual motivo?* Por ainda não ter escrito a redação para o processo seletivo da faculdade? Por quase perder meu melhor amigo há alguns meses porque decidi namorar com o irmão dele em segredo? Por não conseguir encontrar um emprego de meio período, apesar de ter mandado uma tonelada de currículos?

— Pelo que parece, você não quer conversar sobre ela.

Fiz que não com a cabeça, e meu pai pegou o álbum de fotos e o colocou de volta em seu lugar no armário.

— Como estava Levi?

Bem, essa era uma conversa que eu tinha condições de encarar.

— Estava bem. A irmã dele é uma graça. Nós fizemos *brownies.*

— Espero que esteja se referindo a "eles" nesse "nós". Porque sabemos que você é um desastre quando precisa assar coisas, meu bem.

— Sim, eu quis dizer que "eles" fizeram os *brownies.* — Eu sorri. — Mesmo assim, foi tudo bem. Becca... esse é o nome da irmã de Levi. Becca me contou tudo sobre a ex-namorada dele. E depois Levi me disse que o pai dele teve câncer na próstata.

— Meu Deus. Mas ele está bem agora?

— Levi disse que ele está em remissão, mas o pai dele perdeu o emprego e outras coisas também.

— Deve estar sendo bem difícil para eles.

— Pois é.

— Eu imagino que essa seja a razão de você estar pensando tanto na sua mãe. — Concordei e meu pai continuou: — Parece que vocês dois estão se tornando bons amigos. E eu fico contente em saber disso. Lee não aparece por aqui com a mesma frequência de antes.

Notei que havia um toque de reprovação na voz do meu pai.

— Ele tem Rachel agora. E o time de futebol americano.

— E Noah também não está mais por aqui.

Eu nunca tive certeza se o meu pai aprovava completamente o fato de que Noah era o meu namorado. Mas ele nunca falou muito sobre aquele assunto. Dizia simplesmente que estava feliz por eu estar feliz.

Embora eu não tivesse certeza de que "feliz" era exatamente como estava me sentindo agora. Praticamente não havia recebido nenhuma notícia de Noah durante todo o dia. Estava tentando não pensar na chamada perdida e nas mensagens de texto que ele não respondeu, dizendo a mim mesma que ele devia estar dormindo. O fuso horário da Costa Leste era de três horas a mais do que o nosso.

Meu pai soltou um suspiro longo, com uma expressão séria e preocupada por trás dos óculos: — Está tudo bem com você, querida?

Não muito.

Mas não daria conta de refletir sobre isso agora. As coisas com Lee estavam... bem, elas acabariam voltando ao normal, ou o que estávamos passando começaria a parecer normal em algum momento. Noah logo voltaria para casa para passar o feriado de Ação de Graças, e talvez até mesmo para o baile de Sadie Hawkins, se eu conseguisse reunir a coragem necessária para convidá-lo. A faculdade acabaria dando certo, de um jeito ou de outro, e um emprego também. Tudo ficaria completamente bem.

— Sim, está. Estou só meio cansada. É melhor eu ir para a cama. Boa noite, pai.

— Boa noite, Elle.

Em vez de ouvi-lo sair do escritório, entretanto, ouvi a porta do armário se abrir e o farfalhar das páginas quando ele pegou o velho álbum de fotos outra vez. E tive quase certeza de escutá-lo chorar baixinho.

EU ESTAVA QUERENDO QUE O FERIADO DO DIA DE AÇÃO DE GRAÇAS já tivesse chegado. Os dias pareciam se arrastar. Não era somente pelo fato de eu estar desesperada para ver Noah, mas também pela sensação de que já precisava de uns dias de folga da escola, do meu professor-tutor perguntando a cada dois dias se eu já tinha feito progressos na elaboração da minha redação para o processo seletivo da faculdade (será que eu já tinha um rascunho e queria que ele me desse uma opinião a respeito? Não exatamente...) e das montanhas de lição de casa que nunca pareciam ficar menores.

Lee vinha passando muito tempo nos treinos de futebol americano, ou então junto com os rapazes do time. E, quando não estava fazendo isso, geralmente, estava com Rachel e se ela não estivesse com Lee, estava com a cara enfiada nos estudos (ela queria passar na Universidade Brown) ou ensaiando para o espetáculo do clube de teatro, pois ela havia sido selecionada para o papel de Fantine.

Assim, comecei a passar bastante tempo em companhia de Levi. Depois de conversarmos sobre o seu passado e o seu pai, e também sobre a minha mãe, percebi que alguma coisa havia mudado entre nós. Havíamos nos tornado mais próximos por causa de acontecimentos que as outras pessoas não conseguiriam entender.

E, honestamente, ele talvez fosse a única pessoa capaz de me fazer sentir menos estressada por conta da faculdade. Ele era bem estudioso na escola, mas tinha uma postura bem *blasé* quando o assunto era a faculdade. Não tinha o menor desejo de cursar uma. Dizia que não era para ele. E era simplesmente assim. Mas, apesar disso, ele tentou me ajudar com a redação para o processo seletivo.

Quanto menos tempo Lee passava comigo, mais eu sentia a falta de Noah. Em um dia em que estávamos na sala de estudos, Levi e Dixon resolveram fazer uma brincadeira, jogando balas de goma em mim toda vez que eu tocava no nome de Noah. Depois de dez minutos, eles já não tinham mais nenhum doce.

— Podem me processar — eu disse para eles, irritada. — Estou com saudade do meu namorado.

Às vezes, aquilo me causava uma sensação de frio e vazio, como se ele devesse estar ao meu lado, com os braços ao redor de mim. Às vezes era uma pontada tão forte que chegava realmente a doer; nem mesmo todas as ligações telefônicas do mundo conseguiriam curar o que eu sentia. E o Uber Eats do meu restaurante favorito que Noah mandou para a minha casa, em uma noite em que ele sabia que eu estava tentando trabalhar na minha redação, realmente me fez chorar.

— Você é uma chorona, Elle Evans — disse ele, enquanto ria de mim quando o chamei no FaceTime para agradecer, com os olhos cheios de lágrimas e a voz embargada.

— Dê uma olhada no espelho. Foi você que mandou uma porção de batata frita com queijo para a sua namorada estressada.

Ele sorriu para mim, com aqueles olhos azuis cintilando e a covinha na bochecha esquerda bem aparente. Mas que droga, eu sentia uma saudade *enorme* dele naquele momento. Ele era simplesmente o cara mais meigo do mundo.

— É melhor eu deixar você em paz para trabalhar na sua redação — disse ele, parecendo estar tão relutante em encerrar a ligação quanto sua voz indicava. Eu acabei adiando aquela redação por mais uma hora enquanto conversávamos.

Nós participamos de algumas reuniões do grêmio estudantil sobre o baile de Sadie Hawkins também, o que ajudou a me distrair um pouco... mas, ao mesmo tempo, não chegou a ajudar tanto.

Não ajudou porque eu não tinha conseguido reunir a coragem para convidar Noah; não sabia se ia conseguir lidar com a rejeição quando já sentia tanta saudade; e ajudou porque, bem, era um baile da escola, e planejar esse tipo de evento era uma distração muito bem-vinda. Mesmo se o baile tivesse que acontecer no ginásio (e isso simplesmente tornava muito mais divertido o desafio de decorar o lugar com pouca verba).

Lee estava ficando tão confuso quanto eu com tudo o que estava acontecendo. Rachel já havia terminado de elaborar todo o material que enviaria para o processo seletivo da Universidade Brown, e parecia que todos os nossos amigos estavam perto de completar seus formulários e materiais associados ou, pelo menos, as redações. Enquanto isso, Lee e eu estávamos ficando para trás.

Mas não conversávamos tanto sobre isso.

Para ser sincera, nós não conversávamos mais sobre muita coisa.

Eu tinha a sensação de que Lee evitava me ver tanto quanto Noah evitava conversar comigo sobre Harvard. Quanto mais o tempo passava, menos ele parecia falar sobre suas aulas e seus amigos. Eu continuava dizendo a mim mesma que aquilo não tinha importância, e que obviamente não havia nada a dizer, mas... não conseguia evitar de me perguntar se ele estaria escondendo alguma coisa de mim.

Por sorte, houve um breve momento de alívio em que consegui me esquecer de todas as coisas que estavam me estressando quando chegou a festa de Jon Fletcher. Era a primeira festa do ano, além de algumas outras que nós sabíamos que tinham sido organizadas pelos alunos do penúltimo ano, mas nenhum de nós se dava ao trabalho de ir a essas.

Comecei a pensar que, talvez, quando fizemos festas no ano passado e nenhum aluno do último ano veio, não foi necessariamente porque eles achavam que eram bons demais para estar em nossa companhia; provavelmente isso aconteceu porque eles não tinham tempo.

Levi se ofereceu para me dar carona.

— Você não vai querer beber? — perguntei quando nos sentamos sobre a grama, debaixo de uma sombra, ao lado do campo de futebol americano na hora do almoço, na sexta-feira. Tínhamos saído da nossa aula um pouco mais cedo, então ainda teríamos que esperar até que o resto da galera aparecesse.

Ele deu de ombros, concentrado em tirar o almoço da mochila.

— Eu não curto muito beber. Quando meus amigos e eu começamos a ir a festas e a beber cerveja e outras coisas no ano passado, as coisas ruins começaram a acontecer com o meu pai, e eu não estava muito a fim de ir a festas. Julie também não curtia muito aquilo.

— E o que aconteceu depois? Você nunca foi a uma festa, então?

— Fui a uma festa no ano-novo, e outra no fim do verão, mas não fiquei muito tempo. Cheguei tarde e fui embora cedo.

— Ah. Bem, eu tenho certeza de que você vai adorar esta. Você já pode soltar os cabelos agora, não é?

Levi puxou as pontas dos cabelos. Havia ido ao barbeiro alguns dias antes e agora quase não dava para ver os cachos dele. — Ah, você sabe, aquelas trancinhas que eu estava usando começaram a me incomodar muito.

Eu revirei os olhos e comecei a arrancar a casca do pão do meu sanduíche. — Como está o seu pai?

— Está bem. Finalmente encontrou um terapeuta de quem gostou.

— Isso é bom.

Em seguida, Cam e Lisa apareceram de mãos dadas e Dixon não estava muito atrás, ocupado com o celular. Assim, nós encerramos aquele assunto e começamos a falar sobre a festa.

EU ESTAVA DIANTE DO GUARDA-ROUPA COM ROUPAS ESPALHADAS por todo o chão ao meu redor, bufei pela milionésima vez. Não tinha *nada* para vestir.

— Pelo amor de Deus, Shelly — suspirou Lee. — Escolha alguma coisa logo. Levi não vai demorar a chegar.

Rachel havia recusado o convite para a festa porque decidiu ficar em casa para revisar o conteúdo para os exames SAT que ia prestar na próxima semana. Ela estava rezando para conseguir uma admissão adiantada, e todos nós sabíamos que ela seria aprovada, mesmo que fosse pelos processos regulares de admissão. O histórico acadêmico dela era bom, Rachel iria arrebentar na prova do SAT.

Suspirei outra vez e peguei uma saia rodada que ia até a altura dos joelhos, vestindo-a em seguida. Já era metade de um traje, então considerei como um sinal de progresso. Meu celular tocou e Lee atendeu antes que eu pudesse pedir que o fizesse:

— Oi, Levi.

Depois de dizer "Aham" algumas vezes, Lee desligou.

— Levi vai chegar daqui a uns quinze minutos.

Peguei uma blusinha de seda azul-clara folgada e uma blusa amarela transpassada em estilo wrap fofa que eu tinha comprado em uma promoção no fim do verão.

— Qual delas?

— Hmmm... a amarela.

— Tem certeza?

Lee ergueu o corpo e ficou sentado na cama, silenciando-me. Não que ele fosse tão convincente; eu estava simplesmente surpresa por ele estar tão irritado. Eu sabia que ele não estava muito feliz por Rachel não querer ir à festa de hoje à noite, mas não chegou a lhe dizer aquilo; Lee compreendia que ela queria ficar em casa para estudar. Mas agora ele estava descontando o seu mau humor em mim. E eu já me sentia suficientemente mal-humorada sem precisar passar por aquilo.

— Sabe de uma coisa? Vou usar essa branca. — Peguei um cropped branco sem estampas, dando meia-volta antes de revirar os olhos para Lee. — Sei que você está chateado por Rachel não ir à festa, mas vai ser bem divertido! Sair com os amigos, nós e o resto da turma, como acontecia antes. E tudo vai valer a pena quando ela passar na Brown.

Lee estava quieto; tão quieto que fiquei assustada. Quando olhei para ele de novo, ele estava com as mãos entrelaçadas sobre o colo, encarando-as com uma careta.

— Ei. O que houve?

— Eu estava pensando... — disse ele, lentamente, sem olhar para mim. — Em me candidatar a uma vaga na Brown. Com Rachel.

Brown? A Universidade Brown?

Ele ia... se candidatar a uma vaga na Brown?

Foi como levar um soco no estômago, arrancando o meu fôlego por alguns segundos.

— Você vai mesmo fazer isso? Mas... e Berkeley? Nós... nós sempre falamos sobre irmos para lá.

— Sim, e agora estou falando sobre a Brown, com Rachel. Acho que consigo. Minhas notas são boas o bastante. Como você sempre disse, participar do grêmio estudantil tem um bom peso nos processos seletivos.

Fiquei olhando para ele por um bom tempo, sem saber o que dizer.

Lee e eu sempre tínhamos feito tudo juntos. Sempre que falávamos sobre a faculdade, falávamos sobre estudar juntos. E sempre seria na Universidade da Califórnia em Berkeley.

— Talvez eu nem seja aprovado — disse ele, após algum tempo. — Mas... você sabe. Talvez seja legal. Noah não falou com você sobre se candidatar a alguma faculdade na região de Boston? Para vocês ficarem mais próximos?

Ele não tinha falado. E eu nunca tinha pensado naquilo antes. E não estava pensando naquilo agora. A única coisa que passava pela minha cabeça era *Lee está escolhendo Rachel em vez de mim. De novo.*

— Levi vai chegar logo — disse ele, evitando o meu olhar e encolhendo os ombros. — Vou esperar lá embaixo.

Eu o observei enquanto ele saía do meu quarto, sem saber se alguma vez já havia sentido que Lee era um estranho para mim.

Quando Lee e eu estávamos embarcando no banco de trás do Toyota verde de Levi, ele ainda estava quieto, distante, muito distante do seu ânimo habitual. Cam estava no banco do passageiro e eu estava espremida entre Dixon e Lee no banco de trás.

— Quem está animado? — gritou Dixon enquanto eu brigava para afivelar o cinto de segurança.

— Súper — resmungou Lee.

— Ei, olhe só quem entrou no carro com um mau humor do caramba. O que aconteceu com você, cara?

— Não aconteceu nada, ok?

Virei-me para Dixon, fazendo uma careta, e ele respondeu dando de ombros. Será que tudo aquilo era por causa da faculdade? De Rachel? Ou era alguma outra coisa completamente diferente?

Lee começou a ficar mais animado depois que já estávamos na festa, engolindo algumas cervejas. Eu o observei enquanto ele enchia o copo no barril de chope pela terceira vez, mas decidi não incomodá-lo com aquele assunto. Ele sabia beber com responsabilidade. Sempre ficava um pouco alto, mas raramente ficava bêbado a ponto de cair no chão. Eu é que costumava beber sem responsabilidade.

Quando Rachel nos disse que não iria à festa, fiquei bem mais animada do que deixei transparecer. Mas agora que estávamos ali, eu estava começando a desejar que Rachel aparecesse, apesar de tudo. Não conseguia deixar de achar que o mau humor de Lee tinha alguma coisa a ver comigo, e que ela poderia ajudar a melhorar aquela situação.

Lee parecia mais interessado em ficar com os rapazes do time de futebol americano do que com qualquer um de nós. Alguns deles passavam por nós e gritavam: — E aí, Pequeno Flynn! Como está, cara?

— Não sou só eu que estou achando isso estranho, não é? — falei, segurando na manga da camisa de Cam e olhando ao redor. — Ele está esquisito.

— Ele está sendo um cuzão — concordou Warren, e saiu de perto de nós.

Quando Lee já havia enchido o copo pela décima terceira vez, estava agindo como se eu nem estivesse ali. Colocou o copo sobre o barril de chope, encheu-o, cambaleando um pouco no lugar onde estava, e ria de alguma coisa que Jon Fletcher acabara de dizer.

— Lee, você não acha que já bebeu o bastante? — eu disse. — Ainda não são nem onze horas... — Solucei ao lhe dizer isso. Tinha tomado somente duas cervejas, mas já era o bastante para fazer com que não me sentisse tão sóbria.

— Cale a boca, Shelly.

Quando Lee me mandava calar a boca, ele geralmente estava sorrindo. Agora, entretanto, estava revirando os olhos para mim, sorrindo para Jon como se aquilo fosse uma grande piada. Jon não parecia ter achado aquilo tão engraçado e olhou para mim desajeitada-mente enquanto eu encarava Lee boquiaberta, magoada e confusa.

— Lee...

— Pare de me seguir por aí como um cachorrinho perdido. Isso é um horror. Só porque Noah não está mais por aqui, isso não significa que você tenha que ficar falando dele quando está perto de mim.

Em seguida, ele passou por mim e se afastou, deixando-me com o queixo caído em algum lugar do chão da cozinha. As palavras eram um tapa na minha cara, mas Lee nunca ficou irritado comigo desse jeito sem que houvesse alguma razão. Eu simplesmente não entendia. Mordi o lábio, sentindo as lágrimas arderem nos cantos dos olhos.

— Ele só está bêbado — disse Jon, querendo justificar a situação.

— Ele...

Eu engoli em seco, levando um segundo para conseguir me reorientar e piscar para espantar as lágrimas antes de sussurrar: — Ah, é claro.

— Eu vou... — Ele me deu um tapinha no ombro antes de sair da cozinha e chamar alguém. Fiquei feliz por ele não tentar conversar mais comigo sobre o que havia acabado de acontecer; acho que eu não conseguiria falar nada naquele momento.

Eu ainda estava parada no mesmo lugar quando alguns dos rapazes do time de basquete entraram na cozinha, empunhando uma garrafa e gritando: — Tequila! Tequila! Tequila! — Por algum motivo, eu os segui.

No *hall* de entrada da casa de Jon Fletcher, a festa estava ficando mais intensa. A música estava mais alta, músicas diferentes saindo de diferentes portas abertas e pessoas encostadas nas paredes, ao redor de vasos de plantas ou apoiadas no corrimão.

Estava bem mais quente ali, e era mais difícil de atravessar o lugar.

Eu trombei com alguém e recuei, batendo em outra pessoa, cambaleando sem conseguir me equilibrar direito por alguns momentos. A primeira pessoa em quem trombei segurou no meu cotovelo.

— Ei! — eu exclamei, vendo que era Levi. — Estão tomando tequila ali do outro lado. Está a fim?

— Eu tenho que dirigir.

— Ah, sim, é claro. Bem, você pode vir olhar a gente tomar tequila.

— Lee me mandou ficar de olho em você, se ficasse bêbada...

— Não estou bêbada! — eu protestei. — Estou magoada, um pouco alta, mas não bêbada.

— Ele me disse para não deixar você tomar tequila. Os garotos disseram que você não aguenta bebida forte, e, por mais que eu não me importe em ficar de olho em você, eu não vou ficar ao seu lado segurando o seu cabelo enquanto você vomita em uma privada.

Eu disse que não ia vomitar, mas ainda estava irritada demais com as atitudes de Lee naquela noite para prestar muita atenção no que Levi estava me dizendo. Havia perdido de vista o braço que estava empunhando a garrafa de tequila no ar, acima da cabeça das pessoas, como se fosse uma bandeira laranja fosforescente nas mãos de um guia turístico. Se Lee estava preocupado comigo, então por que ele me rechaçou daquele jeito? Por que ele não estava cuidando pessoalmente de mim, já que achava que eu podia causar tantos problemas? Por que ele não tinha me dito que não queria mais ir para a faculdade comigo?

Então que eu comecei a chorar.

— Ah, meu Deus — disse Levi.

Eu funguei um pouco, mas agora que havia começado, não conseguia mais parar. Vi algumas pessoas olhando para Levi com cara feia, como se ele tivesse feito algo que me magoou, e quase esperei que ele me desse as costas e saísse dali, deixando-me sozinha para que outra pessoa viesse tomar conta de mim.

Mas ele pegou na minha mão suada dizendo que um pouco de ar fresco talvez me fizesse bem, e abriu caminho entre as pessoas até a porta da frente da casa, puxando-me para que eu fosse logo atrás. Do lado de fora, fomos nos sentar na calçada diante da casa. O tempo não estava tão frio, mas, depois do calor que estava fazendo dentro da casa com tantas pessoas, estremeci, esfregando os braços.

— Está melhor agora? — perguntou Levi.

Passei as pontas dos dedos embaixo dos olhos para tentar me livrar de um pouco do delineador que pudesse ter escorrido, e em seguida esfreguei o nariz com as costas da mão. Minha bolsa estava em algum lugar dentro da casa. Tinha alguns lenços de papel, mas aquilo não ia me ajudar agora.

— Quer conversar?

— Lee está me tratando muito mal — reclamei, com uma voz que soava patética até mesmo para mim. — Nós quase não passamos mais nenhum tempo juntos agora, somente nós dois, e hoje seria uma oportunidade de nos encontrarmos e conversar sem Rachel ou qualquer outra coisa. Em vez disso, ele simplesmente me ignorou e não sei o que fiz para ele me odiar assim!

— Lee não odeia você.

— Então por que ele está sendo tão cruel?

— Provavelmente ele só está estressado por causa da faculdade, assim como todo o resto da turma.

— Então, por que ele não vem falar comigo sobre isso? Sabe, ele me disse esta noite que vai tentar uma vaga na Brown, junto com Rachel. E isso é algo que surgiu, assim, *do* nada. Nós passávamos o tempo inteiro juntos. E agora, se fazemos algum plano, ele quase sempre cancela para ficar com Rachel, ou está ocupado demais com o time de futebol americano. Está até mesmo cancelando os nossos planos para a faculdade por causa dela.

— Talvez seja por causa de Rachel que ele não esteja passando muito tempo com você, quando tem tempo livre fora da escola e dos treinos de futebol americano. Não me entenda mal, mas ela deve achar estranho que a melhor amiga do namorado seja uma garota. E uma garota muito bonita, diga-se de passagem. Objetivamente falando, é claro. E também... não é comum que muitas pessoas queiram ir para a faculdade com a sua outra metade da laranja?

— Eu sou a metade da laranja de Lee.

— Você sabe do que eu estou falando — suspirou Levi. — Não sei, só estou tentando dizer que talvez haja uma boa razão para isso acontecer. Não consigo vê-lo agindo como um cuzão simplesmente porque é um cuzão. Ele não é assim. Lee é um cara legal.

— Isso é verdade.

De algum modo, aquilo só serviu para me deixar ainda pior.

— Acho que quero ir para casa — conclui, cruzando as mãos sobre os joelhos. — Não estou mais no clima para ficar na festa.

E me levantei.

— Espere aí. Você não vai voltar para casa andando, não é? Primeiro, você não está sóbria, então isso não é uma boa ideia; segundo, você mora longe; e terceiro, simplesmente é perigoso andar sozinha a essa hora.

— Obrigada pela preocupação, mas eu só levantei para ir pegar a minha bolsa. Vou ligar para o meu pai, para ele vir me buscar.

— Ah — disse Levi, levantando-se também. — Não me importo em levar você para casa, se quiser. Depois posso voltar aqui e passar mais uma hora até que os outros queiram ir embora também.

— Por acaso, nós estamos pagando para você ser o nosso motorista particular?

— Não, nada disso. Estou fazendo isso para acumular bom carma.

— Não sei se você consegue acumular esse carma se a ação for premeditada.

— Vale a pena tentar, não é?

— Talvez. Mas é uma pena que a gente não esteja tomando uma dose de tequila.

QUANDO CHEGUEI EM CASA, A LUZ ESTAVA ACESA NA SALA DE ESTAR e as cortinas estavam fechadas. Levi colocou o carro em ponto morto e puxou o freio de mão.

— Obrigada. Tem certeza de que não quer que eu lhe dê uma grana para a gasolina?

— Está tudo bem, Elle, não se preocupe. — Ele sorriu. — Mas posso pedir que você me pague ajudando a cuidar da minha irmã alguma outra noite.

— Ah, sabia que era uma cilada. — Desafivelei o cinto de segurança e desci do carro. — Bem, obrigada. De novo. Agradeço muito mesmo.

Fechei a porta do carro e subi pela calçada que levava até a porta da frente, mas não tinha nem chegado até a varanda quando ouvi Levi me chamar. Virei-me para trás.

— Sim?

— Tenho certeza de que Lee vai parar de agir desse jeito. Vocês vão conseguir dar um jeito na questão da faculdade. Se realmente forem tão amigos, vão conseguir consertar tudo isso.

— Espero que sim.

Em seguida, ele sorriu outra vez, acenou, deu a partida no carro e foi embora. Eu estava revirando a bolsa em busca da chave da casa quando meu pai abriu a porta.

— Não achei que você fosse voltar tão cedo.

Eu dei de ombros. — Fiquei entediada. A festa não estava tão boa.

— Isso não significa que você ficou tão bêbada que chegou a vomitar, não é? — Ele franziu as sobrancelhas como se já estivesse tentando decidir por quanto tempo eu merecia ficar de castigo.

— Não. Significa que a noite foi ruim. Eu simplesmente não estava muito animada para a festa. Levi me trouxe.

— Alguém mais saiu cedo da festa? Onde está Lee?

— Não, só eu. Vou só subir e deitar.

— Tem certeza? Brad e eu estamos assistindo àquele filme novo do Tom Cruise. Não falta muito para terminar, mas você pode vir assistir com a gente. A história não é tão difícil de entender...

Brad geralmente não ficava acordado até tão tarde, mas imaginei que não importava se acontecesse de vez em quando. E eu até estava com vontade, porque me sentia tão arrasada que talvez ficar junto da minha família com um filme que não era tão ruim faria com que eu me sentisse pelo menos um pouco melhor.

Mas a vontade de me enfiar embaixo do edredom e ficar ali para sempre era maior.

— Não, obrigada. Vou só ir para a cama mesmo.

— Tudo bem, então. — Meu pai nunca me viu sair cedo de uma festa. Nessas ocasiões, geralmente, ele me daria uma bronca no dia seguinte por chegar em casa muito tarde. Por isso, agora, eu não estava surpresa por ele estar me olhando com uma expressão preocupada, franzindo as sobrancelhas por trás dos óculos.

Eu já estava na metade da escada quando ele me chamou. — Tem certeza de que está tudo bem? Aconteceu alguma coisa?

Eu sorri para ele, vendo aquela preocupação transformar-se em pânico. — Não, pai. Está tudo bem, de verdade. Foi só uma festa bem chata, e estou morta.

— Você sabe que pode me contar qualquer coisa, não é, meu bem?

— Eu sei, pai.

— E não tem nada que você queira me contar?

— Não. Meu Deus, está tudo bem! — Bufei e continuei subindo a escada, e aquele foi o fim da conversa.

QUANDO EU ESTAVA ENROLADA DENTRO DO CASULO DO MEU EDREDOM e usando uma das camisetas que Noah havia deixado para trás, depois de tirar toda a minha maquiagem, olhei para a tela do meu celular e abri os contatos.

June Flynn. Lee Flynn. Matthew Flynn. Noah Flynn.

Meu polegar pairava sobre o aparelho. Eu sabia que precisava conversar com um dos irmãos Flynn. Só não conseguia decidir com qual deles.

Ligue para Lee. Converse com ele. Dê um jeito nessa situação. Talvez ele já esteja em casa.

Não, ligue para Noah. Você não teve uma única oportunidade de conversar com ele já faz uns dias, e a última ligação não durou muito. Ligue para ele. Fale sobre Lee e veja o que ele tem a dizer. É sexta-feira à noite e ele provavelmente deve estar voltando de alguma festa.

Liguei para Noah, embora soubesse que ele provavelmente já estaria dormindo a esta hora.

O telefone tocou, tocou... tocou, e...

— *Oi, você ligou para Noah. Deixe uma mensagem e eu retorno a ligação.*

Em vez de desligar quando o "bip" apitou, continuei com o telefone na orelha. Quando foi que ele mudou a mensagem do correio de voz? Antigamente a mensagem era mais curta: "Oi, aqui é Flynn. Você sabe o que deve fazer".

Eu percebi que, a essa altura, ele já tinha dez segundos da minha respiração na linha, e imaginei que talvez devesse dizer alguma coisa.

— Oi. Sou eu. Hmmm, Elle. Queria conversar, mas acho que você está dormindo. Ligo de novo amanhã. Hmmm... amo você.

Esta noite, mais do que em qualquer outra, eu queria que Noah estivesse aqui comigo. Entre aquele correio de voz e o jeito que Lee agiu na festa, eu nunca havia me sentido tão sozinha.

8

EU ESPERAVA QUE LEE FOSSE ME LIGAR E PEDIR DESCULPAS NO DIA seguinte, mas ele não ligou.

Mesmo assim, no fim da manhã, desisti de esperar que ele viesse conversar comigo e mandei uma mensagem para ele no WhatsApp, perguntando se ele estava com Rachel. Não estava; ele estava em casa. Assim, fui direto até a casa dele, preparando-me psicologicamente para bater boca com o meu melhor amigo se necessário e exigir uma explicação por ele ter agido como um babaca na festa da noite anterior. E nós realmente precisávamos conversar sobre toda essa situação da faculdade.

Eu já estava perdendo a fé em mim mesma quando cheguei à porta da frente. Não gostava de brigar com ninguém (com exceção das discussões com Noah por causa de coisas pequenas, mas isso era diferente). Acima de tudo, eu detestava a ideia de brigar com o meu melhor amigo.

Talvez fosse melhor esquecer tudo aquilo e simplesmente fingir que nada havia acontecido.

A porta se abriu.

— Por que você está parada aí?

Ergui os olhos e vi que Lee sorria para mim, mas, ao mesmo tempo, estava confuso por eu estar acerca de um metro da porta, com os punhos fechados ao lado do corpo. Imaginei que eu devia estar assim há alguns minutos, se ele percebeu.

Lee estava com olheiras escuras no rosto e com os olhos avermelhados, como se ele não tivesse dormido nem um pouco e também como se houvesse bebido demais na noite passada. Seu cabelo escuro estava úmido; ainda molhado depois de um banho, imaginei.

Apertei os lábios. Eu tinha que conversar com ele, e tinha de ser agora, antes que me acovardasse.

Senti meu estômago se revirar.

A minha boca se abriu e eu disse, atropelando as palavras:

— Por que você foi tão babaca comigo ontem à noite? Está fazendo isso de propósito para me afastar de você? Por que você não quer mais ir para a faculdade comigo? É por causa de Rachel? Foi alguma coisa que eu fiz? Tem alguma coisa a ver com Noah?

— Ei, ei, acalme-se — disse Lee, enquanto eu arfava para recuperar o fôlego. — Olhe, venha para dentro e nós vamos conversar, está bem?

Fiz que sim com a cabeça e fui até a porta. Dentro da casa, senti o cheiro da comida que June estava preparando — apimentada e suficientemente apetitosa para fazer minha boca salivar — e a TV estava ligada na sala de estar, onde eu imaginava que Matthew, o pai de Lee, estava. June gritou um "oi" para mim e eu respondi do mesmo jeito, tentando não demonstrar o quanto estava ansiosa.

Subimos até o quarto de Lee. Havia uma sacada pequena e as portas estavam escancaradas, com as cortinas finas balançando por conta da brisa; uma música tocava no seu MacBook, e Lee baixou o volume. Eu me sentei no pé da cama.

Geralmente, eu trataria o quarto de Lee como se fosse o meu, mas, agora, estava me sentindo nervosa. Não era hora de me jogar naquela cama e ficar pulando para cima e para baixo.

Já fazia algum tempo desde a última vez que estive ali. O quarto estava mais limpo e organizado do que eu já tinha visto antes.

— Você se livrou daquela bateria — falei, percebendo o espaço vazio no canto.

Ele deu de ombros.

— Eu não estava mais tocando, então, a vendi. — Ele se sentou de frente na cadeira giratória que estava diante da escrivaninha, virando-a para trás e apoiando o peito no encosto. Os dedos dos pés dele pressionavam o chão e ele balançava ligeiramente o corpo de um lado para outro. Esperei que ele dissesse alguma coisa, qualquer coisa, mas ele estava em silêncio. E, logo em seguida, a minha paciência se esgotou.

— Sabe de uma coisa? — falei, e aquela frase saiu curta e irritada. Cortante e feroz. Parecia ter soado do jeito errado, mas eu não conseguia mais parar. — Já é muito ruim o fato de que eu quase não tenho conseguido conversar com Noah ultimamente, mas não suporto ser rejeitada por você também. E não estou só falando da faculdade. Nós nunca conversamos, não como antigamente, nós quase não ficamos juntos mais e eu... eu... a sensação que tenho é que você está querendo se afastar de mim.

Eu terminei de falar de um jeito bem piegas, deixando a frase morrer no ar. Percebi que estava retorcendo as mãos e parei, sentando sobre elas em seguida. Pelo menos assim elas não ficariam tremendo.

— Não estou me afastando de você.

— Sim, você está.

Ele revirou os olhos.

— Está — insisti, sentindo a minha voz ficar mais alta, com convicção. Não ia deixar Lee esquivar-se daquilo, agora que finalmente estávamos conversando a respeito. — É como se você não tivesse vontade de encontrar tempo para ficar comigo. Ontem à noite mesmo, você me mandou calar a boca.

Os ombros de Lee caíram e ele baixou os olhos, fitando as mãos que estavam juntas ao redor do encosto da cadeira. Ele sabia que eu tinha razão. Lee ficou em silêncio por algum tempo, o que me deixou ainda mais nervosa. Eu não estava mais sentada sobre as minhas mãos também; tirei-as de baixo das minhas coxas para que pudesse retorcê-las de novo. Meu coração batia com força e eu senti um calombo no fundo da garganta que tinha gosto de bile.

— Eu sei. Sou um péssimo melhor amigo — foi o que ele disse, finalmente.

— Obrigada por admitir, mas eu gostaria de uma explicação.

Lee passou as mãos pelos cabelos. Ele não o cortava há algum tempo, e agora estava quase tão longo quanto o de Noah.

— Não tive a intenção de agir como um babaca. Desculpe.

— Não quero que você peça desculpas, Lee! Quero que você me conte por que fez isso. Quero saber o que está acontecendo.

— Não há nada acontecendo. E daí? Eu bebi demais e apenas perdi a paciência com você. Não sei o que você quer que eu diga, Elle. Me desculpe. E não devia ter feito aquilo. Eu entendo se você estiver brava comigo.

Pressionei os nós dos dedos na minha testa, passando os dedos com força pelos cabelos e suspirei.

— Meu Deus, Lee, eu só...

Me levantei, balançando a cabeça e me sentindo enjoada. Não podia ficar ali se ele fosse continuar agindo daquele jeito.

— Tudo bem, então. Quer saber? Continue assim. Continue agindo exatamente desse jeito. Você pode acabar perdendo todos nós, todos os seus amigos. Toda a nossa turma disse que você estava agindo de um jeito esquisito ontem à noite. Mas eu não preciso ficar aqui e ouvir esse monte de besteiras de alguém que deveria ser o meu melhor amigo. Se você não vai falar comigo...

Lee se levantou com um movimento rápido, derrubando a cadeira e bloqueando a minha passagem.

— Eles me chamam de Pequeno Flynn.

— Oi?

— Os rapazes do time de futebol americano. Eles me chamam de Pequeno Flynn. E o treinador vive falando sobre Noah sobre como ele era mais rápido, ou como arremessava melhor a bola, ou qualquer outra coisa. Todos esperam que eu seja igual a ele. Eu sou o novo Flynn do time, sabia?

— E daí? Isso significa que você tem que tentar agir como se eu não existisse?

— Significa que eu estou tentando... ser mais descolado.

Eu ri daquilo, mas sem qualquer humor. — E você está agindo assim? Sendo um babaca com todos nós? Mandando eu calar a boca? Isso é ser descolado?

Ele não conseguiu dizer nada em resposta àquele argumento. Simplesmente ficou olhando para os próprios pés.

— Achei que você já fosse descolado por ter vencido aquela competição de iniciação.

— Me disseram que Noah ganhou na época da sua iniciação no time, e ele ainda estava apenas no segundo ano do ensino médio quando isso aconteceu. E os caras esperam que eu seja tão bom quanto meu irmão era.

Voltei a me sentar na cama e Lee soltou a respiração, relaxando as sobrancelhas antes de continuar. Ele pegou a cadeira do chão e a endireitou. Apoiou o corpo na escrivaninha, com as mãos para trás. Eu tinha ouvido um ou dois rapazes chamarem Lee de "Pequeno Flynn", mas nunca cheguei a imaginar que ele se sentia *tão mal* com aquilo. Toda essa situação fez com que eu me irritasse por ele — mas também me deixou ainda mais triste em relação a toda aquela discussão. Ele podia ter conversado comigo. E por que não conversou?

— Isso me afeta demais, sabia? O jeito que eles me tratam. Mesmo que eu tenha conseguido impressioná-los e seja parte do time, ainda não sou bom o bastante. Gosto de fazer parte do time, Elle, e eu...

— Noah nunca me mandou calar a boca em uma festa.

— Está vendo? Ele é literalmente melhor do que eu em tudo.

— Não, Lee. Eu não... você... — Como responderia àquilo?

— Eu sei o quanto isso parece ser estúpido — ele me disse, com os olhos arregalados e úmidos. — Sei que pareço um idiota choramingando pelos cantos, está bem? Eu sei. Se quiser saber, nem falei sobre isso com Rachel. Queria cuidar disso sozinho, sabe como é? Apenas... encontrar uma solução.

— Você não precisa ser Noah, Lee. E não é uma coisa patética. Você é incrível do jeito que é. Além disso, você nem joga na mesma posição que ele. Você é um dos *receivers*, não? É uma posição de ataque?

— Sim, de ataque. — Ele sorriu, olhando nos meus olhos outra vez.

— É isso, então. Eles nem podem comparar você com o seu irmão se não jogam na mesma posição.

— Acho que você tem razão.

— Além disso, você nem é tão pequeno. Há caras menores do que você no time.

— Sim...

— E eu, com toda certeza, vou parar de defender você e de animá-lo quando estiver triste se me mandar calar a boca daquele jeito outra vez.

— Se eu fizer isso de novo, sinta-se à vontade para jogar um barril de cerveja na minha cabeça.

— Não quer colocar essa promessa em um contrato?

Lee riu e atravessou o quarto, parando na minha frente.

— Estamos bem, então? Posso lhe dar um abraço agora? Tenho a sensação de que as coisas nunca estão bem quando brigamos, se não terminamos com um abraço.

Levantei o dedo apontando para ele. — Eu juro por Deus, Lee, é melhor que isso nunca aconteça de novo. Você pode conversar comigo sobre qualquer problema que tiver, e sabe disso. Mas nunca mais faça o que você fez na noite passada.

— Juro por Deus.

Eu me levantei e Lee estava me abraçando com força, praticamente pulando em cima de mim, antes que eu conseguisse ficar em pé. Todas aquelas semanas em que não nos vimos e toda a tensão que havia se acumulado entre nós evaporou. Ele me abraçou com força, e eu o abracei com toda a minha força também. Ouvi quando ele fungou.

— Você está cheirando o meu cabelo?

— Não. Estou segurando para não chorar.

Eu ri, apertando a cabeça contra o ombro dele em resposta. Ainda estava um pouco irritada, mas pelo menos ele havia conversado comigo. E pediu desculpas. Isso já devia ser um ponto positivo.

Além disso, se você não consegue perdoar seu melhor amigo quando ele está se segurando para não chorar, será que realmente vocês dois podem se considerar melhores amigos?

— Você se divertiu na festa, pelo menos? — perguntei a ele, quando finalmente nos afastamos. — Além de irritar todos os seus amigos?

— Não foi uma das minhas melhores noites. Eu quebrei um vaso, cheguei depois do horário que meus pais definiram e quase acabei com a nossa amizade. E vomitei no carro de alguém.

— Uau.

— Pois é... e me desculpe por ter estragado a sua noite. Sei que você foi embora cedo por minha causa.

— Foi Levi que disse isso?

Lee confirmou com um aceno de cabeça e mudou o assunto, claramente farto de falar sobre si mesmo.

— Vocês dois parecem ter ficado bem amigos. Isso é legal. Sabe, desde que ele não esteja tentando roubar o meu posto de melhor amigo, está tudo bem — emendou ele, com uma imitação do sorriso malandro que deixava bem mais parecido com o Lee que eu conhecia. — Eu só quero dizer que, como eu não tenho passado muito tempo com você e Noah não está por aqui, é legal você ter alguém com quem pode contar. Eu me preocupo com você, Shelly. Por exemplo, Rachel tem o clube de teatro, mas você...

— Eu não tenho talento suficiente para participar de nenhuma atividade extracurricular como o clube de teatro?

— Não era isso que eu ia dizer.

— Mesmo assim, é verdade.

— Você podia entrar na equipe de atletismo. Talvez não na de vôlei, mas até que se sairia bem no atletismo.

— Sim, talvez. Não faria mal acrescentar outra atividade nos formulários para a faculdade.

Lee revirou os olhos.

— Você e essa maldita faculdade. E por falar nisso... olhe, não é só por causa da Rachel que estou pensando em ir para a Brown. Foi onde o meu pai estudou também. E você poderia tentar conseguir uma vaga lá. As suas notas são melhores do que as minhas. Podemos ir todos juntos para a Brown.

— Talvez.

— E eu não estou... não estou escolhendo Rachel, está bem? Não é isso que eu quero fazer, pelo menos. Mas todos os rapazes disseram que ela deve achar muito esquisito o fato de eu e você sermos tão próximos, e que eu deveria me esforçar mais com Rachel, e...

— Foi Warren que lhe disse isso?

Lee fez uma careta.

— Warren é solteiro e é um idiota. Mas... eu entendo.

Detestava admitir aquilo, mas realmente entendia por que ele estava preocupado com aquela situação.

— Se você não der um jeito nas coisas, Lee, então eu vou fazer isso. Vou fazer a porra de um calendário para você, se precisar chegar a esse ponto. Vamos dividir a sua guarda aos fins de semana. E eu vou vir ficar com você toda terça-feira à noite.

— Eu vou dar um jeito nisso. — Ele riu.

Em seguida, alguém gritou ao pé da escada.

— Ei, crianças! O almoço está na mesa!

E a nossa conversa acabou. Mas outra começou logo em seguida, menos séria e mais parecida com as que tínhamos antigamente, os dois fazendo piadas e brincando um com o outro. E o braço dele trombou no meu quando descíamos a escada.

Era ótimo ter Lee de volta.

9

TENTEI LIGAR PARA NOAH MAIS UMA VEZ QUANDO CHEGUEI EM CASA depois de almoçar com a família Flynn. Trocamos algumas mensagens durante o dia — as habituais: *Oi / Como está? / O que está fazendo de bom? / Estou com saudade* — mas eu *realmente* queria conversar com ele. Mas que droga, eu trocava mais mensagens com Levi do que com Noah nesses últimos dias.

Era de matar o fato de que Noah tinha que ir para a faculdade do outro lado do país. Por que Harvard tinha que ficar tão longe?

Eu detestava não poder ir andando até a casa de Noah para ficar com ele. Detestava não poder tirar uma soneca aninhada nos braços dele no sofá. Detestava não poder bater boca com ele sobre o que iríamos assistir na TV, mesmo que, no fim, acabássemos não prestando muita atenção. Detestava o fato de que ele não estava aqui para me fazer rir, beijar o meu nariz e me olhar como se eu fosse a única coisa que importava naquele momento. Detestava sentir tanta saudade dele e não poder fazer nada a respeito.

Sim, eu tinha muitas coisas com as quais me ocupar para afastar da cabeça a saudade que estava sentido de Noah, mas, em momentos como esse, parecia que faltava uma parte de mim — mais especificamente, uma parte com o mesmo tamanho e forma de Noah. Era como sentir uma dor no peito ou como se eu tivesse algo pesado pressionando meus pulmões, e um tipo de tristeza que nem mesmo os memes de gatos fofos eram capazes de fazer arrefecer. ("Arrefecer" era uma das palavras da prova de vocabulário dos exames SAT que estavam na minha lista para aprender naquela semana.)

Quanto mais eu esperava até que Noah atendesse, mais perto chegava da beirada da cama, e começava a roer a minha unha.

Por que ele não estava atendendo? Ele quase nunca me atendia ultimamente. Será que ele estava estudando? Provavelmente estava estudando e deixou o celular no modo silencioso, ou talvez tivesse até mesmo desligado o celular para não ser incomodado.

Será que tinha saído com amigos? Por que ele não atendia? Será que estava me ignorando?

Finalmente, Noah me atendeu. A imagem com o vídeo do seu rosto encheu a tela. Aquele sorriso largo, o nariz torto, a covinha na bochecha, aqueles lindos olhos azuis. Os cabelos dele estavam mais curtos do que o habitual e... ele estava de barba? Eu passo alguns dias sem conseguir fazer uma chamada de vídeo com Noah e, subitamente, ele corta o cabelo e começa a deixar a barba crescer?

Caia um raio na minha cabeça se aquilo não combinava com ele. Noah parecia bem mais velho. Havia árvores no fundo do vídeo, o sol baixo no horizonte e o céu azul. Ele estava sentado em algum lugar com os fones nas orelhas e a brisa agitava seus cabelos.

— Ei, você.

E ele parecia estar tão feliz por conversar comigo que parei de roer a unha, deitei de bruços na cama, apoiando-me nos cotovelos e abri um sorriso. — Oi. Como você está?

— Estou bem. Sim, está tudo bem. E você? Parece estar estressada. Ficou bêbada ontem à noite e agora está de castigo? — ele riu, olhando para mim com uma expressão fajuta de decepção.

— Não, eu estou bem. A festa foi legal. Acabei de voltar da casa dos seus pais. Fui almoçar com seu irmão e com eles.

Noah sabia que Lee estava dispensando a minha companhia para ficar com Rachel com muita frequência nos últimos tempos, e nós discutimos por uns vinte minutos, eu acho, há duas semanas, até ele prometer que não ia falar com Lee sobre aquilo. Tive a sensação de que contar *tudo* o que aconteceu na festa da noite passada só iria provocar uma briga entre os dois.

— Vamos lá, Elle, abra o bico. O que houve?

Eu suspirei, mordendo a parte interna da bochecha. Não devia ter feito uma chamada de vídeo.

— Lee foi meio babaca ontem à noite, na festa. Com todo mundo, não só comigo. Foi por isso que eu fui até a casa de vocês, na verdade. Para conversar com ele.

— E...?

— Nós resolvemos a situação. Ele vai tentar não me dispensar tanto para ficar com Rachel. — E depois, antes que eu conseguisse me conter, franzi a testa e soltei a frase: — Você sabia que ele quer estudar na Brown?

— Como assim? Igual ao nosso pai?

— Para poder ficar perto de Rachel — esclareci.

Observei Noah enquanto ele percebia o que eu queria dizer. Os olhos dele apontaram para o lado da tela. Vi que as sobrancelhas dele se uniram e os lábios ficaram apertados, formando uma linha. Eu estava esperando que ele fosse começar a desfiar uma longa lista de argumentos sobre Lee estar perdendo a cabeça, que isso seria ir longe demais, e o que aconteceria comigo, e por que havia decidido não ir mais para Berkeley? Mas, quando finalmente abriu a boca, o que ele disse foi:

— Sabe de uma coisa... há várias boas escolas aqui em Boston.

Aquilo arrancou o ar dos meus pulmões por um segundo, e nós ficamos nos olhando pela câmera do celular. Eu aspirei o ar pelo nariz, um som alto, forte e entrecortado. Lee havia feito um comentário descuidado sobre aquele detalhe ontem, mas ouvir aquela sugestão de Noah...

Será que ele realmente queria que eu estivesse lá, com ele?

Eu devo ter passado um bom tempo quieta, porque Noah se agitou na tela, sentindo-se desconfortável, com as bochechas tingidas com um leve tom rosado. Seus olhos estavam focados em qualquer outra coisa que não fosse a tela do celular, e ele passava uma das mãos pelos cabelos, indo e voltando.

— Talvez eu possa dar uma olhada — respondi. — Ou algo assim.

— Então, Lee está pensando em estudar na Brown? — disse Noah. — Deve ter sido estranho para você. É por isso que ele vem sendo tão babaca ultimamente?

Tentei não deixar transparecer o alívio que senti quando ele mudou de assunto, deixando de lado a ideia de ir à faculdade com ele em Boston.

Fiquei contente por saber que ele gostaria que eu estivesse mais perto, mas... não era legal escolher uma faculdade somente porque o meu namorado estava naquela cidade, não é? E o que aconteceria com Lee? Eu precisava pensar também no meu pai e em Brad. Berkeley não era longe de casa. Isso sempre foi um fator importante. Eu não podia simplesmente deixá-los.

Eu não achava que aquele era o tipo de conversa para se ter ao telefone, somente por causa de um capricho.

— Bem, na verdade... — comecei, e expliquei que a postura de Lee tinha menos a ver com Rachel, como eu havia pensado, e mais com o fato de que ele sentia que precisava corresponder às expectativas das pessoas, que esperavam que ele agisse como o irmão. Observei a expressão de Noah se fechando conforme eu lhe explicava a situação, dividida entre a culpa e a irritação.

— Talvez eu devesse conversar com Lee. Dizer a ele para parar de se preocupar com isso ou algo parecido. Não sei.

— É sério, ele estava bem incomodado com toda essa situação. Provavelmente só vai ficar mais irritado se você tentar conversar com ele a respeito.

— Sim, acho que você tem razão.

— É claro que tenho razão. Eu sempre tenho razão.

— Claro que tem, Shelly. Você sempre tem razão. — Ele abriu aquele sorriso torto que era a sua marca registrada, transformando as minhas entranhas em geleia e fazendo com que eu sentisse saudade dele. *Muita saudade.* Eu queria poder enfiar a mão pela tela do celular, segurar o rosto dele e beijá-lo.

— Não consigo acreditar que você está deixando a barba crescer — comentei.

Ele inclinou a cabeça para trás, esfregando a mão no queixo e mostrando-se de um ângulo em que eu podia vê-lo melhor.

— Não gostou?

— Está lindo.

— Tem razão de novo, Shelly. — Ele piscou o olho, me fazendo rir. — Mas, falando sério, quebrei a minha lâmina de barbear e ainda não comprei outra.

— As aulas estão tomando o seu tempo?

— Mais ou menos isso — disse ele, ficando com a expressão firme.

Senti como se o meu estômago estivesse cheio de nós. O que foi que eu tinha dito? Ele havia parado de conversar comigo sobre suas aulas e outras coisas. Francamente, eu estava ficando um pouco preocupada com ele. Noah *sempre* mudava de assunto quando eu perguntava sobre as aulas ou os trabalhos que teria de fazer. Tudo bem, talvez ele simplesmente não tivesse muita coisa a dizer, ou pensava que eu ia achar aquilo uma chatice, ou que não seria capaz de entender, mas percebia que havia algo que ele não estava me dizendo.

Mesmo assim, perguntei: — E então... o que está achando da faculdade? Está conseguindo dar conta de tudo?

Ele deu um meio sorriso *blasé*, dando de ombros. — É claro que estou. Não sou o melhor aluno da sala nem nada parecido, mas estou cuidando de tudo, entende?

Minha voz estava baixa quando respondi: — Não... não entendo. Você não fala muito comigo sobre a sua faculdade.

Aparentemente, aquele era o meu dia de ser brutalmente honesta com os irmãos Flynn.

— É claro que falo.

— Não, não fala. Você me fala sobre as pessoas, os eventos sociais ou sobre futebol americano, mas nunca fala sobre as aulas.

— Eu estou indo bem, Elle. — Senti um toque de agressividade na voz dele. Vi um músculo enrijecer no queixo de Noah, o que só serviu para confirmar a minha impressão de que havia algo de errado.

— Não tem problema se você estiver achando difícil. Sabe, eu estava lendo uns artigos em um *blog* sobre estilo de vida, escrito por uma aluna do segundo ano da faculdade, que falava sobre muitos alunos terem dificuldades para se acostumar com a faculdade. Você sabe, com a carga de estudos, os trabalhos e...

— Elle! — Noah não chegou exatamente a *gritar* o meu nome, mas levantou a voz. Não parecia estar irritado; apenas... cansado. Ele baixou o celular até deixá-lo sobre o colo e eu o vi esfregar uma das mãos no rosto. — Será que você poderia, por favor, parar de insistir nesse assunto? Eu estou bem. Entendeu?

Talvez eu devesse simplesmente parar de me importar tanto com isso. Ele conversaria comigo quando estivesse pronto, não é mesmo?

Mas quanto tempo isso iria levar? Eu poderia ter pressionado Noah para me dizer mais, mas queria poder confiar nele. Queria que ele pudesse confiar em mim. Não queria incomodá-lo constantemente, e detestava bater boca por causa de coisas reais com ele agora, quando não podíamos simplesmente nos beijar e fazer as pazes. Ele obviamente não queria falar comigo sobre aquilo e eu sabia que a coisa mais fácil a fazer agora era simplesmente desistir do assunto. E foi o que eu fiz.

— Está bem.

— E então... — disse ele, com o sorriso enrijecido, e eu consegui perceber o esforço que ele estava fazendo para manter o tom de voz casual. — Tem planos para mais tarde?

— Nada de especial. Vou tentar fazer minha redação para o processo seletivo. De novo. Depois, talvez, assista a um filme. Lee disse que ia ficar em casa e ler alguns textos para a aula de inglês. Ele precisa manter as notas altas para continuar no time de futebol americano, e também para conseguir ser aceito na Brown, eu acho. Por isso, achei que seria melhor deixá-lo quieto esta noite.

— Boa ideia.

— E você?

— Vai haver uma festa na casa de uma das fraternidades. Steve conseguiu convites para nós. A namorada dele conhece um dos rapazes que moram lá ou algo assim.

— Ah. Legal.

Houve um lapso, um intervalo que eu não soube como preencher. No decorrer do verão, nós ocasionalmente acabávamos caindo no silêncio, mas isso nunca tinha importância; não precisávamos preencher o vazio, porque era confortável. Eu dizia a mim mesma que aquilo só era esquisito agora, porque estávamos nos vendo pela tela do celular, e isso era diferente de ficar em silêncio quando nós dois estávamos juntos pessoalmente.

Pensei em falar sobre o baile de Sadie Hawkins. Em perguntar se ele voltaria para casa no fim de semana para ir ao baile comigo. Mas tive a sensação de que ele diria não, e não era o que queria ouvir agora. Especialmente depois de termos evitado uma discussão. E quando o silêncio simplesmente ficou pior e mais desconfortável, a ponto de Noah simplesmente pigarrear, mas não se incomodar em dizer nada, eu falei:

— Acho melhor deixar você em paz, então. Para se arrumar para a tal festa.

Ele ficou visivelmente aliviado quando eu disse aquilo.

Tentei não deixar transparecer o quanto estava decepcionada.

— Sim. Sim, prometi a Am... prometi a Steve que chegaria um pouco mais cedo com ele. O pessoal da fraternidade disse que não aceitariam novos calouros este ano, mas ele ainda está tentando entrar.

— Tudo bem. — Respirei fundo, mas era difícil. Foi difícil soar sincera quando terminei com: — Bem, divirta-se.

Desligamos juntos e me sentei na cama, apoiada nos cotovelos, tentando respirar fundo pela boca, passando pelo nó que havia na minha garganta. Pisquei com força. Não havia nada de errado e não havia motivos para chorar. Não havia nada de errado. As coisas estavam só um pouco... complicadas... porque estávamos morando muito longe e já fazia mais de um mês desde a última vez que nos vimos. Era só isso. Realmente. Sim, era só isso mesmo. Tudo estava bem.

Era o que eu esperava.

O silêncio desconfortável, a conversa que quase virou uma discussão e a minha resposta sem muita convicção à sugestão que ele fez de que eu deveria me candidatar a uma vaga em alguma faculdade em Boston me roíam por dentro. Fiquei deitada na cama por algum tempo, sentindo-me enjoada, olhando para a tela escura do meu celular com cara de poucos amigos. Ela se iluminou outra vez — outra mensagem de Levi, implorando que eu desse uma olhada em um canal do YouTube.

Quando foi que as coisas pararam de ser tão fáceis com Noah?

10

FIQUEI CONTENTE QUANDO A MANHÃ DAQUELA SEGUNDA-FEIRA finalmente chegou. Noah e eu havíamos conversado outra vez no domingo, mas foi pior do que o habitual; uma conversa truncada e cheia de pausas, diferente do jeito que normalmente acontecia. Não conseguia descobrir o que havia dado tão errado para saber como consertar.

Eu estava sendo idiota, não é? Não havia nada de errado e eu estava ficando paranoica sem que houvesse uma razão para isso, e as coisas estavam bem. Estávamos distantes havia algum tempo e era por isso que as coisas estavam esquisitas. Era idiotice.

Lee estava um pouco atrasado para me pegar para irmos à escola; nesta semana, ele é quem estava escalado para dirigir. Assim, chegamos bem no momento em que todos os alunos começaram a sair do estacionamento para irem à sala.

— É impressão minha ou as pessoas estão reparando em mim? — perguntei a ele, baixando a voz e olhando ao redor furtivamente. Talvez fosse um resquício da paranoia de ficar pensando em Noah, mas eu tinha *certeza* de que as pessoas estavam olhando para mim. E não estavam simplesmente olhando rapidamente na minha direção e sorrindo; estavam olhando fixamente e cochichando alguma coisa para os amigos.

Dei uma olhada em mim mesma. Será que eu havia derrubado pasta de amendoim na parte da frente do uniforme? Será que um dos meus botões tinha caído? Meu zíper estava aberto? Tinha papel higiênico grudado na sola do meu sapato? Nada.

— Tem alguma coisa na minha cara?

Lee me olhou rapidamente da cabeça aos pés. — Não, está tudo normal.

— As pessoas estão me olhando, não é?

— Talvez seja alguma coisa comigo. Afinal, agora que Noah foi embora, talvez eles percebam que eu também sou um gostosão. — Ele jogou a cabeça para trás para tirar os cabelos da frente dos olhos. Lee vinha deixando os cabelos crescerem, e agora eu percebia: talvez para ficar mais parecido com Noah (ou, pelo menos, com a aparência que Noah tinha até pouco tempo). — Noah herdou a minha beleza, afinal de contas.

— Ha-ha-ha. — Revirei os olhos. Talvez eu risse daquilo, mas meu coração estava batendo forte no peito e as palmas das mãos estavam começando a suar. Eu detestava essa sensação. Provavelmente era por uma das seguintes alternativas: ou eu era o centro das atenções, ou não havia percebido alguma coisa bem importante. Qualquer que fosse a resposta para aquilo, eu a detestava.

— É sério. Por favor, me diga que isso é só a minha imaginação.

— Não, eu acho que estão olhando mesmo. Ah, você viu? Aquele cara ali apontou.

— Por quê? O que foi que eu fiz?

Vasculhei meu cérebro, tentando pensar se havia feito alguma coisa na festa da sexta-feira sobre a qual as pessoas poderiam estar comentando. Sim, eu chorei naquela festa, mas e daí? Uma garota bêbada que começa a chorar não é algo tão estranho para uma festa dos alunos do ensino médio. E eu me lembrava perfeitamente de toda a noite. E sabia que não tinha feito nada que fosse realmente idiota.

Nós entramos no meio da multidão, sem nos preocuparmos em procurar o resto da nossa turma. Não fazia sentido tentar alcançá-los agora; não demoraria muito tempo para a primeira aula do dia começar. Conversaríamos com eles mais tarde. Lee começou a falar do trecho de um livro sobre o qual estava redigindo uma análise para a aula de inglês e sobre o quanto uma das metáforas do texto era brilhante, mas eu não estava realmente prestando atenção.

Eu estava ocupada prestando atenção no que as outras pessoas estavam dizendo.

— *Eu sinto pena dela.*

— *Você a viu na festa de Jon Fletcher? Ela foi embora com aquele cara novo, Levi Monroe. Aposto que passaram a noite juntos. Que piriguete.*

— *Você a viu ir embora com aquele cara, o Levi, não foi?*

— *Ouvi dizer que eles terminaram o namoro.*

— *Ela nem parece estar incomodada. Se fosse comigo, eu iria chorar o tempo todo.*

— *Não acredito que ele fez uma coisa dessas com ela.*

— *Ele é um cuzão, mesmo. E ela é um doce de pessoa. Como ele teve coragem?*

— *Ouvi dizer que ela ficou com Levi Monroe. Eu sei, eu sei. Ele podia ter escolhido alguém bem melhor... você acha que eles terminaram o namoro?*

Foi somente quando Lee me empurrou para dentro da sala de aula que eu percebi que ele estava com a mão nas minhas costas e veio me guiando pelo corredor o tempo todo; eu estava totalmente dispersa. Paralisei e ele me empurrou de novo, suavemente. Tropecei nos meus próprios pés, sentindo-me como Bambi, naquela cena que ele tenta se equilibrar sobre o lago congelado.

Quando nos sentamos em nossas carteiras, Rachel se inclinou para frente imediatamente. — Que inferno, hein?

— O quê?

— Todos esses boatos que estão circulando por aí. É loucura.

— Que boatos? — Meu cérebro estava sendo bombardeado. Talvez não fossem nem mesmo boatos sobre *mim*. Talvez alguma outra pessoa tivesse feito alguma loucura durante o fim de semana. Talvez alguma outra pessoa tivesse ido para casa com Levi, depois que ele voltou da festa. Eu pisquei os olhos algumas vezes, mas nem isso ajudou a desanuviar a minha cabeça.

— *Todo mundo* está comentando — disse Lisa, e embora ela me olhasse com uma expressão de pena, sua voz estava tomada pela empolgação que acompanhava todo tipo de fofoca. — Sobre você ter ido embora da festa cedo. Com Levi. — E ela olhou para a carteira dele, que estava vazia.

— Mas nós sabemos que você não foi... você sabe. Que você *não foi* para a casa de Levi — emendou Rachel, dando uma olhada para Lisa que claramente dizia "cale essa boca".

E foi então que eu percebi o que estava acontecendo, boquiaberta, e Lee disse o que se passava pela minha cabeça antes mesmo de eu conseguir me recuperar do meu estado embasbacado.

— Espere aí. As pessoas estão pensando que Elle está ficando com Levi?

As garotas se entreolharam. Lisa disse:

— Sim. Todo mundo está falando disso.

— Isso é ridículo — Lee e eu dissemos ao mesmo tempo. Trocamos um olhar, e Lee estava com a sua melhor expressão de "que porra é essa?" no rosto. Eu continuei falando: — Por que estão pensando uma coisa dessas? Só porque eu saí cedo da festa e ele me levou para casa? Como se isso nunca acontecesse com ninguém?

As garotas se entreolharam outra vez, mais apreensivas agora. Meu estômago já estava todo embrulhado, e agora os nós que eu sentia nele estavam se repuxando e eu me retorcia na cadeira. Fechei os punhos com tanta força que as minhas unhas se enfiavam na palma das mãos.

— O que foi? O que é que vocês não estão me dizendo?

— As pessoas também estão dizendo... — disse Rachel lentamente, olhando para a ponta do dedo que seguia o traço de uma caneta feito no tampo da sua carteira — ... que... que você e Noah terminaram.

Isso me abalou bem mais do que os boatos de que eu teria dormido com Levi. — Espere aí, o que você disse? De onde surgiu isso?

— Bem, mas... vocês terminaram mesmo? — perguntou Lisa, obviamente sem conseguir conter-se. Meus olhos se estreitaram.

— Não, nós... nós ainda estamos juntos...

Mesmo que a coisa estivesse um pouco abalada...

— Por quê? O que as pessoas estão dizendo?

Rachel, subitamente, colocou sua bolsa enorme, digna de uma Mary Poppins, sobre a carteira, mexendo entre os livros, fichários e folhas de papel até encontrar o celular.

— Não é tanto o que as pessoas estão dizendo... — Ela tocou na tela do celular algumas vezes antes de estender o aparelho em minha direção.

— ... é mais o que elas estão vendo.

Lee se levantou e foi até a cadeira vazia de Levi e inclinou o corpo, de modo a posicionar a cabeça ao lado da minha. Ele aspirou o ar com força. No meu caso, eu realmente havia me esquecido de como respirar.

Ampliada na tela do celular de Rachel, com detalhes nítidos e em alta definição, havia uma foto postada no Instagram por uma pessoa chamada Amanda Johnson.

Noah estava marcado nela.

A legenda dizia: *Noite incrível! — @nflynn.*

A foto tinha sessenta e duas curtidas. E dezessete comentários. Ou melhor, dezoito; alguém comentou enquanto eu estava olhando.

A foto mostrava Noah, usando uma camisa branca com o forro interno da gola azul e costuras azuis; lembrei que ele havia comprado aquela camisa pouco antes de partir para a faculdade. Havia mais um botão desabotoado. Ele estava com um sorriso enorme no rosto e parecia estar rindo de alguma coisa. Ele estava com o braço ao redor de uma garota, segurando-a perto de si.

A garota era loira e bonita, e o vestido que ela usava (pelo menos, eu imaginava que fosse um vestido) não tinha alças, mas tinha um decote bem generoso, moldando-se perfeitamente àquele corpo magro.

E ela estava bem junto do meu namorado e parecia estar rindo de alguma coisa, com os olhos quase fechados e com linhas de expressão nos cantos.

E ela estava beijando a bochecha de Noah.

E ele estava sorrindo.

Senti vontade de vomitar.

Lee tirou o celular de Rachel da minha mão — o que foi uma ótima ideia, porque eu provavelmente o deixaria cair no chão se ficasse com ele por mais um ou dois segundos. Meus ombros se encolheram antes que eu sentisse o choque; meu corpo inteiro enrijeceu; até os dedos dos meus pés se encurvaram de raiva.

— Isso é algum tipo de piada de muito mau gosto, não é?

Rachel se afastou de mim ligeiramente e pegou o celular da mão de Lee com cuidado, antes de guardá-lo novamente naquela bolsa cavernosa. — Hmmm...

— Ah, meu Deus. — Esfreguei as mãos no rosto e também nos cabelos, balançando-as de um lado para outro apenas para ter algo no qual extravasar a agitação. Seria por isso que ele estava estranho quando conversamos no dia anterior? Não por causa da nossa conversa no sábado, mas por causa de algo que aconteceu com essa garota? — Me digam que isso é alguma brincadeira.

— Shelly...

— Por favor... — A minha voz ficou embargada, mas, de algum modo, milagrosamente, consegui me conter e não comecei a chorar.

Rachel e Lisa se entreolharam novamente e eu senti alguma coisa se quebrar dentro de mim. Levantei da cadeira com um movimento brusco, quase derrubando a carteira, e saí rapidamente da sala — ignorando o Sr. Shane que mandava que eu voltasse a me sentar — e ouvi Lee vindo atrás de mim.

Saí pisando duro pelo corredor, fazendo algumas curvas até estar no poço da escadaria, onde havia silêncio, e Lee segurou a minha mão por trás, impedindo que eu fugisse para ainda mais longe.

Ele puxou o meu braço, virando-me para trás, e eu deixei que ele colocasse os braços ao redor de mim.

Respirei fundo algumas vezes, puxando o ar com dificuldade, mais irritada do que triste. Não, eu não estava irritada; estava *furiosa*. Tomada pelo ódio. Irada.

E mais do que tudo isso, eu estava confusa. Como Noah foi capaz de fazer isso comigo? Tinha que haver alguma explicação para aquela foto, mas... mesmo que fosse algo totalmente inocente, por que uma garota qualquer estava beijando a bochecha dele? Por que ele não me contou, se aquilo não tinha importância? E por que ele parecia estar tão feliz? As coisas entre nós estavam meio distantes ultimamente. E se...

Eu inalei de novo, puxando o ar com dificuldade, e me afastei de Lee. Ele não me segurou. Pisquei para espantar as lágrimas e vi que Lee me olhava com um sorriso triste.

— Tenho certeza de que isso não significa nada de mais, Elle. Noah ama você. Você sabe disso. Eu sei disso. Todo mundo sabe disso, depois de tudo o que ele fez no Baile do Verão para conquistar você de volta. Provavelmente, ele estava bêbado, e mesmo se alguma garota qualquer o beijou na bochecha, não foi um beijo de verdade, não é mesmo? Não significa nada. Cam beijou a sua bochecha na festa de Jon e Lisa não ficou brava com isso.

— Isso... Todo mundo está olhando para mim como se isso significasse alguma coisa. E se for verdade? E se eles estiverem certos, Lee?

— Sem querer, eu havia levantado a voz e ela ecoou pelo poço da escadaria. Meu peito subia e descia rapidamente, a cada respiração. — E se significar alguma coisa? Já faz semanas que eu não o vejo. E se ele esqueceu de mim e conheceu outras garotas? Melhores, mais inteligentes, mais bonitas, mais engraçadas, que estão lá, perto dele, e não do outro lado do país, em um fuso horário completamente diferente. As coisas estavam muito esquisitas entre nós quando conversamos no fim de semana. E se ele encontrou alguém e está só esperando chegar o jantar de Ação de Graças para conversar pessoalmente comigo e terminar o namoro, só porque está tentando ser legal?

Lee fez um gesto negativo com a cabeça, mas o jeito que ele mordeu o lábio me fez imaginar se eu não estaria certa em relação a tudo.

— Ele te disse alguma coisa? — perguntei, com a voz transformada em um murmúrio hesitante e totalmente patética. — Lee? Por favor, me diga.

— Ele só disse que está achando difícil ficar longe de você — Lee suspirou, olhando nos meus olhos por baixo daqueles cílios grossos. — Mas não achei que ele estivesse dizendo que conheceu outra pessoa e que não quisesse mais continuar com você.

— E se foi isso mesmo que ele quis dizer?

— Então... acho que você vai ter que ligar para ele mais tarde e conversar a respeito para descobrir. Mas, Shelly, escute... Noah age como um idiota às vezes, mas ele não é de trair. Isso não é algo que ele faria.

Eu sabia que ele tinha razão, mas o simples fato de pensar em fazer essa ligação me fez sentir uma náusea que tomou conta de mim por inteiro. E, se eu estivesse errada, acabaria piorando muito as coisas se o acusasse de me trair. Sim, talvez fosse algo totalmente inocente e tudo ficaria bem, mas... esse era o mesmo cara que não conseguia me contar algo tão simples como o fato de achar a faculdade difícil de encarar. E se não estivesse tudo bem?

PELO RESTO DO DIA, TIVE QUE ESCUTAR AS PESSOAS FAZENDO FOFOCA a meu respeito.

A ideia geral que todos haviam colocado na cabeça era que Noah e eu havíamos terminado o namoro, e que, logo em seguida, fiquei com Levi na festa (ouvi os termos "sexo por vingança" e "rebote" serem citados com bastante frequência), e Noah, por sua vez, ficou com essa patricinha da faculdade chamada Amanda, e a "prova" (de acordo com a opinião generalizada) estava no Instagram.

Levi chegou tarde à escola pois teve que ir ao médico bem cedo naquele dia, e nós lhe contamos a respeito dos boatos durante o almoço. Ele simplesmente riu.

— As pessoas deviam cuidar das suas próprias vidas — murmurou Rachel, dando uma mordida irritada em sua maçã. Acho que nunca a vi tão enraivecida.

— Isso aqui é o ensino médio — respondeu Dixon, sem demonstrar muita emoção. — O que mais você esperava?

Quando finalmente cheguei em casa, fui direto para o meu quarto, bati a porta com força para que meu pai e meu irmão entendessem que eu não queria que viessem conversar comigo e liguei para o meu namorado.

Se é que eu ainda podia usar aquela palavra.

Minhas mãos tremiam tanto que eu podia sentir o celular balançando contra o meu rosto. Parei de andar pelo quarto e me sentei no chão, apoiando as costas na cama, e ergui os joelhos até o peito, envolvendo-os com o outro braço que ainda estava livre.

Cruzei os dedos, na esperança de que ele não atendesse.

E fechei os olhos, desejando que o fizesse.

A qualquer segundo, a ligação cairia no correio de voz.

Atenda. Não atenda. Atenda. Não atenda.

A ligação foi para o correio de voz. Desliguei o telefone.

E antes que pudesse decidir se iria simplesmente jogar o celular na cama ou se deveria tentar ligar de novo, ele estava retornando a ligação.

Levei um susto quando o celular começou a vibrar nas minhas mãos e me atrapalhei para atender.

— Oi — falei, com a voz parecendo estranhamente rouca. Tossi para limpar a garganta, mas isso não funcionou para clarear a minha cabeça e colocar ordem na bagunça causada por todos aqueles pensamentos.

— Você ligou?

— Sim.

Houve um momento de silêncio.

— Hmmm, tem alguma coisa em particular sobre a qual você quer conversar, Shelly? Ou só está me ligando porque está com saudade da minha voz sensual?

Senti vontade de rir.

Não consegui abrir um sorriso.

— Elle? O que houve? Está tudo bem?

— Eu vi.

— O quê?

— A foto.

Outro momento de silêncio. — Não estou entendendo. Do que você está falando?

— Da foto no Instagram! — gritei, sentindo a frustração transbordar para fora de mim. — A foto com você e aquela *garota* — praticamente cuspi a palavra, como se fosse algum tipo de insulto. — Na festa que você foi no sábado à noite. Vocês dois abraçados e ela beijando o seu rosto e...

— Ah, aquilo.

Fiquei possessa. Como ele era capaz de falar de um jeito tão petulante?

— Você pensou que eu não fosse vê-la? Que eu não iria descobrir?

Ouvi Noah gemer. Talvez eu estivesse meio histérica, mas não conseguia evitar.

— Elle, por favor, pare de falar comigo desse jeito. Respire fundo. Vamos conversar.

— Conversar? Você quer conversar? Você teve ontem, o dia inteiro, para conversar comigo sobre isso, mas não disse uma palavra. Você faz ideia do quanto eu me senti humilhada quando fui para a escola hoje e todo mundo havia visto aquela foto, todo mundo já sabia, e todo mundo ficou fazendo fofoca por conta disso? Você faz ideia de como eu me senti?

— Elle, me desculpe. Não achei que fosse algo importante. É só uma foto de uma festa.

— Ah, claro. Então, se eu entrar no seu perfil do Facebook, vou encontrar um álbum inteiro onde você aparece abraçado com garotas aleatórias em festas, e elas vão estar te beijando?

Eu sabia que estava sendo exageradamente dramática assim que falei aquilo, mas não conseguia parar. Estava ficando maluca. Pensava o tempo todo que, se Noah não era capaz de conversar comigo sobre algo tão normal quanto o seu verdadeiro desempenho na faculdade, então sobre o que mais ele não conseguiria conversar comigo? Será que ele estava achando que o nosso relacionamento estava difícil também? Será que a distância era algo que dificultava demais as coisas? E foi por isso que ele sugeriu que eu me candidatasse a vagas em faculdades de Boston? Será que ele se arrependia de ter iniciado um relacionamento a distância e estava somente esperando chegar a hora certa para me dizer isso?

Definitivamente era dramático, mas... eu tinha muito medo de perdê-lo.

— Amanda não é uma garota qualquer.

Essas eram as últimas palavras que eu queria ouvi-lo dizer, e inalei com força o ar, enrijecendo o queixo.

— O que você está tentando dizer? Que ela significa alguma coisa para você? Você está tentando me dizer alguma coisa?

— Não foi isso que eu quis dizer e você sabe disso. Quis dizer que ela é uma amiga. É com quem faço dupla no laboratório. Nós saímos às vezes, estudamos juntos. É só isso que eu quis dizer. Estou falando sério, Elle. Acalme-se.

— Se ela é uma amiga tão boa assim, por que esta é a primeira vez que ouço você falar dela?

Noah suspirou, agitado.

— Está bem. Então, Elle, há uma garota com quem eu venho passando muito tempo ultimamente. Fazemos várias matérias juntos e ela é minha parceira no laboratório, e estudamos juntos. Temos amigos em comum e vamos juntos a festas. Você acha que eu não tenho noção de como isso tudo soa aos seus ouvidos?

Mordi a língua com força antes de retrucar.

— Esse é o seu jeito de me dizer que acha que sou uma pessoa neurótica e ciumenta, que não vai deixar você conversar com outras garotas?

Ele ficou em silêncio por um momento. A voz dele veio fria e firme pelo telefone.

— Você me ligou só para gritar comigo por causa de uma foto, Elle.

Eu estava pronta para começar a gritar de novo, mas me contive, sentindo a minha cabeça ferver. Senti um gosto amargo na boca e estava com o rosto vermelho, o coração batendo com força. Comecei a suar frio.

Bem, ele tinha razão. Mas eu ainda tinha a impressão de que ele havia mentido para mim. Comecei a compreender, por um momento, o quanto Lee havia se sentido mal quando descobriu que eu estava namorando Noah em segredo. Perceber aquilo foi como me enrolar em arame farpado.

Quando Noah percebeu que tinha a oportunidade de dizer alguma coisa, eu o ouvi soltar um longo suspiro.

— Escute, Elle. Eu sei que as coisas devem estar parecendo horríveis e que talvez devesse ter falado sobre Amanda antes. E sei que aquele não foi exatamente o tipo de foto minha que você gostaria de ver, mas eu juro: nada aconteceu. Foi algo totalmente inocente. Ela é o tipo de garota que abraça todo mundo. Do tipo que beija as pessoas no rosto. É uma característica dela. E foi *só* isso. Não foi uma coisa romântica e ela não se interessa por mim desse jeito. E eu também não me interesso por ela desse jeito, está bem?

— Está bem — falei, com a voz baixa. Mas...

— Eu queria que você pudesse confiar em mim — continuou ele.

Não respondi. Em vez disso, apertei os lábios, porque estava com medo do que poderia dizer. Por mais que eu quisesse dizer sim, que é claro que confiava nele, toda essa situação me fazia duvidar dele.

— Lamento por você ter sido tão humilhada por causa disso na escola. Mas o que realmente aconteceu não tem tanta importância. Sabe de uma coisa? Eu sei que está brava agora, mas você vai ver que não foi do jeito que está pensando. E você sabe que eu te amo e que estamos bem, não é? Tudo isso é só fofoca. Você sabe o quanto as pessoas costumavam fofocar a meu respeito. Pode acreditar no que eu digo, não é nada além disso.

— Tenho a sensação de que significa alguma coisa — murmurei. — Não é legal ouvir as pessoas me chamando de vagabunda pelos corredores entre as aulas. Ou pensar que você está escondendo algum segredo.

— E por que eles estavam fazendo isso? — perguntou ele, com um tom mais agressivo e protetor, afiando-lhe as palavras.

— Porque eu saí cedo da festa na sexta-feira com Levi. E por causa daquela foto com você e... Amanda... — Meu Deus, como odiei dizer aquele nome. Eu a odiava. Nem a conhecia, mas já a odiava. Sim, eu estava sendo irracional. — Todo mundo começou a concluir coisas. Pensou que tínhamos terminado o namoro e que cada um de nós tinha saído com outra pessoa. É o que chamam de rebote. Ou algo do tipo.

— Ah.

— Você pode dizer que todas essas fofocas não importam, e talvez realmente não importem no longo prazo, mas, neste momento, a dor que eu estou sentindo é enorme. E a vergonha também.

— Esse cara, Levi...

— Sim?

— Você e o *Levi's* parecem estar bem íntimos agora.

Noah sempre fazia trocadilhos com o nome de Levi, falando nomes de outras marcas de roupas. Ele disse aquilo com um tom de voz neutro, mas era como se estivesse tentando se controlar para falar assim. E eu não sabia dizer se ele estava com ciúme ou não. E ele não tinha o menor direito de estar com ciúme. Meu humor ficou ainda pior.

— Estamos. E o nome dele é Levi. Não seja cruel.

Houve uma longa pausa na nossa conversa. De um jeito bem esquisito, eu estava feliz se ele estava sentindo ciúme. Como se fosse uma retribuição por Amanda.

E eu senti ódio de mim mesma por pensar aquilo.

Ah, com certeza, essa coisa de relacionamento a distância era algo *completamente* fácil de lidar.

— Shelly? — A voz de Noah estava assustadoramente suave e tranquila; não estava irritada nem cheia de ciúme como eu esperava. — Está tudo bem entre nós, certo?

— É claro que sim — respondi, embora não soubesse se estava sendo honesta comigo mesma.

Queria que estivesse tudo bem entre nós. Queria que tudo voltasse ao normal. Não queria brigar ou ser mesquinha. Respirei fundo.

— Eu... olhe, me desculpe por ter ficado tão irritada.

— Está tudo bem. Você estava no seu direito.

Uma parte de mim se perguntava de onde teria vindo esse Noah calmo, tranquilo e sereno; geralmente ele gritava tanto quanto eu. Nós dois ficávamos bem possessos quando tínhamos uma discussão dessas. Mas ele quase nunca era a voz da razão como estava sendo agora.

Será que a faculdade realmente o fez mudar tanto assim?

— Tenho que ir — disse ele, suspirando. — Desculpe, eu realmente sinto muito. Mas prometi aos meus amigos do time de futebol americano que sairia com eles para jantar... mas vou tentar ligar para você mais tarde, está bem?

Nós dois hesitamos, um escutando o som da respiração do outro. Eu afastei o celular do rosto e encerrei a ligação.

Meus olhos se fecharam e eu encostei a cabeça na cama, respirando fundo. Se as coisas supostamente estavam tão boas entre nós, por que eu sentia estar com o coração partido?

OS RUMORES SOBRE NOAH E EU, E TAMBÉM SOBRE LEVI E EU, MORRERAM depois de um ou dois dias, quando as pessoas decidiram que provavelmente nada daquilo era verdade. E como todo mundo estava muito focado para prestar os exames SAT, fazer as provas do meio do bimestre ou mesmo com as habituais lições de casa, nenhum novo boato surgiu para substituir os antigos a meu respeito.

O aniversário de Noah chegou, no dia três de outubro (eu mandei uma coletânea de filmes de presente no iTunes e um cartão) e nenhum de nós voltou a falar sobre a foto. Ele parecia estar se esforçando para conversar muito mais, fazendo planos para quando voltasse para casa no Dia de Ação de Graças... Eu gostava daquilo, mas alguma coisa ainda parecia estar fora do lugar.

As pessoas que espalharam os boatos talvez já tivessem se esquecido de Noah e Amanda, mas eu, com certeza, não havia me esquecido de nada. E juro que *não* estava acessando compulsivamente o Twitter e o Instagram de Amanda em busca de outras fotos fofas em que ela e meu namorado apareciam se agarrando. Absolutamente não.

Na verdade, nem precisei passar horas tentando descobrir as contas dela. Amanda usava o mesmo nome de usuário tanto no Twitter quanto no Instagram. Lee me disse que era esquisito ficar stalkeando as mídias sociais dela.

Rachel disse que faria o mesmo, se estivesse no meu lugar.

Levi comentou sobre as "toneladas" de fotos que ela postava todos os dias, dizendo que era impossível para um ser humano tomar tantos cafés com os amigos.

Eu havia acabado de abrir o Instagram quando Ethan Jenkins, o presidente do grêmio estudantil, bateu com o punho fechado na mesa, como se fosse um juiz pedindo ordem no tribunal. Olhei para Lee, que juntou os olhos e fez uma careta engraçada para mim. Não havia reuniões do grêmio estudantil marcadas nesta semana, mas Ethan falou como se houvesse alguma espécie de emergência.

— Olá, pessoal. Obrigado por virem à reunião. Sei que todos nós estamos ocupados com os exames SAT e outras coisas, mas é hora de verificarmos o andamento das tarefas para o baile de Sadie Hawkins. Como está a situação dos comes e bebes?

— Cara, ele tinha mesmo que falar sobre comida agora? Nós deixamos de almoçar para vir aqui — Lee resmungou para mim, e o seu estômago roncou, como se concordasse com aquilo. Eu sufoquei uma risadinha, pressionando a mão contra a boca.

Embora tudo indicasse que o baile ficaria incrível, eu não tinha a sensação de que compartilhava do entusiasmo dos outros membros da organização. Ainda não havia escolhido um vestido e não havia convidado ninguém. Mais especificamente: Noah. A sensação entre nós era de que as coisas andavam delicadas demais ultimamente. Eu tinha a impressão de que pedir que ele voltasse para casa para ir ao baile comigo resultaria apenas em mais uma briga, e as coisas ficariam piores do que já estavam. Eu vivia encontrando motivos para não fazer esse pedido. Conforme as pessoas mandavam atualizações sobre os aspectos da organização do baile pelos quais eram responsáveis, sussurros empolgados começaram a encher a sala.

— E, mesmo assim, não vamos ter um tema? — Quis saber Faith, interrompendo o relatório sobre a decoração.

— É só um baile — suspirou Ethan. — Não precisa de um tema.

— Tyrone entendia a importância do tema — reclamou Faith.

— Tyrone também gastava toda a verba do grêmio em bailes, e é por isso que tivemos que fazer tantos eventos para colocar dinheiro em caixa — rebateu Ethan. — Desculpe-me por querer que o Baile de Verão seja um evento incrível.

— Ainda assim, precisamos de um tema — resmungou Kaitlin, falando baixo e fazendo bico.

— Nossa! Está bem, vocês querem um tema? Aqui está o tema, então: *baile na escola*. Podemos voltar a falar sobre a decoração, agora? Estamos com um prazo apertado aqui, se alguém ainda quiser almoçar antes das aulas do período da tarde.

— Decoração, por favor! — exclamou Lee.

Quando a pauta chegou ao tópico da música, Lee olhou para mim com uma expressão desesperada. A música era algo que estava sob nossa responsabilidade, mas Lee não tinha se envolvido nem um pouco até então. Estava tão ocupado com o time de futebol americano e tentando manter as notas altas, além de encontrar tempo para ficar com Rachel, que eu fiquei de cuidar daquilo. Eu havia entrado na equipe de atletismo, mas isso não era algo que me tomava tanto tempo, já que não queria participar de competições ou campeonatos; estava fazendo isso apenas para ter algo importante no meu histórico escolar, especialmente porque já tinha desistido de tentar arrumar um emprego.

Além disso, como Lee não podia descuidar das notas para continuar sendo parte do time de futebol americano e também se quisesse ser aceito na Brown, ele estava concentrando uma parte enorme do seu tempo livre nos deveres escolares. Eu sabia que não podia achar isso ruim; embora, de certa forma, achasse.

— Estávamos pensando em perguntar pela escola e ver se alguém tem uma banda que queira tocar no baile — eu disse. — Entretenimento gratuito, sabem? Lembram-se de que vieram duas bandas para tocar na Festa da Primavera no ano passado? E não estou falando da banda marcial, nem do cara que só sabe tocar "We Are Family" na tuba.

— Ei, essa é uma ótima ideia — disse Ethan. — Qual é o plano?

— Vamos espalhar alguns pôsteres pela escola e pedir às pessoas que mandem vídeos das bandas tocando. Assim, podemos mostrar a vocês a que escolhermos e não precisamos encontrar um lugar para passar, sei lá, horas depois da aula escutando os candidatos tocarem.

— Perfeito. Mandem ver, pessoal. E agora, sobre os adultos responsáveis... Fui informado de que precisamos de adultos responsáveis, já que o evento vai acontecer no ginásio da escola. Como está a nossa lista de adultos responsáveis?

Conforme Ethan falava, ele virou a página do caderno que tinha diante de si com a lista de afazeres, revelando... Outra página cheia de tópicos.

— Não vamos conseguir sair daqui antes do fim do horário de almoço, não é? — murmurou Lee.

Eu enfiei a mão na mochila, passando-lhe um pacote de salgadinhos de carne defumada por baixo da mesa.

— Você é a minha heroína.

— Pode me chamar de Mulher-Maravilha.

NA TARDE DE SEXTA-FEIRA, DEPOIS DA ESCOLA, MEU PAI LEVOU BRAD para um campeonato de futebol e eles ficariam fora até a noite; Lee ia com Rachel ao cinema e depois jantar. O resto dos rapazes se reuniria para uma noite "só para garotos": iriam jogar *videogame*, encher a barriga de pizza e beber algumas latas de cerveja que haviam convencido o pai de alguém a comprar para eles. E eu estava aproveitando o tempo que teria para mim.

Eles tinham me convidado para a noite "só para garotos", mas eu disse que não iria.

Meu "tempo para mim" envolvia aplicar uma máscara facial grossa e verde de óleos vegetais, pintar as unhas e depilar as pernas, e depois me deitar no sofá para maratonar uma temporada antiga de *RuPaul's Drag Race* que estava passando em um dos canais da TV.

Eu estava com o meu notebook, também, em uma página do YouTube aberta com um vídeo que mostrava alguns alunos da escola tocando um cover de Mumford & Sons. E, sendo bem sincera, até que eles não eram ruins. Era uma das melhores que eu havia visto até então. Mandei o *link* para Ethan com a mensagem: "De 0 a 10, que nota você dá?". Feito isso, desliguei o notebook. Estava determinada a tirar da cabeça o estresse da escola e da faculdade, e até mesmo as dúvidas sobre o meu relacionamento com Noah e relaxar de verdade pela primeira vez em semanas.

Até que a campainha tocou.

Fiquei paralisada. Nunca atenderia a porta desse jeito! Meu cabelo estava todo preso para trás e meu rosto emplastado com uma gosma verde. Ainda estava com algumas folhas de depilação grudadas nas pernas (faltavam só três minutos para dar o tempo de removê-las) e tinha também separadores entre os dedos dos pés para que o esmalte não borrasse. Além disso, eu estava vestindo a calça do meu pijama do Ursinho Pooh, com a barra dobrada até a altura do joelho, e a camiseta de Noah que eu usava para dormir. Merda.

Pensei que provavelmente deveria ir dar uma olhada para ver quem estava ali, caso fosse importante. Ou se fosse Lee. Ele já havia me visto daquele jeito várias vezes, e nem achava mais graça. Ele me acompanharia na aplicação da máscara facial e nos cuidados com os pés, só por diversão. Se fosse Levi, eu tinha a impressão de que ele iria tirar uma foto minha para mandar para todos os outros rapazes.

Andei até a janela me equilibrando sobre os calcanhares, afastando o canto das cortinas para olhar pela janela e ver quem estava ali. A pessoa estava fora do meu campo de visão, mas não poderia ser ninguém além de Lee. Será que a noite no cinema havia sido cancelada? Talvez Rachel tenha ficado doente.

Eu estava feliz demais, pensando que alguma coisa teria acontecido para estragar a noite dele com Rachel, e com a possibilidade de poder passar a noite me divertindo com o meu melhor amigo.

Assim, andei desajeitadamente mais um pouco até a porta, desesperada para não estragar o esmalte que havia aplicado com tanto cuidado, e abri ligeiramente a porta, dizendo:

— Ei, cara, o que aconteceu com...

E bati a porta com força em seguida.

Uma mão a conteve, e uma risada entrou pela fresta entre a porta e o batente. Recuei alguns passos quando ela se abriu e Noah entrou, rindo, com um sorriso cortando-lhe o rosto. Estava usando a jaqueta de couro e as botas pretas que eu conhecia tão bem, e com uma camiseta branca envolvendo-lhe o tronco.

— O que você está fazendo aqui? — gritei. Se não fosse pela máscara que estava ao redor dos meus olhos, eu os teria esfregado com força. Devia estar vendo coisas. Os vapores da acetona e do esmalte de unha estavam me causando alucinações.

Porque Noah não podia estar aqui, dentro da minha casa. Ele estava na faculdade, do outro lado do país.

E, mesmo assim, aqui estava ele, rindo de mim, praticamente curvando-se com as gargalhadas.

— Fico muito feliz em ver você, também — disse ele, quando conseguiu parar de rir.

— O que você está fazendo aqui? — repeti, chocada demais para dizer qualquer outra coisa.

Ele sorriu, exibindo a covinha na bochecha esquerda.

— Depois de passar semanas sem me ver, é *assim* que você me recebe? Ah, deixe disso, Elle. Onde está aquela lingerie do tipo *Cinquenta tons de cinza*? Onde estão as pétalas de rosas espalhadas pelo chão e o jantar à luz de velas?

— Eu...

E logo em seguida os braços dele estavam ao redor do meu corpo e seu lábios estavam colados nos meus, e eu me derreti toda. A tensão, a ansiedade que eu sentia por *nós dois*, tudo aquilo, desapareceu. Instintivamente, meus braços se curvaram ao redor dos ombros dele, os dedos brincando com as pontas dos seus cabelos, ainda não acostumados a senti-los tão curtos. Ele tinha gosto de café. A sensação do corpo de Noah contra o meu era idêntica à de que eu me lembrava. E ele me beijou exatamente do mesmo jeito. Meu Deus, como ele beijava bem.

— É assim que você devia ter dito olá — disse ele, interrompendo o beijo, mas sem se afastar. Estava perceptivelmente sem fôlego.

Me afastei um pouco, com as mãos ainda nos ombros dele.

— Sua cara está toda melecada agora — falei, passando a ponta do dedo na bochecha de Noah, logo embaixo do lugar onde a minha máscara facial havia encostado. E a barba rala de Noah estava pegajosa também. Fazia uns dois dias que ele não se barbeava. Estava uma graça assim, muito mais na vida real, frente a frente, do que pela câmera do celular.

Ele simplesmente sorriu outra vez.

— Meu Deus, como eu estava com saudade.

Em resposta, me aproximei e o beijei de novo.

QUANDO EU ESTAVA UM POUCO MAIS APRESENTÁVEL — AINDA DE pijama, mas sem todos aqueles produtos de beleza e de cuidados com a pele — nós ficamos deitados frente a frente no sofá da sala de estar.

Enquanto estava de costas para a TV e com o nariz tocando o de Noah; os braços dele me seguravam bem pertinho e eu estava bem onde queria estar. Gostava daquela nova barba, embora arranhasse um pouco a minha bochecha e o meu pescoço. Os olhos dele tinham um brilho inacreditável, um azul ainda mais elétrico do que conseguia me lembrar, e ele não os afastou dos meus nem por um segundo enquanto ficamos ali com um episódio de *Brooklyn Nine-Nine* passando na TV.

Eu ainda não conseguia acreditar que ele estava aqui. *De verdade.* Me sentia estonteada; a presença de Noah esmagava todo o nervosismo que vinha sentindo pelo nosso relacionamento nos últimos tempos.

Noah conversou comigo através da porta do banheiro; suas aulas de segunda-feira tinham sido canceladas, e assim ele decidiu vir passar o fim de semana em casa e me fazer uma surpresa (e ele fez questão de se gabar, dizendo que tinha conseguido um ótimo resultado).

Ele disse que, depois da nossa discussão (que, precisei admitir, foi algo que aconteceu de maneira quase unilateral), ele decidiu vir me visitar porque sentia a minha falta e disse que as coisas provavelmente estavam tão tensas entre nós porque não nos víamos há um bom tempo.

— Você podia ter escolhido um momento mais oportuno para aparecer. Tipo, uns cinco minutos depois seria ótimo — falei do outro lado da porta do banheiro, arrancando a última folha com a cera de depilação. — É sério, estou morta de vergonha.

— Só por te ver meio parecida com a princesa Fiona de *Shrek*?

— Porque estou tentando manter a ilusão de que tenho essa beleza imaculada sem precisar fazer nenhum esforço — respondi com tom de brincadeira, abrindo a porta. — E agora você descobriu o meu segredo.

Ele baixou a cabeça para me beijar de novo. — Você é sempre linda, Elle. Mesmo com pernas cabeludas e espinhas na cara.

Passei os dedos pela bochecha dele; ele tinha lavado o rosto para tirar os restos da máscara facial. E também pelo nariz; tracei com o dedo os contornos daquela barba de dois dias e subi até as sobrancelhas.

— O que você está fazendo?

— Estou só admirando o meu namorado lindo. — Eu o beijei. Já tinha me esquecido de como era boa essa sensação. Será que beijá-lo sempre foi assim? — Eu estava morrendo de saudades. Tanto que seria impossível descrever em palavras.

— Eu estava com mais saudade — protestou ele, começando a formar aquele sorriso torto. Fiz que não com a cabeça e o beijei de novo, lentamente, suavemente, tentando memorizar como a sua língua se movia com a minha. Quem saberia quanto tempo eu teria que esperar até poder fazer isso de novo? Eu ia aproveitar cada minuto que tinha com ele.

Quando finalmente paramos de nos beijar, foi porque um carro estacionou diante da casa: meu pai e meu irmão haviam voltado. Nós nos sentamos. Eu endireitei e alisei a camiseta e Noah roubou outro beijo rápido antes da porta se abrir.

— Voltamos — anunciou o meu pai.

— Estou aqui.

Brad já estava subindo as escadas correndo, gritando: "Oi, Elle! Oi, Levi!". Provavelmente havia recebido ordens de livrar-se do uniforme enlameado do time de futebol imediatamente (ele sempre voltava para casa enlameado, e eu tinha certeza de que ele fazia isso de propósito), mas o meu pai entrou na sala de estar — não antes de Noah erguer uma sobrancelha por Brad ter dito "oi" para Levi. Eu dei de ombros. Ele tinha vindo várias vezes aqui nas últimas semanas... mais do que Lee, na verdade.

Meu pai piscou, olhando para Noah com a boca aberta e apertando os olhos. O braço de Noah estava ao redor de mim e ele o ergueu para acenar.

— Oi, Sr. Evans.

Em seguida, ele limpou a garganta e recompôs o rosto.

— É bom ver você, Noah. Veio passar o fim de semana em casa?

— Sim. Não tenho aula na segunda-feira, então achei que seria legal vir para cá por uns dias e ver Elle. — Ele pontuou o comentário com um sorriso para mim que era tão assustadoramente igual à expressão sonhadora que eu via no rosto de Lee quando ele olhava para Rachel. Isso me fez corar.

Meu pai assentiu.

— E como estão indo as coisas na faculdade? Sua mãe me disse que você parece ter se acostumado bem com a vida de universitário.

Noah respondeu rapidamente, com bastante entusiasmo, bem diferente do seu jeito habitual de ser.

— Sim, as coisas estão ótimas. Fiz alguns bons amigos, o time de futebol americano é incrível e as minhas aulas são bem interessantes. A única desvantagem é ter que lavar a minha própria roupa — emendou ele, e os dois riram.

Ficamos ali por algum tempo, e quando meu pai estava na cozinha preparando um café descafeinado e Brad já estava na cama, os lábios de Noah roçaram o meu pescoço e a mão dele entrou por dentro da minha camiseta. Quente, pesada e familiar, fazendo meu coração rodopiar no peito. Ele disse com a voz baixa:

— Quer passar a noite lá na minha casa?

— Seus pais não vão se importar?

— Algum dia eles se importaram? Você deixou até uma escova de dentes e o seu desodorante no nosso banheiro. E tem uma gaveta cheia de roupas no quarto de Lee.

— Sim, mas... não sei. Tenho a impressão de que preciso pedir para o meu pai. As coisas são diferentes agora.

Ele beijou a minha bochecha, com os lábios deslizando pela minha pele e indo na direção da orelha.

— Bem, se você quiser ficar aqui sozinha... — Ele beijou o meu pescoço, logo abaixo da orelha.

— Me dê uns dois minutos.

Corri para o meu quarto para trocar de roupa, e colocar também algumas coisas essenciais em uma bolsa grande — especificamente, calcinhas limpas (que fossem *sexy*) e o meu carregador do celular — antes de calçar sapatos e descer as escadas outra vez.

— Vou passar a noite na casa de Lee — avisei meu pai. Logo em seguida, percebendo que ele estava prestes a fazer algum comentário capaz de causar um constrangimento sobre "ter cuidado", eu emendei: — No quarto de hóspedes.

Eu não tinha a menor intenção de ficar no quarto de hóspedes; o pacote de camisinhas na minha bolsa atestava isso.

Ele fez que sim com a cabeça, como se não quisesse ouvir mais nada a respeito, mas não deixei de perceber o olhar discreto de desaprovação com o qual ele me encarou por cima dos óculos.

— A que horas você vai voltar?

Dei de ombros.

— No domingo, acho. Talvez depois do jantar.

Meu pai assentiu.

— Tudo bem. Me mande uma mensagem amanhã para confirmar. Você está com a sua chave?

— Sim.

— Tomou a pílula?

Senti as minhas bochechas pegarem fogo. Eu devia saber que não ia escapar tão facilmente. Estava tomando a pílula há mais de um ano; não porque realmente precisasse de um método contraceptivo àquela altura, e sim para equilibrar o meu ciclo menstrual irregular. Mas parecia que o meu pai estava tratando a situação como se fosse o consumo de bebida alcoólica em festas: ele sabia o que ia acontecer e sabia que não podia me impedir. Mesmo assim, queria que eu fizesse tudo com segurança.

Mesmo assim, respondi por entre os dentes:

— Sim, pai. Meu Deus. Eu sou uma adulta responsável.

— Ontem, você estava ouvindo trilhas sonoras dos desenhos da Disney. E cantando junto com elas.

— Adulta responsável. Fui.

A CASA DA FAMÍLIA FLYNN ESTAVA SILENCIOSA, EXCETO PELO RUÍDO distante e constante da máquina de lavar roupas. Noah disse que seus pais tinham ido para a festa de aniversário de casamento de um casal de amigos e não voltariam até o dia seguinte. Lee ainda estava fora, com Rachel.

Nenhum de nós reclamou da situação.

Mais tarde, nós dois estávamos deitados na cama de Noah, abraça-dinhos, enrolados debaixo do edredom, mesmo que aquela noite estivesse relativamente quente. Nossas pernas estavam entrelaçadas e eu estava com a cabeça encostada no peito de Noah. Coloquei a mão espalmada sobre ele, deslizando devagar.

— Você está com um cheiro diferente — eu disse a ele. Noah ainda tinha o cheiro cítrico do xampu e do sabonete que usava, e também da loção pós-barba, mas havia um toque diferente ali que eu não conseguia identificar.

Quando falei aquilo, ele respondeu:

— Bem, faz alguns meses que eu não coloco um cigarro na boca, então acho que pode ser isso.

Apoiei o corpo sobre um dos cotovelos para olhar o rosto dele.

— Eu nunca entendi esse hábito. E não era nem mesmo um *hábito*. Você só fazia isso para que as pessoas achassem que você era rebelde e descolado, não é?

A boca de Noah estremeceu e ele desviou o olhar por um segundo.

— Mais ou menos.

— Por que é tão importante para você ser visto como um *bad boy*?

Agora que eu havia perguntado, comecei a imaginar o motivo de nunca ter feito isso antes. Noah suspirou e passou os dedos pelos meus cabelos. Seus dedos se prenderam em um nó embaraçado, e assim ele acariciou o alto dos meus cabelos, fazendo cafuné nas raízes. Era o tipo de carícia distraída e tranquila da qual eu senti muita falta depois que ele foi embora.

— Por quê? Você não acha que eu *sou* um *bad boy*? — Ele estava tentando fazer graça, com uma expressão fajuta de choque no rosto. — Estou magoado. Talvez eu precise socar uma parede e acender um cigarro para provar isso a você. Montar na minha moto, sair correndo por aí e arranjar uma briga com alguém. Ou... não sei, sair para o jardim e derrubar todos os vasos de plantas com chutes. Minha mãe iria odiar isso. Uma selvageria indomável.

Eu revirei os olhos. — Engraçadinho. Mas estou falando sério. Você é um cara supercarinhoso quando está comigo, e é um *nerd* que se recusa a sair do armário, mas exibe essa máscara para todo mundo, como se ninguém pudesse tocá-lo. Às vezes, você age como se estivesse querendo arranjar uma briga. Não pense que eu não percebi que isso é só uma fachada.

Noah olhou nos meus olhos por um momento; pensei comigo mesma se ele estaria tentando decidir se eu estava blefando ou não. Deve ter percebido que não era o caso. Seus dedos se moveram para traçar círculos nas minhas costas, e eu dei um beijo no ombro dele.

— Você era muito pequena para se lembrar, você e Lee, mas, no pré-primário, eu sofria com o *bullying*. E muito. Eu não era tão grande quanto os outros garotos, além de ser magro como um bambu.

— Eu vi algumas fotos. Até que me lembro.

— Também era inteligente. E você sabe o que os cuzões fazem com os *geeks* e os *nerds*. Os garotos maiores, que não são tão inteligentes, gostam de implicar com eles porque isso faz com que se sintam melhor em relação a si mesmos. Acontece no mundo inteiro, não é? Uma situação clássica.

— Certo... — eu disse devagar, alongando a palavra e erguendo as sobrancelhas. Como eu poderia ter estado tão perto de Noah nesses últimos anos e não saber que ele havia sofrido *bullying*? Será que Lee sabia disso? Os pais de Noah nunca tocaram naquele assunto... será que ele havia pedido para não fazerem isso?

— Eu detestava aquilo, porque tudo o que queria fazer era descontar os empurrões que levava. Mas você sabe... se revidar, as coisas ficam ainda piores... e eu não era dedo-duro. Nunca reclamei do garoto maior que me empurrou do balanço ou que roubava os meus biscoitos na hora do almoço. Tudo aquilo só servia para me deixar... *furioso*.

Noah aspirou o ar com dificuldade, e eu estendi o braço para segurar a sua outra mão, entrelaçando nossos dedos. Ele não retribuiu o gesto, mas também não se esquivou do meu carinho.

— Eu não podia descontar a minha frustração neles e achava que não podia contar aos meus pais. Eles ligariam para a escola, o que acabaria criando um tumulto enorme. E, na época, eu achava que isso me deixaria em uma situação bem pior. Hoje, eu sei que não é por aí.

— E então você descontava a sua frustração em todo o resto — falei, pensando na ocasião em que ele me contou que havia frequentado algumas sessões para aprender a administrar a raiva há alguns anos, mas não teve muito resultado.

Ele continuou como se eu não tivesse dito nada.

— O fim do ensino fundamental até que não foi tão ruim. Tive um período de crescimento rápido no verão daquele ano e os meus pais me matricularam em aulas de *kickboxing*.

— Ah, sim, me lembro disso.

— Porque eles achavam que eu só precisava de um meio para extravasar, já que não era mais um garoto magricela.

— Mas você ainda era um *nerd* — eu disse, tentando preencher algumas lacunas. Essa conversa era como um quebra-cabeça, e eu estava tentando montar o meio sem ter acesso às peças que compunham as beiradas. Não conseguia acreditar que nunca havíamos falado sobre aquilo até agora. — Você é inteligente. Sempre foi. E entrou em uma das melhores faculdades do país, Noah. Não é qualquer um que consegue fazer isso.

— Eu me lembro de uma vez, na aula de espanhol do oitavo ano — disse ele. — Fizemos uma prova e eu tirei nota C. Eu nunca tinha tirado nada abaixo de B+, mesmo quando estava em um dia ruim e nas minhas piores matérias. Eu era inteligente, sabia disso, e não era preguiçoso. Meus pais não ficaram chateados por causa daquela nota C; disseram que era somente uma prova, e que não tinha importância. Mas ficaram decepcionados comigo. Mesmo que não dissessem, eu via no rosto deles. E fui mais duro comigo mesmo do que eles jamais seriam.

— Então... — Me ergui um pouco mais, aconchegando-me na curva do braço de Noah, que se apertou ao meu redor em resposta. Ele não estava olhando para mim durante aquela conversa; estava com o olhar fixo na parede à sua frente. Eu soltei a mão de Noah e inclinei seu queixo para o meu lado para que ele tivesse que olhar para mim.

— E então, eu decidi que já estava farto.

— Farto de quê?

— De odiar tudo e não fazer nada a respeito. Comecei a revidar. Entrava em algumas brigas e matava aula de vez em quando. Meus pais e professores achavam que aquilo era só uma fase, e que, depois de um ano, eu perderia esse instinto rebelde e voltaria a levar a escola a sério outra vez, certo?

— Mas isso não aconteceu.

Ele fez um gesto negativo com a cabeça.

— Eu já estava levando a escola a sério. Só fazia pose para fazer as pessoas acharem que não estava. No ensino médio, para fazer parte do time de futebol americano, você tem que manter as notas em uma média geral de A-, certo? Ou, pelo menos, é o que se espera. O treinador não era tão exigente com dois ou três dos outros rapazes. Mas eu mantinha as notas altas e, como os outros atletas faziam o mesmo, aquilo não me dava problemas. E, para ser honesto... gostava de ser chamado de *bad boy*. Era divertido matar aula e saber que o máximo que meus professores fariam seria revirar os olhos se eu chegasse atrasado e sem ter feito a lição de casa, porque já esperavam por isso. Acho que esperavam também que eu acabasse sendo reprovado no fim do ano.

— Então... você gostava de surpreendê-los e de terminar o ano com a terceira maior nota da sua turma? — tentei adivinhar.

— Eu ia bem na escola, mas fazia isso só por *mim*, não por outras pessoas. Não queria ser o orador da turma nem nada disso. Eu não precisava disso, nem da atenção que essas coisas traziam. Mantive a reputação de *bad boy*. Não só por não querer que as pessoas me pressionassem, por ser divertido ou porque, às vezes, eu sou um cuzão, mas porque se as pessoas nunca esperassem nada de mim, elas nunca ficariam decepcionadas comigo.

Nós dois ficamos em silêncio por um bom tempo. A princípio, a respiração de Noah estava curta e entrecortada, mas foi ficando mais calma depois de algum tempo. Ele sempre foi um pouco fechado, e fazia comentários sobre não lidar muito bem com assuntos emocionais. Eu nunca o vi tão vulnerável quanto naquele momento.

Percebi que não sabia mais quem era Noah, na verdade; não somente pelo que ele havia acabado de me contar, mas porque ele parecia uma pessoa diferente depois que foi para a faculdade. Sorria mais facilmente, estava mais relaxado. Mesmo quando discutimos sobre a foto do Instagram, ele agiu de um jeito racional, bem mais tranquilo do que eu estava acostumada.

— E agora, que você entrou em Harvard e terminou o ensino médio, não vai mais vestir a máscara do *bad boy* rebelde?

— E quem disse que eu desisti de agir assim? Eu estava pensando que essa foi a razão pela qual você se apaixonou por mim.

Revirei os olhos, sem conseguir impedir que um sorriso se formasse no meu rosto. — Sim, porque você é um valentão que diz que vai sair e chutar os vasos de plantas da sua mãe.

— Eu poderia comer gelo, também — disse ele, com uma expressão totalmente séria. — Cubos inteiros. Diga-me se isso não é um ato de pura bravura.

Dei um tapa de leve no peito de Noah e ele segurou os meus dedos, beijando cada um deles. Eu ri, feliz por ele estar brincando novamente em vez de ser tão sério. Desde que eu o conheci, Noah nunca conseguiu lidar muito bem com suas emoções. Por isso, não fiquei surpresa em descobrir que, depois de sofrer tanto com o *bullying*, ele teve vontade de dar o troco em vez de chorar. Esse era o tipo de pessoa que ele era.

— Eu só queria... — comecei, mas ele me interrompeu com um beijo leve.

— Sei o que você queria dizer. Só sei muito bem como agir de outro modo, só isso. Mas estou tentando não fazer tanta pose agora. Não discutir tanto com as pessoas. É mais fácil porque todo mundo é novo e eu posso... me reinventar. E todas as pessoas em Harvard são bem inteligentes, então não tem problema se eu for um *geek*. — Ele me olhou com aquele sorriso torto. — Mas ainda é difícil ser algo diferente, porque eu passei muito tempo sendo assim.

— Amo você de qualquer jeito — falei com toda a sinceridade. Acho que eu o amei mais naquele momento do que jamais havia amado antes.

— Mesmo se eu começar a usar camisas polo cor-de-rosa e amarrar blusas ao redor do pescoço, e trocar a minha moto por um carrinho elétrico de golfe?

— Bem, agora você está sendo totalmente ridículo.

— Foi você quem começou. — Mas ele estava sorrindo para mim.

— Não, foi você.

— Foi, definitivamente, você quem começou. — Em seguida, Noah me puxou para cima dele, com os dedos me cutucando com força nas costelas, na cintura e no pescoço, e eu gritei, tentando me desvencilhar, mas rindo demais para conseguir resistir. Noah riu na minha orelha.

— Mas eu prefiro começar isso aqui.

12

DORMI MELHOR NAQUELA NOITE DO QUE HAVIA DORMIDO EM semanas. Quando acordei, na manhã seguinte, depois das dez, Noah já estava acordado, sentado na cama e assistindo a vídeos do YouTube, e eu me aconcheguei ao lado dele. Era uma excelente maneira de acordar.

— Bom dia, dorminhoca — disse ele, baixando a cabeça para aproximá-la da minha quando fui beijá-lo. O beijo tinha sabor de pasta de dente, e assim imaginei que ele já tivesse se levantado da cama, e eu provavelmente ainda estava com o mau hálito matinal, mas nenhum de nós se importava muito com aquilo. Eu sorri contra os lábios dele.

— Estava com saudade de você — eu disse a ele, e me afastei para bocejar. — Estava com saudade *disso*.

— De assistir a vídeos na cama no sábado?

— De acordar com você.

O sorriso de Noah foi ficando mais largo, assim como o meu. Ele fez uma pausa no vídeo e deixou o celular de lado, ficando em cima de mim e apoiando o peso sobre os cotovelos. Eu deslizei os braços por aquele peito escultural e pelos braços musculosos, erguendo-me um pouco para me aproximar de Noah e pressionar meus lábios contra os dele. Sempre que nos beijávamos, eu sentia que me enchia com a mesma euforia da primeira vez.

O que me fez ter alguma dúvida sobre este relacionamento? Eu devia estar louca. Achei que estava com muita saudade dele nas últimas semanas, mas agora que estava aqui, com ele, percebi o quanto estava me sentindo sozinha sem ele. Não havia *nada* de errado entre nós. Não éramos, simplesmente, um bom casal; éramos *perfeitos*. Precisávamos apenas de um tempo juntos, só isso.

O resto da manhã foi preguiçoso, aconchegante e completamente perfeito. Em algum momento, consegui reunir a coragem para conversar com ele sobre o baile.

— Noah...

— Sim?

Eu engoli em seco e umedeci os lábios. Minha boca estava seca.

— É que... vai haver um baile daqui a algumas semanas. Na escola. O baile de Sadie Hawkins. E eu estava pensando se você voltaria para casa no fim de semana do baile para irmos juntos.

Noah suspirou, desviando o olhar de mim. Senti o estômago pesar; ele nem precisou responder. O suspiro já era resposta suficiente.

E era exatamente por isso que eu estava com medo de convidá-lo. Porque vinha temendo essa reação.

— Eu voltaria — disse ele, com a voz bem lamentosa. — Você sabe que eu adoraria, Elle. Mas este fim de semana foi uma ocasião que dificilmente vai se repetir. Não posso ficar voltando para cá o tempo todo, especialmente para um baile da escola. Significa passar muito tempo sem estudar, longe do time de futebol americano, e as passagens de avião daqui para lá e de lá para cá não são baratas.

— Mas... — respirei fundo e me endireitei um pouco. — Eu queria muito ir ao baile com você. E detesto passar tanto tempo sem que a gente se veja. É difícil, sabia?

— Eu sei — disse ele, com uma expressão zangada. — É difícil para mim também. Sinto saudade de você. Mas não posso simplesmente voltar toda vez que vocês organizam um baile, uma festa ou coisa parecida. E o Sadie Hawkins... vai ser em novembro, não é? Eu vou voltar para cá logo depois do baile, para o feriado de Ação de Graças.

Queria começar a discutir outra vez, mas mordi a língua e voltei a afundar na cama ao lado dele. Nós dois estávamos tensos, em meio a um silêncio desconfortável, quase à beira da angústia. Era só um baile, tentei dizer a mim mesma. Não era grande coisa. E Noah tinha uma boa razão para não voltar para casa naquele fim de semana.

Mas era algo tão ruim, da minha parte, querer passar mais tempo com Noah ou ir a um baile com ele? Noah se aproximou para beijar a minha bochecha, colocando o braço ao redor de mim.

— Talvez eu consiga voltar para casa na época do Baile de Verão.

Era uma oferta de paz e eu a aceitei, concordando com um aceno de cabeça e virando-me para beijá-lo outra vez. Mesmo que tudo que eu quisesse fazer fosse me retorcer para sair daquele abraço e vestir um moletom com capuz para esconder o rosto. Aquela rejeição pesava em mim como uma pedra enorme dentro do estômago.

NA HORA DO ALMOÇO, DESCEMOS PARA COMER ALGUMA COISA E LEE estava na cozinha, fazendo um sanduíche.

— Oi — disse ele. — Você sabia que ele vinha no fim de semana?

— Não.

— Estou bem aqui, você percebeu? — disse Noah.

— Você ouviu alguma coisa, Shelly? — Lee olhou ao redor de um jeito bem melodramático, e eu mordi a língua para não rir.

— Deve ter sido o vento. Acho que a sua mãe deixou uma janela aberta...

Noah suspirou, passando por mim e abrindo a geladeira para ver o que havia ali dentro.

— Cadê o suco de maçã?

— Não tem.

— Mas nós sempre temos suco de maçã.

— Você é a única pessoa que bebe isso, e a nossa mãe disse que não faz sentido comprar suco de maçã se não há ninguém aqui que o beba.

— Isso é um sinal típico da síndrome do ninho vazio.

— Acho que isso só vai acontecer quando eu sair também.

Noah pegou um pouco de suco de laranja da geladeira, indicando a garrafa para mim com um gesto questionador. Eu fiz um gesto com a cabeça.

— Não tem bacon também — ele disse.

— Nossa mãe está nos obrigando a fazer dieta. Estamos cortando o consumo de carne. Acho que tem alguma coisa a ver com o colesterol do nosso pai.

— Meu Deus, é como se eu tivesse voltado para um lugar completamente diferente — Noah reclamou.

— Acho que tem um pouco de peito de peru defumado — respondeu Lee.

— Isso não é bacon.

— Nossa mãe insiste que é a mesma coisa.

— Mentiras. Mentiras por todos os lados!

Não consegui evitar de sorrir para eles. Havia me esquecido de que Lee e Noah se davam quase tão bem quanto Lee e eu. E, de certa maneira, ainda melhor.

Depois que comemos, Noah anunciou que voltaríamos para o andar de cima para ver TV. Lee bufou, incrédulo.

— Ah, vocês vão *ver*... TV. Claro, claro. Não se esqueçam de usar proteção. Não façam nada que eu não faria etc.

Fiquei toda corada e baixei a cabeça para que meus cabelos escondessem a reação. Noah deu um tapa na parte de trás da cabeça de Lee e mandou que ele cuidasse da própria vida. Antes que Noah fechasse a porta da cozinha, ouvi Lee fazendo ruídos bem dramáticos, como se estivesse vomitando.

Virei para trás na escada para fazer com que Noah parasse. Fiz também um gesto para que ele ficasse quieto e depois soltei uma risadinha bem alta.

— Noah! Pare com isso! Na escada, não!

— Vocês são uns nojentos! — gritou Lee.

— Ahhh, Noah! — gemi com bastante estardalhaço.

— Vou tirar você da minha lista de cartões de natal, Shelly!

— Eu também amo você!

— Vocês dois são muito esquisitos — murmurou Noah, balançando a cabeça.

Sorri para Noah antes de subir as escadas na frente dele, e ele deu um tapa no meu bumbum, de leve. Quando olhei para trás, encarando-o por cima do ombro e erguendo as sobrancelhas, Noah estava olhando para as paredes, assobiando e fingindo inocência. Virei-me de novo para frente, continuando a subir as escadas, e ele deu outro tapa no meu bumbum. Acelerei o passo e subi os próximos degraus dois a dois, e senti Noah tentar me acertar mais uma vez, mas seus dedos só conseguiram alcançar a barra da minha camiseta. Ele riu, subindo as escadas logo atrás de mim. Ouvi Lee gritar:

— Ei, crianças! Parem de fazer tanto barulho! Vocês são nojentos! Odeio vocês!

Mas aquilo só serviu para me fazer rir, e continuei correndo, sem deixar que Noah me pegasse, até que ele se jogou sobre mim e me derrubou na cama, fazendo com que eu ficasse deitada de costas no colchão e Noah subisse sobre o meu corpo para me beijar, até eu ter certeza de que nenhuma sensação no mundo era tão boa quanto aquela.

DESCI AS ESCADAS PARA FAZER UM CAFÉ. LEE HAVIA SAÍDO PARA encontrar-se com Rachel; aparentemente, os pais dela haviam viajado para ir ao casamento de um parente e ela estava planejando uma noite inesquecível, com velas, comida entregue em casa e um filme. (Ela havia dito, também, que essa poderia ser "A Noite". No caso, a noite em que eles finalmente fariam sexo.) Os pais de Lee e Noah ainda estavam fora, na comemoração do aniversário de casamento dos seus amigos. Haviam passado a noite anterior em um hotel e só voltariam mais tarde.

Voltando ao andar de cima, eu estava em silêncio; já estava caminhando devagar porque havia enchido demais a minha caneca, mas, como eu estava descalça no piso acarpetado, Noah não me ouviu aproximar..

E talvez isso tenha sido uma boa ideia, em retrospecto. Ou não.

Ouvi a voz de Noah saindo pelo corredor, baixa e tensa.

A porta do quarto dele estava entreaberta e eu fiquei do lado de fora, escutando. Ele estava sentado na beirada da cama, de frente para a janela, com as costas viradas para mim e para a porta, o celular encostado na orelha e a cabeça abaixada. Vi também a mão dele entrelaçada nos cabelos. Seus ombros estavam tensos.

Havia alguma coisa errada. E eu... parei para escutar.

Tudo bem, talvez eu não devesse ficar escutando atrás da porta, e sabia disso. Mas a urgência da voz sussurrada de Noah me intrigou o bastante para parar ali e prestar atenção.

— Sim, estou com ela, ela desceu... o quê? Não, é claro que não contei a ela! Não... ainda não. Não é o momento certo. Não... escute, eu vou contar a ela em algum momento, mas não hoje... ela não precisa saber. Bem... não, tudo bem, certo, talvez precise, mas...

Ele suspirou e eu o vi passando a mão pelos cabelos outra vez. — O que foi, você vai ligar para ela e dizer tudo se eu não contar? — ele bufou. — Ah, é claro. Escute, Amanda, isso não tem importância nenhuma. Elle não precisa saber.

Amanda.

Noah estava conversando com *ela.*

Sobre *mim.*

Ouvi o sangue correndo pelas minhas orelhas e fiquei surpresa comigo mesma por não deixar a xícara de café cair no chão quando meu coração afundou no peito. Eu sabia, não é mesmo? Que havia algo errado? Que as coisas estavam estranhas entre nós? Não era apenas a distância. Era...

Não tem importância nenhuma. Não é o momento certo. Ela não precisa saber. Não significa nada.

Abri a porta, sabendo que o ranger das dobradiças indicaria a Noah que eu havia voltado. Ele se virou na cama para olhar para mim, com um sorriso forçado no rosto. Mas aquele sorriso se desfez quando ele viu a minha expressão.

— Ah, merda — murmurou ele ainda ao telefone, com a voz muito afetada. — Preciso ir. Ligo para você depois.

Ele desligou e jogou o celular sobre os travesseiros. Levantou-se para me encarar. Fui até a cômoda, com os braços e as pernas rígidos, mas não paralisados, pelo menos, e coloquei a xícara de café sobre o móvel antes que eu a soltasse ou a jogasse na cara dele.

— Você estava falando com *ela*, não é? — perguntei, com a voz totalmente esvaziada de qualquer emoção, mas ligeiramente trêmula.

Noah mordeu o lábio, parecendo estar mais nervoso do que eu jamais havia visto.

— Elle, o quanto da minha conversa você escutou?

Pergunta errada, meu chapa.

— Era ela? A garota da foto?

Não consegui dizer o nome dela. Eu a odiava demais agora.

— Sim, era Amanda, mas não é o que você está pensando...

— Ah, não é? Você tem certeza?

— Sim — disse ele, quase esbravejando, mas sua voz estava séria e as mãos estavam viradas para cima, estendidas para mim; implorando, suplicando para que eu escutasse, que ouvisse o que ele tinha a dizer. Meu coração estava batendo furiosamente e as minhas mãos tremiam. — Eu sei o que você está pensando, e já te falei da outra vez: não aconteceu nada com Amanda, eu juro. *Nada está acontecendo.*

— Como você espera que eu acredite nisso? — Dei um passo cambaleante para trás, como se as palavras dele me causassem uma repulsa física, e meus olhos se encheram de lágrimas. Eu não podia chorar, não naquele momento. Pisquei com tanta força para espantar as lágrimas que cheguei a ver estrelas nas pálpebras. — Depois do que acabei de ouvir? Eu sabia que você estava escondendo alguma coisa. Você está do outro lado do país, Noah! Pelo que estou percebendo, você se esqueceu de mim e essa visita é só... é só um último esforço para...

— Você está exagerando.

— Ah, estou, é? Com o histórico que você tem?

Era um golpe baixo, e não era nem um pouco justo; ele tinha a reputação de ser um cara que gosta de fazer joguinhos, embora a maior parte disso fosse só conversa, e, até onde eu sabia, nunca chegou a trair ninguém. Mas eu não conseguia controlar as palavras que saíam da minha boca.

As palavras dele continuavam me acertando como socos no estômago. *Não tem importância nenhuma. Ela não precisa saber.*

O que mais aquilo poderia significar?

Levei a mão até a altura do estômago, embora não soubesse ao certo de onde vinha aquela dor. Minha cabeça estava girando, as minhas pernas provavelmente iriam ceder a qualquer minuto, e era como se uma montanha tivesse sido jogada sobre o meu peito. Eu precisava gritar, ou chorar, ou... não sabia exatamente o quê.

A expressão de súplica no rosto dele se desfez em um instante quando as minhas palavras acertaram o alvo. E aqueles olhos azuis, de repente, se transformaram em gelo, ficando mais apertados quando ele me encarava.

— Você não confia em mim.

Eu me sentia horrível de todas as maneiras possíveis, mas a minha voz estava ácida e eu não conseguia parar de falar. Eu estava destruindo tudo e alguma voz no fundo da minha cabeça me implorava para parar, mas semanas de nervosismo e incerteza borbulharam até a superfície e tomaram o controle de tudo.

— Como se você fosse melhor. Você fica com ciúme toda vez que eu digo que estou sozinha com Levi. Sei que fica. Para você vale uma regra, enquanto para mim a regra é outra? Como se eu não tivesse o direito de ficar intrigada quando ouço uma conversa como essa com uma mulher-zinha que...

— Amanda não é uma "mulherzinha". — E fez aspas com as mãos.

— Pare de defendê-la. Pare de *falar* sobre ela. Eu não quero saber o quanto ela é uma boa pessoa!

Eu estava praticamente gritando agora, e estava feliz por não haver mais ninguém na casa.

— Você faz ideia do *quanto* aquilo foi humilhante para mim? *Todo mundo* viu aquela foto no Instagram. *Todo mundo* soube, e todo mundo imaginou que tínhamos terminado o namoro.

— Eu sei, Elle, e peço desculpas por isso. Mas você tem que acreditar em mim quando te digo, *de novo*, que nada aconteceu. E nada vai acontecer. Amanda não significa nada para mim desse jeito que você está pensando. Ela é só uma amiga.

— Uma amiga sobre a qual você não me contou!

— Você é a última pessoa que devia sentir ciúmes de uma garota que é minha amiga — retrucou ele. — Olhe para você e Lee!

— É diferente, e você sabe disso.

Ele bufou, balançando a cabeça. — E Levi? Você me conta que vocês andaram juntos toda vez que saem ou se encontram?

Eu apertei os dentes. O que Levi tinha a ver com tudo isso?

— Nós temos aulas juntos e estamos no mesmo laboratório. A agenda é cheia. Você não conseguiria entender.

Talvez aquele fosse um comentário justo, mas, para mim, foi como uma punhalada no estômago. Como assim, "eu não conseguiria entender"? Sou burra demais para isso? Como se ele fosse muito melhor agora que estava na faculdade? Como se eu não fosse capaz de entender aquilo, mas *Amanda* conseguiria?

— Por que você estava ligando para ela agora? — perguntei, subita-mente baixando a voz. Toda aquela gritaria havia me deixado bem abalada. — Do que você estava falando? Porque, se não é o que parece ser, então, por favor, me conte.

Noah abriu a boca para responder, mas as palavras pareceram lhe faltar e ele vacilou, desviando o olhar. Ele fechou a boca com uma postura desafiadora, sem me responder.

Fiz um gesto negativo com a cabeça. Queria acreditar nele, mas, quando fechava os olhos, enxergava aquela foto idiota; os braços daquela garota ao redor dele, os dele ao redor do corpo dela, os lábios dela na bochecha de Noah, deixando uma mancha de batom vermelho-rubi, o sorriso embriagado no rosto dele.

— *É intenso* — ele disse.

Qual era o significado disso?

Nada de bom, a julgar por como eu estava me sentindo agora.

— Por favor, Noah. Só quero que você me conte a verdade.

Tudo que recebi em resposta foi o silêncio.

Em seguida, ele puxou o ar por entre os dentes, respirou fundo... e continuou sem dizer nada. Fiquei olhando para ele. O jeito que os ombros dele se encolhiam, a expressão dividida em seu rosto, o fato de ele não ser capaz de falar comigo sobre o que quer que estivesse acontecendo... não *iria* falar comigo. Quanto mais eu esperava, pior ficava a situação. Minha mente funcionava em alta velocidade, visualizando os dois em posições comprometedoras, imaginando os dois rindo juntos, abraçados em alguma cafeteria aconchegante, ou no gramado da faculdade, ou no quarto de Noah, ou...

Senti o corpo inteiro ficar fraco, e a cabeça pesar. Noah fechou os olhos, recusando-se a olhar para mim.

E assim, subitamente, a fenda entre nós não era só uma pequena rachadura que podíamos consertar com uma visita surpresa para casa ou mais chamadas de vídeo. Era um abismo tão profundo e tão largo que eu nem sabia ao certo para quem estava olhando agora. Esse Noah novo e maduro, que se recusava a falar comigo e escondia segredos, era um estranho e parecia ter mudado, exatamente da maneira que eu temia que fosse acontecer.

Ouvi as palavras seguintes saírem da minha boca como se alguma outra pessoa estivesse falando. Minha voz estava morta, entorpecida.

— Acho que isso não está mais funcionando.

Contei quatro batidas do meu coração em que ficamos em silêncio. Noah estava prendendo a respiração; sei disso, eu estava fazendo a mesma coisa, havia um silêncio tão forte entre nós que eu era capaz de escutar a respiração dele. Toda a tensão, a raiva, até mesmo as súplicas se esvaíram do rosto dele, deixando-o com uma aparência pálida. Eu não conseguia olhar nos olhos dele; procurei me concentrar na barra do *jeans* que ele usava, onde um fiapo solto lhe roçava o pé.

— O quê?

Pelo som da voz dele, parecia que Noah estava sendo estrangulado. Eu gemi.

— Não consigo mais levar isso adiante.

— Levar o que adiante?

— Isso. Nós. Não consigo mais. Detesto ter que ficar longe de você o tempo todo. E detesto saber que você está na faculdade com todas aquelas outras garotas. Garotas mais inteligentes, mais bonitas, que estão praticamente se jogando aos seus pés, e eu... eu só...

— Você não confia em mim — ele me interrompeu. Cada sílaba daquela frase era cuidadosamente controlada.

— Eu quero confiar em você. — Tentei explicar, mas a minha voz ficou embargada. — Mas se você não pode me dizer a verdade sobre o que está acontecendo... que tipo de relacionamento é esse? Eu... não consigo mais viver com isso. E... nenhum de nós deve... deveria ficar amarrado em algo que é só um peso morto.

— Então... o que você está dizendo?

Respirei fundo para tentar me equilibrar e ergui os olhos com dificuldade para encarar os dele, tentando ignorar o fato de que eles estavam úmidos e que o rosto de Noah estava totalmente consternado (outra palavra para o SAT, cortesia de Lee). Lee. Merda. Como Lee reagiria a isso quando soubesse? Como eu iria contar a ele? Noah falaria primeiro? Lee teria que escolher um de nós para apoiar? Eu o obrigaria a fazer uma coisa dessas, depois de tudo que o fiz passar quando menti para ele, antes de começar a namorar com Noah?

— Elle?

Eu não podia continuar daquele jeito. Doía demais.

— Estou dizendo que não consigo mais levar isso adiante. E que nós... que seria melhor terminarmos.

Desta vez, o silêncio durou três batidas do coração.

— Não faça isso, Elle — sussurrou ele.

— Diga-me o que está acontecendo.

— Eu... eu não... não agora, está bem? É uma coisa... complicada.

Eu fiz que não com a cabeça. Não era a resposta certa. Não era boa o bastante. Não era o bastante para impedir que meus olhos se enchessem de lágrimas.

— Podemos dar um jeito nisso, Elle. *Por favor.*

— Não, Noah. Duvido que seja possível. Se fosse, você conversaria comigo sobre algo assim.

Ele deu a volta ao redor da cama e veio na minha direção, mas eu recuei. Se ele me abraçasse agora, iria querer esquecer-me daquilo, iria querer perdoá-lo, e sabia que aquilo era errado.

Fixei meus olhos nos pés dele, observando como ele apoiava o peso do corpo em um e depois no outro, antes de pressionar os dedos firmemente quando endireitou o corpo.

Que outra escolha eu tinha? Isso estava ficando doloroso demais. E era melhor me livrar daquilo agora, antes que ele percebesse que as garotas da faculdade eram muito mais dignas da sua atenção do que eu. Não é mesmo? Ele estava claramente indo em frente com a própria vida, e eu era apenas mais uma amarra que o prendia à velha vida, da qual ele não precisava — ou queria — mais. E tudo indicava que já havia algo em progresso entre ele e aquela garota.

E, independentemente do que estivesse acontecendo, era óbvio que ele não confiava o bastante em mim para me dizer.

— Me desculpe — murmurou ele.

E alguma coisa dentro de mim se estraçalhou.

Senti o ar ficar preso na garganta e, se eu achava que isso já era doloroso, não era nada quando comparado à dor lancinante que se espalhava por mim, as agulhas que pressionavam a minha pele e faziam eu me sentir entorpecida por fora.

E então, quando já estava preparada para conter ainda mais lágrimas antes de sair dali, nenhuma se formou. Simplesmente fiquei ali, com a boca entreaberta e flácida, os braços entorpecidos e pesados demais para sair correndo.

Nenhum de nós se moveu por um momento.

Até que não consegui mais suportar olhar para ele.

— É melhor eu ir embora — murmurei, pegando o meu blusão e a bolsa que estavam em cima da cama e guardando o livro que eu estava lendo na noite passada e havia deixado sobre a mesinha de cabeceira, e também o celular. Baixei a cabeça o máximo que pude, deixando o cabelo agir como uma cortina para não precisar ver Noah.

Hesitei quando estava sob o vão da porta. Será que deveria dizer alguma coisa? Até mesmo um simples adeus? Um "a gente se vê por aí", talvez?

Minha boca ficou aberta por alguns segundos e eu arrisquei uma olhada para trás, por sobre o ombro. Noah estava de costas para mim agora, e eu conseguia ver os músculos repuxados em suas costas e nos braços, rijos com a tensão. As mãos se fecharam em punhos por um segundo antes de se abrirem outra vez e ficarem dependuradas frouxamente ao lado do corpo.

E assim eu fui embora, sem dizer nada.

Foi somente quando entrei no meu carro que a ficha caiu para mim do que eu havia acabado de fazer.

Havíamos terminado o relacionamento. *Eu* tinha posto um fim no meu namoro com *ele*. Tudo que havia do lado de fora estava borrado. Liguei automaticamente os limpadores de para-brisa, apenas para perceber que eu estava chorando, e que aquilo não era chuva. Não quis arriscar que Noah me visse sentada no carro aos prantos, então dei a partida e arranquei com o carro pela via de acesso à casa, com movimentos bruscos enquanto me atrapalhava com a embreagem. Eu estava tremendo demais. Liguei o ar quente do carro, mas não ajudou em nada.

Eu estava chorando demais para concentrar-me em dirigir, mesmo na distância curta entre a casa dele e a minha. Assim, entrei na rua lateral mais próxima e estacionei o carro, desligando o motor. Encostei a cabeça no volante e me desfiz em lágrimas.

LIGUEI PARA LEE.

Eu sabia que ele estava na casa de Rachel e que esta seria uma noite romântica para os dois. Ele me falou sobre o quanto estava empolgado, por isso, hesitei quando o número do meu melhor amigo apareceu na tela do meu celular. Eu mal conseguia enxergá-lo direito de tanto chorar. Seria egoísta interromper a noite deles. Eu sabia disso.

Apertei o botão para confirmar a chamada.

A ligação foi para o correio de voz e, naquele momento, eu era um desastre. Havia usado toda a caixa de lenços de papel que deixo no meu carro para emergências, e também a que levo na bolsa. Estava com o nariz entupido, tão cheia de lágrimas e tão confusa que era difícil respirar direito. Eu não parava para tomar fôlego, era como se estivesse me afogando. O que eu havia acabado de fazer?

Podia ter ligado para Levi. Nós dois éramos bons amigos agora, e sabia que ele me ajudaria. Ele entenderia, também; Levi passou por uma separação difícil com Julie. Seria melhor ligar para Levi, disse a mim mesma, e deixar que Lee curtisse a sua noite.

Mas, por mais que gostasse de Levi, eu precisava de Lee agora. Do meu melhor amigo.

Antes de poder dizer a mim mesma que deveria deixar meu melhor amigo aproveitar o tempo dele com a namorada, eu já estava ligando novamente.

Desta vez, ele atendeu ao primeiro toque.

— Estou no meio de uma coisa importante aqui, Shelly. O que houve? — A voz de Lee estava baixa e contida, mas, de algum modo, não consegui me obrigar a me sentir mal por incomodá-lo.

Funguei um pouco, e antes que pudesse decidir como começar a explicar as coisas, ele percebeu que eu estava chorando.

— O que houve? — perguntou ele, com a voz bem mais gentil agora. — Elle? Fale comigo.

— E-eu t-t-terminei o n-namoro com... — solucei. — Com N-Noah.

— *O quê?*

— Eu t-terminei o namoro c-com ele — solucei novamente, esfregando o dorso da mão na minha bochecha para enxugá-la. — Desculpe por estragar sua noite, sei o quanto isso é importante para vocês. Mas eu só... precisava falar com você, só isso. Me dê dez minutos e depois você pode voltar para o seu vinho e o jantar com Rachel. Por favor.

— Vou fazer mais do que lhe dar dez minutos — disse ele. — Vocês realmente terminaram?

— Ah, meu Deus, Lee... eu não... não sei o que fiz.

— Onde você está?

— No meu carro. Eu... Me desculpe, Lee. Eu sei que não devia ter ligado, mas não sabia mais o que fazer.

— Não peça desculpas por isso. — A voz de Lee estava suave, com um tom tranquilizador. — Onde você está, exatamente?

Eu olhei ao redor, enxugando as lágrimas até conseguir ler o nome da rua na placa que estava por perto.

— Está bem. Vou até aí assim que puder.

Merda. Eu não esperava que ele fosse deixar Rachel sozinha. Bem, deveria imaginar que ele faria isso, mas tudo de que eu precisava era conversar com ele, para que me reconfortasse. Não tive a intenção de fazer com que ele deixasse Rachel para trás, especialmente hoje à noite.

— Não... está tudo... sério, Lee, por favor, não...

Meus protestos foram inúteis; pelos sons, ele havia afastado o celular da orelha, mas eu conseguia ouvi-lo falar, mesmo que sua voz estivesse distante. Ouvi um farfalhar, um ruído parecido com o de roupas.

— Desculpe, Rach. Tenho que ir.

— O quê? O que aconteceu? — A voz de Rachel estava baixa, mas eu ainda consegui identificar cada palavra que ela dizia. E, pelo tom da sua voz, ela não parecia nem um pouco feliz pelo fato de que a sua noite estava sendo interrompida.

— Elle precisa de mim. Desculpe. Prometo que volto logo. Não posso simplesmente largá-la desse jeito. Juro que não vou demorar. Talvez uma hora ou duas. Desculpe.

— Você está dizendo o que eu acho que está? Você vai embora?

— Bem... eu tenho que ir. Ela é a minha melhor amiga.

— Lee, nós esperamos semanas pela noite de hoje, e nós acabamos de... e agora você simplesmente vai embora e me larga aqui?

— Não estou largando você.

Eu consegui ouvir o esforço que ele fez para tentar manter a voz calma, relaxada e controlada. Aquilo me fez gemer.

— Eu disse... volto logo. Sei que isso não é exatamente... não é o ideal... mas ela está no carro, está abalada e precisa de mim. Ela está chorando, Rach. Não vou deixá-la sozinha desse jeito.

— Não, mas você está *me* deixando sozinha. — Eu nunca havia ouvido Rachel falar de um jeito tão irritado e direto antes. Aquilo fez o meu estômago se retorcer pela culpa.

Lee não tentou negar. — Ela é a minha melhor amiga, Rachel.

— E eu sou a sua namorada!

— Você sabia exatamente o tipo de relação que eu tinha com Elle quando começamos a ficar juntos. Ela é uma parte enorme da minha vida. Sempre foi. E você sabia de tudo. E eu a estou deixando de lado há meses, desde que comecei a namorar com você...

— Você está mesmo me culpando por vocês estarem se afastando? — A voz de Rachel estava começando a mostrar sinais de raiva. Me encolhi, sentindo ódio de mim mesma. Não devia ter ligado para ele.

— Não! Por acaso te disse isso? Não. Eu só disse que coloquei você em primeiro lugar durante meses, mas, neste momento, preciso fazer isso com Elle. Lamento se você não é capaz de respeitar isso, mas...

— Respeitar isso? Lee, nós acabamos de fazer sexo, e agora você está correndo para encontrar outra garota! Eu sei que vocês são bem próximos, mas isso... O que quer que você diga, ela sempre vai ter a preferência, e eu... eu não sei se posso...

Ah, merda, merda, merda. Eu definitivamente não devia ter ligado. *Parabéns, Elle. Você destruiu dois relacionamentos em uma só noite!*

Lee soltou um suspiro curto.

— Rach, será que podemos discutir isso depois? Por favor? Não vou deixá-la na mão quando ela está tão abalada. Eu amo você, mas a pessoa de quem estamos falando é a minha melhor amiga. Desculpe.

Tive certeza de que Lee havia esquecido que eu ainda estava na linha; ou talvez ele pensasse que tivesse desligado, porque, considerando os ruídos de tecidos roçando uns contra os outros, parecia que ele tinha colocado o celular no bolso. Mas eu ouvi, bem claramente, quando Rachel gritou:

— Lee Flynn, não se atreva a fazer isso! — E, em seguida, o barulho da porta de um carro batendo. Naquele momento, apertei o botão para encerrar a ligação e larguei o celular sobre o colo.

Ouvi um trovão no céu e não demorou muito até começar a chover, uma pancada forte e pesada.

Eis aqui a maior das ironias do destino, eu pensei, seca, estrangulando uma risada. E comecei a chorar ainda mais forte.

OUVI UMA BATIDA NA MINHA JANELA E ME ASSUSTEI. POR UM momento, achei que fosse Noah e que ele tivesse vindo tentar conversar comigo e consertar as coisas, que não me largaria tão facilmente, mesmo depois de tudo o que aconteceu.

Mas, conforme meus olhos se concentraram na silhueta da minha janela, eu percebi que era Lee, e não Noah, que estava do lado de fora do meu carro. Não consegui evitar de sentir o coração afundar no peito quando qualquer noção de uma declaração romântica, em que Noah me contava tudo o que estava acontecendo e nós fazíamos as pazes, desapareceu.

Lee estava com os braços apertados ao redor do corpo e saltitava ao lado do carro, com a gola erguida por causa da chuva. Não que aquilo ajudasse muito. Ele já estava encharcado.

Joguei os lenços de papel usados e cheios de catarro do banco do passageiro no chão e sentei-me nele, deixando que Lee se sentasse no banco do motorista.

A primeira coisa que ele fez foi se aproximar e me abraçar com força, deixando que eu chorasse naquela camisa preta chique e o abraçasse ao redor da cintura, por baixo da jaqueta. Ele não perguntou como eu estava, nem o que tinha acontecido. Simplesmente me abraçou e acariciou os meus cabelos. Lee estava todo molhado, e aquilo molhou as minhas roupas também, deixando-as úmidas, mas eu não me importava. Foi exatamente isso que o médico de separações mandou fazer.

Talvez cinco, ou dez, ou vinte minutos depois, me acalmei o suficiente para poder conversar.

— Desculpe, não devia ter ligado para você. Devia simplesmente ter ido para casa, ou ligado para Dixon ou Levi, ou algo assim. Não tive a intenção de fazer com que você e Rachel brigassem.

Lee soltou um gemido.

— Você ouviu aquilo?

— Você não desligou o telefone. Achei que voltaria a falar comigo.

— O quanto você ouviu?

Eu me ajeitei no banco do carro, saindo daquele abraço para apoiar-me no encosto do banco, e fiz uma careta. Lee simplesmente fez que sim com a cabeça, com uma expressão preocupada no rosto.

Abri a boca para desculpar-me novamente; uma separação era mais do que o bastante para uma só noite, e Lee não precisava ter que enfrentar os meus problemas de relacionamento além dos seus próprios. Foi totalmente egoísta da minha parte ligar para ele. Mas ele cobriu a minha boca com a mão antes que eu pudesse dizer mais uma palavra.

— Pare com isso. Não vou deixar você chorando no carro depois de uma separação e só consolar você por alguns minutos no telefone.

— Você tinha acabado de fazer sexo com Rachel e depois a largou sozinha.

Ele gemeu, passando a mão pelo cabelo. — Sim... mas ela vai entender. Você precisava de mim. Se eu não quisesse, não estaria aqui, Shelly. Escute, que tal se fizermos isso? Deixe que eu dirijo. Vou pegar sorvetes para nós e voltamos para a sua casa. Assistimos a alguns filmes. Algum filme com Noah Centineo ou algo do tipo. Que tal?

Eu só consegui fazer que sim com a cabeça e choramingar. Lee enfiou as mãos nos bolsos antes de dar a partida no motor e me entregou um lenço de papel amarrotado (e que ele jurou não ter sido usado).

Fiquei no carro quando ele parou no supermercado, e ao voltar, ele me entregou uma sacola plástica com dois potes grandes de sorvete Ben & Jerry's, marshmallows, um vidro de esmalte, máscaras faciais e uma caixa grande de lenços de papel extramacios.

— Por que tudo isso?

Ele simplesmente abriu um sorriso grande para mim.

— Shelly, em todos esses anos, você me obrigou a ver tantas comédias românticas que sei exatamente o que fazer quando alguém passa por uma separação traumática.

— Acho que você está confundindo com o que acontece quando uma amiga vai passar a noite na casa da outra.

Ele simplesmente riu.

A CASA ESTAVA VAZIA.

— Oi? — chamou Lee enquanto eu colocava a cabeça por entre a porta da sala de estar e da cozinha.

— Não tem ninguém em casa — falei o óbvio.

— Ah. Para onde eles foram?

— Devem ter ido a algum lugar. — Dei de ombros. Ainda não era tão tarde. Talvez tivessem ido assistir a um filme, ou poderiam estar no shopping, ou Brad poderia ter ido à casa de um amigo e meu pai havia saído para buscá-lo. Lee passou por mim, entrou na cozinha, tirou um pacote de pipocas do fundo de um armário e o enfiou no micro-ondas.

Fiquei ali, parada, segurando a sacola com as coisas que Lee havia comprado, e o observei separar duas tigelas vazias prontas para receber o sorvete com duas colheres, preparar duas xícaras de café, servir dois copos de vinho e depois tirar a pipoca e colocá-la em uma enorme tigela, quente, deliciosa e pronta para ser comida.

Ele pegou a tigela, ela estava com as colheres tilintando contra as canecas quando ele se movia.

— Vamos lá. Rumo ao andar de cima.

Eu fui na frente, abrindo a porta do meu quarto e segurando-a para que Lee passasse. Ele colocou a bandeja na minha escrivaninha e pegou a sacola que estava comigo. Fiquei parada outra vez, observando enquanto ele tirava conchadas enormes de sorvete. Acessei a Netflix,

134

deixei o primeiro filme da Bridget Jones no ponto e abri os marshmallows. Ele pegou o edredom da minha cama e o abriu no chão; em seguida, saiu para o corredor e voltou com pilhas de colchas tricotadas e cobertores de lã do armário de roupas de cama, empilhando-os ao pé do edredom, prontos para que deitássemos sobre eles. Jogou os meus travesseiros e várias almofadas decorativas ali também, para que usássemos como apoio para as costas. Finalmente, ele se sentou, indicando o espaço ao seu lado.

Eu tinha o melhor amigo em todo o mundo. Quem mais largaria tudo para fazer isso por mim?

Noah não faria uma coisa dessas. Ele não se importava, pois tinha aquela garota e poderia voltar para os braços dela quando quisesse.

Fiquei imaginando se ele chorou por causa do fim do nosso relacionamento. Uma parte de mim, que ainda estava irritada com ele, duvidava disso. Noah não era o tipo de pessoa que chorava muito. Preferia quebrar coisas. Será que se importava o bastante para fazer isso, pelo menos? Ou estava se sentindo aliviado porque agora podia ficar com *ela* e não teria que me explicar que havia outra pessoa com a qual ele preferia ficar?

Olhei novamente para Lee. Ele não estava me fazendo perguntas sobre o que havia acontecido e por que o seu irmão mais velho e eu havíamos terminado o relacionamento. Não estava agindo como se as coisas estivessem esquisitas entre nós agora, nem mesmo fingindo que não estavam. Estava aqui para agir como o meu melhor amigo, e, agora, estava sorrindo para mim e colocando o braço ao redor de mim. Era todo o conforto de que eu precisava.

— Vamos lá. Chegou a hora de começar a terapia de fim de namoro.

EM ALGUM MOMENTO, QUANDO EU JÁ ESTAVA EMPANTURRADA DE sorvete, marshmallows, café e pipoca, e depois de ter chorado tanto que meus olhos praticamente não se abriam mais de tão inchados, eu me aconcheguei ao lado de Lee como se ele fosse o meu urso de pelúcia favorito e eu tivesse seis anos de idade. Não dormíamos na mesma cama desde os treze anos — depois que menstruei pela primeira vez parecia que, subitamente, aquilo era o tipo de coisa que crianças pequenas faziam, e nós não éramos mais crianças. Mas Lee não se opôs quando adormeci ao lado dele no chão, sob a nossa montanha de cobertores.

Ouvimos meu pai e meu irmão chegando em casa, pouco depois de Lee e eu voltarmos, e eu mandei Lee descer para conversar com eles. Ouvi a voz dele no andar de baixo entrando pela porta do meu quarto conforme conversava com o meu pai.

— Elle está tendo um dia ruim, então estamos vendo uns filmes e tomando sorvete — disse ele, sem entrar em detalhes com o meu pai sobre a situação. Mesmo assim, precisei assistir a todo o primeiro filme da Bridget Jones para sentir que poderia contar a Lee tudo o que aconteceu sem desabar em lágrimas outra vez. E quando meu pai e meu irmão voltaram, o filme ainda estava na marca dos trinta minutos.

— Parece que vocês resolveram passar a noite juntos como faziam quando eram crianças. — Meu pai riu, mas nada mais foi dito e Lee voltou para junto de mim, fechando a porta.

No outro dia, eu estava me espreguiçando quando a porta foi aberta e meu irmão disse: — Ei, Elle, você viu se... AH, MEU DEUS!

A porta foi fechada com tanta força que fez os porta-retratos na minha escrivaninha pularem, combinados com o barulho que Brad fez enquanto descia as escadas a toda velocidade, acordando nós dois.

— Pai! — ele estava gritando. — Tem um garoto no quarto de Elle! Você tem que colocar ela de castigo!

Lee gemeu, desvencilhou-se de mim e esticou o corpo, estalando o pescoço. — Argh, estou com o corpo inteiro doendo. Eu sabia que devíamos ter pegado alguns dos cobertores e dormido na sua cama em vez de ficarmos no chão.

— Desculpe — bocejei, esfregando os olhos.

Ouvi passos subindo a escada; era o meu pai, pelo som dos passos, que parou abruptamente diante da minha porta. Uma pausa, seguida por batidas vacilantes na porta.

— Pode entrar — avisei, tentando livrar-me daquela rigidez que sentia no corpo. — Estou aqui com Lee.

A porta se abriu, e meu pai não conseguiu esconder sua confusão.

— Ah. Achei que você tivesse voltado para casa ontem à noite, Lee.

Havia um toque de agressividade na voz do meu pai, e o jeito que ele olhava para nós dois era obviamente desconfiado... mesmo que apenas um pouco.

— Achei que Brad quis dizer que você estava com Noah aqui — emendou ele.

— Bem, isso seria algo bem estranho — disse Lee, mantendo o tom de voz tranquilo e neutro. Ele ficou em pé com um salto. — Considerando que eles terminaram o namoro ontem. Desculpe, eu não cheguei a mencionar isso quando falei com o senhor? Eu não queria ter caído no sono aqui, mas parecia que Elle precisava de um amigo.

— Vocês terminaram?

Eu observei as emoções que passaram pelo rosto do meu pai: choque, primeiramente, seguido pela confusão, e finalmente uma expressão de pena.

— O que aconteceu? — perguntou ele.

— Não quero falar sobre isso — resmunguei, baixando a cabeça por uns momentos.

— Pelo menos, me dê *alguns* detalhes. Eu sou o seu pai. Preciso saber dessas coisas. Por que ele terminou o namoro com você? Foi por causa da distância? Estava sendo difícil demais para você, né? Ele chegou a tocar no assunto? Ele conheceu outra pessoa ou...

— *Eu* terminei o namoro, pai. — Fiquei um pouco ofendida por ele pensar que foi Noah quem tomou a iniciativa de terminar o namoro, mas não achei que aquele era o momento de implicar com isso. — Simplesmente... não estava dando certo.

—Ah... — Meu pai limpou a garganta. — Você está bem, meu anjo?

Eu dei de ombros.

— Quer panquecas para o café da manhã?

E só então consegui abrir um pequeno sorriso depois que ele falou aquilo.

LEE FICOU PARA O CAFÉ DA MANHÃ, E ENQUANTO ESTÁVAMOS ALI sentados, esperando que as panquecas ficassem prontas, ele pegou o celular para dar uma olhada. Eu me lembrava vagamente de ouvir o aparelho tocar na noite passada, e de Lee ter olhado para a tela antes de suspirar e deixá-lo de lado.

Agora, quando a tela se iluminou, eu o vi gemer. A culpa cresceu dentro do meu estômago, lembrando-me de como a voz de Rachel soou magoada e enraivecida quando Lee saiu da casa dela na noite passada. Eu havia começado a conversar com ele sobre a situação, mas ele me disse rapidamente que eu não devia me incomodar com aquilo, então não insisti. Eu sabia o quanto ele devia estar dividido por ter que escolher entre nós. Era horrível, mas, sinceramente, fiquei feliz por ele ter escolhido a mim na noite passada quando precisei dele.

— Qual é o tamanho do estrago?

— Três... não, quatro chamadas perdidas de Rachel e também duas mensagens.

— O que ela disse?

Ele tocou na tela.

— "Por favor, me ligue quando você tiver cinco minutos. Espero que Elle esteja bem". E... — Vi a expressão no rosto dele se desfazer. — "Acho que precisamos conversar. Me ligue amanhã, por favor".

Ai.

— Ela nem colocou beijos nem nada do tipo. Nem disse boa-noite. Nós sempre dizemos boa-noite.

— Desculpe.

— Você não tem culpa.

Tinha sim, porque não precisava ter ligado para ele. Podia muito bem ter telefonado para Dixon, Cam ou Levi. E nós dois sabíamos disso, mas Lee sorriu para mim, não me responsabilizando nem um pouco. Ele me entendia, e eu era eternamente grata a ele por isso.

— O que você vai fazer? — perguntei. — Quer que eu converse com ela?

— Sem ofensa, Elle, mas eu realmente não creio que isso será bom agora. Acho que vou comprar algumas flores para Rachel, vou até a casa dela e implorar que me perdoe. Não é isso que devo fazer?

— Você não pode pegar conselhos para a vida nas comédias românticas e outros filmes que eu o obrigo a assistir comigo.

— Eles me serviram muito bem até aqui.

Eu ri pela primeira vez desde o término do meu relacionamento. Estremeci ao pensar naquilo, antes de fechar as cortinas da minha mente para o que aconteceu no dia anterior. Não queria pensar na separação, nem em Noah, nem na saudade que eu viria a sentir dele, ou naquele telefonema...

Meus punhos se fecharam com força.

Pare de pensar nisso! Pare de pensar nele conversando com aquela garota e escondendo coisas de você. Pare de pensar naquela foto e no quanto eles pareciam ser íntimos... Pare de imaginar aqueles dois se beijando.

Enrijeci a mandíbula, apertando os olhos com força, como se aquilo pudesse bloquear aquela imagem da minha mente. Ainda assim, não consegui afastar nada daquilo. Noah e Amanda. Amanda e Noah. Os dois se beijando.

Nada mais poderia explicar aquela ligação; ele estava escondendo algo de mim, algo de que Amanda sabia o suficiente para ligar para Noah enquanto ele estava comigo e perguntar se ele havia me contado. Tinha que haver alguma coisa acontecendo; talvez eles tivessem se beijado, talvez naquela festa... eu nem queria pensar na possibilidade de que aquilo era mais concreto do que apenas uma ficada casual, e que havia algo sério entre os dois. Pensar nisso era doloroso demais.

Abri os olhos e vi que Lee me observava.

— Você está bem?

Fiz que não com a cabeça.

— Que conversar?

Uma parte de mim queria, mas, naquele momento, não suportaria tocar no assunto de novo. Eu havia contado a Lee tudo que pude na noite passada, incluindo cada palavra que consegui me lembrar do telefonema que ouvi por trás da porta. E ele não disse muita coisa em resposta. Eu conhecia Lee bem o suficiente para saber que ele não queria dizer nada porque compartilhava das minhas desconfianças. Talvez ele soubesse um pouco mais do que deixava transparecer, mas não queria me magoar.

Se eu conversasse sobre aquilo agora, tinha a sensação de que ele me contaria algo que eu não iria querer ouvir.

E foi então que meu pai disse: — Atenção! As panquecas estão prontas! — E eu fui salva.

Lee voltou para casa para se trocar depois do café da manhã, antes de ir ver Rachel ("Talvez não seja uma boa ideia aparecer por lá com as mesmas roupas da noite passada, certo?") e eu fiquei surpresa quando ele me ligou apenas alguns minutos depois de sair da minha casa.

— Ele foi embora.

— Como assim?

— Exatamente isso. Ele não está aqui. Tem um bilhete no balcão da cozinha dizendo que tem que fazer algumas coisas na faculdade e trocou a passagem para pegar um voo que saísse antes. Devo dar a notícia para os meus pais?

Mordi o lábio. Será que Noah já havia contado a eles? Será que havia voltado mais cedo porque não queria correr o risco de esbarrar em mim outra vez? Ou ele estava voltando para dar a boa notícia a ela de que agora era um rapaz livre, solteiro e desimpedido?

— Claro, vá em frente. Alguém tem que fazer isso, eu acho — respondi.

— Você quer que eu conte para a turma da escola, também?

Pensei naquela questão; descobri que queria conversar com Levi pessoalmente sobre tudo aquilo. Não queria que ele soubesse do que aconteceu por meio de uma mensagem que Lee enviaria com cópia para várias pessoas ou que dispararia em um grupo dos amigos no WhatsApp, ou que alguma pessoa qualquer lhe contasse.

— Não, não precisa. Eu mesma cuido disso.

— Você já contou o resto da história para o seu pai?

— Não. Ele já não gostava muito de Noah porque ele namorava comigo — falei. Como se meu pai precisasse de alguma razão para não gostar do meu namorado além do fato de ele estar namorando com sua única filha; não importava que ele já conhecesse Noah há quase dezoito anos. Enquanto estivéssemos namorando, ele teria suas reservas em relação a ele. — Ele não precisa de mais razões para antipatizar com Noah. Isso só vai servir para deixar o jantar de Ação de Graças mais esquisito do que já seria. Me conte como ficaram as coisas com Rachel, está bem? Diga a ela que eu peço desculpas por ontem.

Desde a noite anterior, vinha pensando nas repercussões, em como tudo ficaria esquisito se eu fosse à casa de Lee e Noah estivesse ali, e assim por diante... o maior problema, no entanto, seria no dia de Ação de Graças. Lee havia até sido gentil o bastante para mencionar, na noite passada, que "este ano vai ser muito bizarro".

Todos os anos, nós passávamos o feriado de Ação de Graças com a família Flynn. Meus pais não tinham muitos irmãos, então eu só tinha um punhado pequeno de primos e primas e todos moravam do outro lado do país. Nós só nos víamos durante a reunião de família no verão que uma das minhas tias-avós organizava a cada dois anos. E eu considerava Lee um parente mais próximo do que qualquer uma daquelas pessoas; assim, fazia todo sentido passar aquela data com a família Flynn.

Mas agora, com o término do meu relacionamento, eu não estava nem um pouco a fim de sentar-me à mesma mesa com meu ex, depois de uma separação tão intensa.

Tirei aquilo da minha mente, decidindo separar o dia para me concentrar e escrever a redação para me candidatar a uma vaga na faculdade. Eu precisava trabalhar naquilo, e necessitava encontrar alguma maneira de canalizar toda essa energia sem gritar. Assim, quando Lee desligou, sentei-me diante do computador e abri o documento do Word, relendo as trezentas e quarenta e oito palavras que havia conseguido escrever no começo daquela semana. Precisava concentrar-me em algo que não fosse o fim do meu namoro, nem Noah, nem o estado do relacionamento de Noah, algo pelo qual eu definitivamente era bastante responsável. A redação era melhor do que qualquer uma dessas opções.

Eu fiz mais uma coisa antes de começar a trabalhar, entretanto. Abri o navegador, cliquei na aba do Facebook e mudei a foto do meu perfil, em que eu aparecia com Noah na praia no verão deste ano, para uma foto em que eu aparecia com Lee, na nossa festa de aniversário. Em seguida, mudei o *status* do meu relacionamento para "solteira".

15

SE EU ACHAVA QUE AS PESSOAS HAVIAM FALADO SOBRE UMA CERTA foto há algumas semanas, isso não foi nada comparado a toda a conversa que ouvia agora. Lee esbarrou o ombro no meu para que eu soubesse que ele estava ali, enquanto eu baixava a cabeça e ia até onde o resto da turma estava, ao lado do carro de Warren. Levi me encarou com um sorriso encorajador e os outros garotos trocaram olhares como se não soubessem se deviam me perguntar alguma coisa sobre o que havia acontecido ou se o melhor seria me deixar quieta e conseguir os detalhes com Lee, mais tarde.

Levi já sabia de tudo, é claro.

Depois de trabalhar por uma hora na redação que usaria para me candidatar a uma vaga na faculdade, me cansei daquilo e liguei para ele.

— Deixe-me ver se adivinho — disse ele. — Você está cuidando do seu irmão e quer companhia.

— Terminei meu namoro com Noah.

Ele ficou em silêncio por alguns instantes. Em seguida:

— E como você está?

— Você não vai querer saber dos detalhes sórdidos? — perguntei a ele, pensando nas várias mensagens que recebi de algumas das garotas da escola pelo WhatsApp e pelo Facebook, ansiosas por novas fofocas, perguntando o que havia acontecido, pois viram que eu tinha mudado a foto no meu perfil e meu status de relacionamento.

— Pode me contar, se quiser — disse Levi. — Mas não é algo que você tenha a obrigação de fazer.

Aquela era uma resposta estranhamente reconfortante.

— Eu... não estou legal. Mas vou ficar. Acho que vou.

— Vai ficar, sim — disse ele, confiante. — Eu passei *semanas* arrasado depois do fim do meu namoro com Julie. E olhe para mim agora.

— Ah, meu Deus — falei, de forma bem dramática. — Estou perdida.

Levi riu e, em vez de ficar ofendido, disse alegremente: — Está vendo? Você já está até fazendo piadas.

— Acho que ele está ficando com outra pessoa — eu disse a Levi, com a voz pouco mais alta do que um sussurro, como se dizer aquilo em voz alta transformasse tudo em verdade. Expliquei que havia escutado ele falar ao telefone, que ele estava escondendo algo de mim, como discutimos sobre Amanda e como ele a defendeu.

— Ele a defendeu? — Levi me interrompeu para perguntar.

— Eu a chamei de "mulherzinha" e Noah disse que ela não era. Foi algo que me deixou bem irritada — eu esbravejei, firme, quando percebi o quanto aquilo era mesquinho agora.

Satisfeita por Levi não me dizer que aquilo era uma estupidez, eu segui em frente com o relato, até que...

— Espere aí. Está me dizendo que *você* terminou com *ele?*

— Por que todo mundo fica tão chocado quando eu digo isso? — suspirei, irritada. Sério, será que Noah estava em um patamar tão acima de mim que era um choque as pessoas descobrirem que fui eu quem instiguou o fim do nosso relacionamento, e não ele? *Se as pessoas começarem a me dizer isso na escola na segunda-feira, eu vou gritar*, pensei comigo mesma.

Conversar sobre o ocorrido com Levi me ajudou, e toda aquela situação era tão desgastante emocionalmente que eu decidi contar uma história ligeiramente diferente na escola. Uma que, com sorte, envolveria muito menos questionamentos e muito menos fofocas.

— Essa coisa de relacionamento a distância simplesmente não estava dando muito certo para nós — disse, com tranquilidade, para a galera no estacionamento antes de entrarmos para a primeira aula na segunda-feira, quando Cam tocou no assunto cuidadosamente e perguntou o que havia acontecido.

144

E a notícia se espalhou bem rápido.

Mesmo assim, os boatos começaram a voar pela escola, exatamente como no incidente da foto.

"Você soube? Ele a pegou com *Levi*. Sim, o cara da aula de inglês. Eu sei, eu sei. Ela é uma piranha, mesmo. É o que ela merece por ficar se oferecendo por aí. Ou, você sabe, por ficar se oferecendo para alguma outra pessoa."

"Ela descobriu que ele estava dormindo escondido com aquela garota loira da foto; você se lembra daquele *post*, não é? O cara é um cuzão mesmo. Como ele foi capaz de fazer uma coisa dessas? Aposto que ela está com o coração partido."

"Eu disse que não ia dar certo. Relacionamentos assim nunca funcionam, ainda mais a distância. Ei, será que eu devia pegar o telefone dela? Agora que ela está solteira de novo?"

"Bem, meu primo estava no time de futebol americano com Noah no ano passado e disse que os dois estavam brigando muito desde que ele partiu para a faculdade. Eu sempre achei que ele merece alguém muito melhor do que aquela Elle Evans."

Apertei os dentes conforme os boatos continuaram a se espalhar à minha volta.

Aquilo fazia com que me sentisse vulnerável, como se tivesse apenas cinco centímetros de altura. Tinha a impressão de que estavam revirando a minha vida pessoal só para se divertirem às minhas custas, e eu odiava aquilo. Nunca havia sido o alvo de fofocas tão maliciosas antes.

O dia parecia infinito. Especialmente porque Lee manteve-se um pouco afastado de mim, um pedido que eu mesma insisti em fazer; Rachel compreendeu o que eu estava passando por causa da separação, mas ficou claro, quando me abraçou, que ainda me responsabilizava por Lee tê-la deixado sozinha no sábado. Eu já me sentia suficientemente mal, mesmo sem ter destruído completamente o relacionamento deles. Assim, procurei ficar perto de Levi o máximo que pude, embora isso só parecesse fazer com que os boatos ficassem ainda piores.

Era exaustivo.

Agora, enfiada na cama, a luz do celular estava me dando dor de cabeça. Esfreguei os olhos novamente e bocejei. Já passava da meia-noite e, apesar de tudo aquilo, eu continuava acordada.

Havia pegado o meu celular há mais de uma hora para ver as minhas notificações, e, assim como acontecia todas as noites, para verificar as mensagens de Noah. Nunca passávamos mais de duas horas sem conversar, mesmo que fosse esporádico. Sempre trocávamos mensagens de boa-noite, mesmo estando em fusos horários diferentes.

Fazia dois dias que não conversávamos.

Meus olhos já estavam se enchendo de lágrimas. Apertei-os com as mãos e me segurei para não desabar outra vez.

Essa decisão foi minha. A escolha foi minha, lembrei a mim mesma. Fui eu quem sofreu com a mágoa e que não conseguiu suportar que ele escondesse segredos de mim. Fui eu quem decidiu que devíamos terminar o namoro. Foi melhor assim. Tinha que ser.

Por volta das três horas da manhã, eu adormeci.

— **VOCÊ ESTÁ COM UMA CARA HORRÍVEL — LEVI ME DISSE QUANDO** saímos da primeira aula alguns dias depois. Eu havia passado o tempo todo lendo o texto que o professor recomendou para as aulas de literatura inglesa, tentando ignorar Levi e Lee para que não me perguntassem como eu estava depois da separação nem dissessem sobre a minha cara horrível. (Rachel ainda estava me tratando com um pouco de frieza e Lisa havia decidido ficar do lado dela.)

Eu o encarei com uma expressão agressiva.

— Nem comece.

— Desculpe. Ah... você está com uma cara... — Ele mordeu o lábio, tentando pensar em alguma palavra diferente. Algo um pouco menos grosseiro. E um pouco menos verdadeiro.

Eu sabia que estava com uma cara horrível. Tinha olheiras enormes por passar outra noite sem conseguir dormir; estava com um punhado de espinhas horrendas (provavelmente por causa de todo o estresse e por passar o tempo todo irritada), meu cabelo não estava parando quieto *de jeito nenhum* hoje e, mesmo depois de eu tê-lo prendido em um rabo de cavalo, havia alguns fios soltos e com frizz caindo no meu rosto, e eu tinha quase certeza de que minha expressão completamente irritada era semipermanente.

— Hmmm...

— Você já pode parar de tentar não me ofender — eu disse a Levi. — *Sei* que estou com uma cara horrível. Simplesmente não preciso que você fique me lembrando disso.

— Desculpe. — A expressão no rosto dele mostrou a mágoa que ele sentia.

— Deixe isso para lá. Olhe, eu não estou a fim de muita conversa hoje, está bem? — suspirei.

— Isso tem alguma a ver com Noah?

— Mais ou menos.

— Só mais ou menos? O que aconteceu?

— Dá para você me deixar em paz? — Eu retruquei tão alto que algumas cabeças se viraram para olhar para nós. Algumas pessoas começaram a sussurrar entre si. *Que maravilha, aposto que isso vai colocar a fábrica de boatos para funcionar de novo...* Meu Deus, por que tudo tinha que ser tão estressante no ensino médio?

Dane-se a ideia de que essa é a melhor época das nossas vidas.

Isso era o inferno. Tentei ignorar, mas era difícil esquivar-me completamente dos olhares das pessoas que me julgavam e dos comentários sussurrados. E aquilo estava começando a me afetar. Por que as pessoas não conseguiam simplesmente cuidar de suas próprias vidas? Por que precisavam passar o tempo todo falando da minha?

Eu não podia nem mesmo andar pelo corredor com Levi sem que as pessoas nos olhassem como se estivessem esperando que começássemos uma sessão de beijos loucos e pegação bem no meio do corredor.

Aquilo só servia para me deixar *irada*.

Além disso, com todas as pessoas falando cada vez mais sobre faculdades e pedindo por segundas, terceiras e quartas opiniões sobre suas redações, eu só parecia estar ficando cada vez mais para trás. Lee mencionou a Brown mais uma ou duas vezes, e eu sabia que teria de me esforçar muito mais se quisesse ser aceita lá — mas, depois dos eventos do fim de semana, eu tinha a sensação de que Rachel jamais nos perdoaria se eu subitamente aparecesse na Brown para estudar com eles. Ela provavelmente reagiria mal se soubesse que eu estava me candidatando a uma vaga lá, e ainda faltava muito para eu ser aceita.

Não era como se eu pudesse conversar com Lee a respeito daquilo. Ele estava passando todo o seu tempo com o time de futebol americano, enquanto Rachel se ocupava com os ensaios do clube de teatro, e os dois ainda estavam tentando dar um jeito no próprio relacionamento. Se eu perguntasse a Lee novamente sobre a faculdade, aquilo seria como jogar um balde de água fria no namoro dos dois. Mais uma vez.

Eu sabia o quanto Rachel significava para Lee.

E eu não queria ser um fardo para eles.

Nesse momento, entretanto, eu tinha vontade de gritar. Ou de chorar. Talvez as duas coisas.

— Elle? Você está bem?

— Estou ótima — respondi, irônica. — Por Deus, Levi. Por que você não encontra outra pessoa para seguir como se fosse um cachorrinho perdido, só para variar?

Eu me arrependi daquilo assim que as palavras saíram da minha boca.

Tive um *flashback* da festa de Jon Fletcher há umas duas semanas, quando Lee disse mais ou menos a mesma coisa para mim, e o quanto aquilo me deixou magoada.

Não tive a intenção de dizer aquilo. Só precisava extravasar, de alguma forma, e Levi simplesmente... estava ali.

Nós dois paramos de caminhar, e eu olhei para a expressão de dor no rosto dele por uma fração de segundo. Em seguida, girei sobre os calcanhares e saí pisando duro antes que pudesse sentir mais raiva de mim mesma do que estava sentindo naquele momento.

Eu estava começando a entender por que Noah tinha vontade de socar paredes, portas e armários às vezes.

Na nossa aula seguinte, fingi não perceber quando Levi se sentou em uma carteira do outro lado da sala de aula, em vez de ocupar o lugar habitual ao meu lado. E quando o sinal tocou, ele saiu da sala antes de mim e não me esperou.

Primeiro Noah, depois Lee, e agora Levi.

Será que eu ia afastar da minha vida todos os garotos com quem eu me importava?

Quando a hora do almoço finalmente chegou, fui comprar um sanduíche e olhei para a mesa onde almoçávamos.

Lee estava ali, sentado com o braço ao redor de Rachel. Ela estava rindo de alguma coisa que Dixon disse, e Lee estava conversando por trás da cabeça dela com Cam e Levi, e duas das amigas de Rachel estavam sentadas ao redor da mesa também. Warren e Oliver se sentaram e todos pararam de conversar para cumprimentá-los. Lisa chegou em seguida com o almoço em uma sacola plástica enquanto eu observava.

Fiquei olhando para eles por um momento, imaginando se estariam à minha espera. Havia muitas pessoas com as quais eu normalmente ficaria feliz em me sentar e conversar, mas nenhuma que eu sentisse que podia confiar, como acontecia com Lee, ou Cam, ou Dixon... ou Levi.

Algumas pessoas olharam para onde eu estava e se viraram para conversar com seus amigos.

Provavelmente não estavam falando de mim, mas... e se estivessem? Elas passaram a semana inteira falando de mim, então por que parariam agora? Por que eles não falariam sobre mim quando eu estava simplesmente ali, parada na cantina, com um sanduíche de atum na mão e parecendo ser uma aluna recém-chegada, perdida e sozinha no primeiro dia de aula?

Olhei novamente para os meus amigos na nossa mesa, desejando que um deles olhasse para o meu lado e me visse, que acenasse e fizesse um gesto para que eu andasse logo e fosse me sentar com eles.

Ninguém olhou.

Racionalmente, eu sabia que eles simplesmente não haviam me notado ainda. Da mesma maneira que sabia que as pessoas provavelmente não estavam falando sobre mim, porque, na realidade, eu estava simplesmente sentindo-me horrível e com pena de mim mesma. Mas é difícil ser racional quando você tem a sensação de que está se afogando.

Puxei o ar algumas vezes, com a respiração entrecortada, joguei o meu sanduíche na lata de lixo mais próxima e saí da cantina.

LEE SORRIU TRANQUILAMENTE PARA MIM CONFORME EU ARRASTAVA os pés para onde ele havia estacionado o carro naquela manhã.

— Oi.

— Oi. — Entrei no carro e fechei a porta, esperando até que ele entrasse, também.

Ele entrou, depois do que tive a impressão de serem cinco minutos que passei à espera dele, e me encarou com uma expressão séria.

— O que está havendo com você, hoje? Você não apareceu na cantina na hora do almoço, não conversou comigo na aula, Levi disse que você gritou com ele...

— Lee, podemos só ir para casa? Por favor?

Provavelmente havia alguma coisa na minha voz ou no meu rosto que o fez decidir parar de tentar conversar comigo, porque ele balançou a cabeça negativamente, soltou o ar pelo nariz, totalmente chateado, e engatou a marcha do carro antes de sair do estacionamento.

O percurso de volta para casa foi silencioso.

Eu não estava a fim de conversar. Não estava a fim de nada.

Sentia um cansaço enorme. Passava a noite acordada, deitada e repassando a minha última conversa com Noah e todas as vezes em que pensei que ele estava escondendo alguma coisa de mim, em como eu devia saber que alguma coisa estava acontecendo. Tudo isso fazia com que fosse impossível conseguir concentrar-me — e só me deixava mais estressada em relação aos trabalhos escolares nos quais eu sabia que precisava me concentrar. Eu estava magoada e queria um abraço, mas estava tão irritada com tudo e com todas as pessoas que não queria nem mesmo lhes dar a oportunidade de me perguntar o que havia de errado.

Lee sabia que alguma coisa estava acontecendo. Ele era o meu melhor amigo, afinal de contas. Ele parou o carro a alguns quarteirões de distância das nossas casas.

— Certo, Elle. Que droga está acontecendo com você? Eu sei que o término do seu namoro foi difícil, mas vamos encarar a situação: foi você quem quis assim. E nós concordamos que essa foi a melhor opção, já que ele estava escondendo segredos de você e poderia ter algo a ver com aquela garota, Amanda. E eu sei que você o amava, mas você não pode descontar tudo isso na gente.

Respirei profundamente, contraindo as bochechas enquanto aspirava o ar.

— Eu só... estou confusa e com dificuldade de me concentrar. E estou estressada.

— Então você devia conversar comigo! Devia me contar essas coisas. Sei que você disse que seria melhor se eu passasse mais tempo com Rachel esta semana, mas...

— Lee...

— Se você não me disser o que está acontecendo, não vou poder te ajudar. Eu quero te ajudar.

— E eu não quero causar mais problemas para você e Rachel. Você não precisa ficar cuidando de mim vinte e quatro horas por dia. Eu simplesmente não estou tendo uma semana muito boa, está bem? Toda a escola fazendo fofoca e conversando sobre a faculdade, e... acho que isso está me afetando. Tudo isso está sendo demais para mim.

— Então me diga o que eu posso fazer.

— Eu não sei! Eu... eu só...

— Você o quê? Quer ficar um tempo sozinha? Quer que eu peça para Rachel te ajudar com algumas matérias, se você estiver tendo dificuldade? — A voz de Lee era mais gentil agora, e a sua boca estava retorcida para um dos lados, demonstrando afeto.

Eu estendi a mão e segurei nas raízes dos meus cabelos. Eu não *sabia* o que queria ou do que precisava. Esse era o problema.

— As coisas estão esquisitas para mim agora. Preciso que você entenda isso. Preciso que você aja normalmente e que as pessoas parem de me perguntar como estou me sentindo, porque a verdade é que não estou muito bem... — Eu deixei aquela frase morrer no ar, praticamente sem fôlego. Senti um nó formar-se em minha garganta e senti raiva de mim mesma por deixar aquilo me abalar tão facilmente. Eu só queria que as coisas ficassem bem, como estavam há algumas semanas.

Ouvi Lee suspirar. Ele tamborilava os dedos no painel do carro, agitado. Logo depois, ele disse:

— Quer vir para a minha casa jogar *videogame* e pedir comida chinesa? Podemos convidar o resto da turma, também. Eu ia me encontrar com uns caras do time de futebol americano, mas posso cancelar. Vamos tirar uma noite de folga. Nós dois vamos parar de pensar em lições de casa, redações, faculdades, notas e estudos por uma noite, está bem? O que você acha?

Era uma ideia perfeita. Senti uma onda de gratidão pelo meu melhor amigo. Como ele podia saber tão bem do que eu precisava antes que eu mesma soubesse?

— E o que você vai dizer a Rachel?

— Ela disse que ia ver um filme com algumas das garotas esta noite. Todo mundo sai ganhando. — Ele deu de ombros.

Tentei não ficar magoada por não ter sido convidada. As garotas vinham me incluindo cada vez mais em seus encontros nos últimos meses, mas isso havia mudado agora. Eu provavelmente estaria me odiando se fosse Rachel, então não podia culpá-la por ainda agir de um jeito um pouco distante em relação a mim.

— E você promete que vai agir normalmente e parar de me perguntar se eu estou bem o tempo todo?

— Palavra de escoteiro. — Ergueu a mão espalmada.

SAIR À NOITE COM OS GAROTOS ERA UMA MUDANÇA BEM-VINDA. JÁ havia algum tempo que não fazíamos isso. Durante o verão, de maneira geral, quando nos encontrávamos, havia namorados e namoradas ao redor, também. Foi bom, mas era ótimo sentir que as coisas haviam voltado a ser do jeito que foram no ano passado, mesmo que apenas por uma noite.

Nós separamos a comida na cozinha e cada um levou seu prato para a sala de estar, até que sobramos somente Levi e eu, pegando os nossos pedidos das sacolas plásticas.

— Oi — disse ele, discretamente.

Fiquei feliz por ele ter falado primeiro. Foi como tirar um peso do meu peito que eu nem sabia que estava ali; ficou um pouco mais fácil respirar. Em resposta, falei:

— Desculpe por hoje cedo. Não tive a intenção de gritar com você.

— Tudo bem, você está passando por um momento complicado.

Ele sorriu para mim, com o rosto aberto e sincero, e eu retribuí o sorriso.

Durante o jantar, Cam tocou no assunto do baile de Sadie Hawkins, e eu tive a sensação de que ele despejou um balde de água gelada sobre mim. Eu estava tão concentrada em convidar Noah — e na sua rejeição — que o conceito de *ir* ao baile fez com que a minha ficha caísse repentinamente.

Eu teria que convidar outra pessoa para o baile. Ou, talvez, pudesse simplesmente ir sozinha. Eu podia fazer isso.

Eu podia também não ir ao baile, mas estava animada com o evento. Não ia deixar que Noah estragasse a minha noite com os amigos simplesmente porque ele havia recusado o meu convite e porque o nosso namoro havia acabado. Minha determinação ficou mais forte; eu *iria* ao baile e faria de tudo para que houvesse um monte de fotos no meu Instagram naquela noite para mostrar exatamente o quanto eu me diverti.

Cam estava ocupado, reclamando que Lisa queria que ele comprasse uma gravata que combinasse com o vestido que ela ia usar, e que ela insistia que a combinação fosse perfeita, sem tirar nem por. O tema era vermelho e rosa. Devia ser um evento fofo, cheio de oportunidades para paqueras e romance. Não que a noite fosse ser tão romântica para mim, mas eu fiquei feliz por termos escolhido aquele tema. Era simples e, mais importante do que tudo para o grêmio escolar, barato.

— Por falar no Sadie Hawkins — disse Lee. — Com quem vocês vão?

— Cassidy Thomas — disse Warren. — Ela está na minha aula de geografia. Deixou um bilhete no meu armário, me convidando. Havia vários trocadilhos no bilhete. Eu não podia recusar.

— Ela é bonita — disse Dixon. — Mas tem um gosto horrível para homens, obviamente.

Warren riu. Olly foi o próximo a se manifestar.

— Kaytlin me convidou. Acho que ela só fez isso porque moramos perto, e fica mais fácil voltar para casa. Mas ela é legal.

— Ah, sim, ela me falou que convidaria você — comentei, lembrando-me da reunião do grêmio estudantil que tivemos, na qual duas garotas estavam conversando sobre seus pares para o baile e os rapazes que queriam convidar.

— E você? — Cam perguntou a Dixon. — Alguém convidou você, não foi?

Dixon, para a minha surpresa, começou a ficar vermelho.

— Bem, na verdade, eu... eu convidei uma pessoa.

— Mas esse baile é o Sadie Hawkins — eu disse. — As garotas convidam os rapazes.

— Ah, então... é mais ou menos isso — gaguejou ele, baixando os olhos para o prato de macarrão com frango agridoce. As bochechas de Dixon ficaram ainda mais vermelhas. — Eu convidei Danny há umas duas semanas.

— Danny? Que Danny? Dani Schrader?

— Não, Danny Brown. Do time de basquete.

Vários segundos se passaram em silêncio enquanto absorvíamos aquela notícia. Eu consegui perceber os rapazes trocando olhares que diziam: *Dixon vai para o baile com um garoto? Como assim? Esperem, como é que nenhum de nós sabia disso? Será que ele pensou que não podia conversar conosco a respeito?* Eu esperava que o meu rosto não estivesse daquele jeito também, pois Dixon voltou a erguer os olhos e me encarar naquele momento. E eu sorri e perguntei:

— O ponto mais importante aqui, Dixon, é: qual cor de gravata vocês dois vão usar? Por favor, me diga que vão usar gravatas da mesma cor.

Ele sorriu para mim, obviamente aliviado, e respondeu:

— Vermelha, eu acho.

E foi então que Cam entrou na conversa, com uma voz que parecia totalmente descrente do que estava acontecendo.

— Cara, desculpe, mas... *Danny Brown?*

Os lábios de Dixon estremeceram.

— Desculpe por não ter contado, ou não ter falado nada para o resto de vocês, caras... mas, na verdade... é que... está tudo bem, e...

— Não, não — disse Cam. — Eu não quero nem saber se você é bi, gay ou qualquer outro rótulo que preferir. O que estou dizendo, Dixon, é que Danny Brown *não é* um cara tão bonito assim. Você podia ter escolhido melhor. Devia ter convidado Joe Drake. Ele gosta de homens e ainda não tem um par para o baile. — Cam fez que não com a cabeça, com uma expressão fajuta de desconsolo no olhar, e Dixon bufou.

— É tarde demais agora — disse Cam, ainda balançando a cabeça e apertando os lábios, formando uma linha fina que mostrava sua desaprovação.

— Ele é legal — rebateu Dixon, sorrindo. — E engraçado.

— Ei — disse Warren, aproximando-se para dar um empurrão no ombro de Cam. — Não sei do que você está rindo. Só Deus sabe o que Lisa viu em você. É como disse um amigo meu: você não é um cara tão bonito assim, e não é engraçado. Quais são seus diferenciais?

— Eu sei fazer aquele truque de virar um copo de água de cabeça para baixo sem derramar. As moças adoram. Acredite.

— É verdade — brinquei, olhando para Warren com uma expressão séria. E levei a mão ao peito. — Acho que o meu coração palpitou aqui, só de pensar naquele truque.

— E você, Elle? — disse Dixon, ainda com uma expressão aliviada por nenhum de nós ter feito um estardalhaço sobre ele haver convidado outro rapaz para ser seu par no baile. — Não tente mudar de assunto. O baile é na semana que vem, você sabe.

— Bem...

Levi atraiu a minha atenção e disse, enfaticamente: — Ei, eu estou precisando comprar um paletó novo. Vocês têm alguma recomendação de loja?

Ignorando-o, Olly disse: — Isso mesmo, Elle, vamos lá. Você está solteira agora. Você pode escolher o garoto que quiser. Podemos te dar algumas sugestões de rapazes para convidar, já que você não vai mais ao baile com No... AI! — Ele cortou a frase no meio para dar uma olhada feia para Lee, que acabava de lhe acertar uma cotovelada.

Fiquei contente por Lee e Levi tentarem interferir e poupar os meus sentimentos, mas disse: — Acho que simplesmente vou com vocês, rapazes. Sem a obrigação de ter que convidar alguém. Ser uma mulher independente, mesmo. Será que posso fazer isso? Eu definitivamente quero criar uma nova tradição.

Alguns deles riram, e então Olly voltou a falar: — Ei, Levi. Você ainda não tem um par para o baile, não é?

Ele fez que não com a cabeça. — Hmmm, não tenho, não.

— Espere aí, como assim? Eu vi pelo menos cinco garotas convidarem você para o baile. — Encarei Levi com os olhos esbugalhados.

— Imaginei que seria mais fácil dizer não para elas do que tentar explicar que eu não estava realmente procurando um par, sabe? Por mim, não tem problema simplesmente ir com vocês. — Ele deu de ombros.

Lee atraiu a minha atenção, repuxando a boca e erguendo discretamente as sobrancelhas enquanto indicava Levi com um gesto, como se quisesse dizer: E aí?

E, honestamente, não era uma ideia que eu detestava.

Levantei-me e fui até onde Levi estava sentado entre Cam e Warren no sofá, andando cuidadosamente entre os pratos, copos e talheres.

Abaixei-me, apoiando o corpo sobre um dos joelhos, ignorando o sorriso torto de Lee, e segurei uma das mãos dele entre as minhas duas, olhando para ele com a minha expressão mais séria.

— Levi Monroe, você me concede a honra de ser meu par no baile?

— Ah, meu Deus — disse ele, imitando o sotaque arrastado do sul dos Estados Unidos com a voz em falsete. — A honra seria toda minha, senhorita. Eu adoraria.

— Não me humilhe aqui. Estou tentando ser fofa. — Levantei as sobrancelhas.

— Eu também.

Revirei os olhos e Levi riu.

— É claro, Elle. Eu aceito ir ao baile com você.

Fingi que ia desmaiar pela emoção, levando a mão à testa e caindo para trás... e perdi o equilíbrio, caindo em cima do prato de arroz com ovo de alguém.

16

EU HAVIA CONVERSADO UM POUCO COM RACHEL NOS ÚLTIMOS DIAS, e, embora a sua atitude gelada estivesse lentamente ficando mais afável, ainda me sentia esquisita quando conversava com ela ao telefone. Mas fazia horas que Lee não atendia o celular, e isso não era nem um pouco habitual para ele. Eu havia perguntado se ele gostaria de ir ao shopping comigo no dia seguinte, e depois queria saber se havia planos sobre como ir ao Sadie Hawkins. A falta de respostas era preocupante.

Foi só quando eu estava ligando para o número de Rachel que eu percebi que talvez os dois talvez estivessem... *ocupados* com alguma outra coisa. Estava prestes a encerrar a chamada quando ela atendeu.

— Alô?

— Oi, Rach. Lee está por aí? Eu prometo que é só uma pergunta rápida.

— Não. Ele... não está com você?

— Por que ele estaria comigo? — Franzi as sobrancelhas.

— Ele me disse que vocês iam se encontrar esta noite.

Meu rosto se retorceu, com uma sensação esquisita tomando conta de mim.

— Hmmm... não. Ele me disse que hoje teria uma noite romântica a dois.

— Ele definitivamente não está aqui comigo. Está tudo bem? O que aconteceu?

Eu esfreguei a mão na minha nuca.

— Ah, não deve ser nada de mais. Só achei estranho ele não me responder. Ele não está mesmo com você?

— Tenho certeza de que foi só um mal-entendido — disse Rachel, pronunciando lentamente as palavras e medindo cada uma delas. Percebi que ela não acreditava muito naquilo, mesmo enquanto falava.

— Talvez o pneu do carro dele furou em algum lugar?

— Eu duvido, aquele desgraçado — resmunguei. Coloquei Rachel no viva-voz e abri o Instagram. — Droga, não tem nada nos *stories* dele... Você não tem aquela função "Encontrar meus amigos" no celular dele, não é?

— Hmmm, não. Talvez a mãe dele tenha.

— Não, o máximo que ela sabe fazer no celular é me encaminhar artigos do Facebook sobre qual comida vai me causar câncer nesta semana. Na semana passada, era pipoca.

— E qual foi a desta semana?

— Tofu. A previsão para a próxima semana é couve. Ah, mas estamos desviando do assunto. Você não sabe onde ele pode estar? Ele não te falou nada?

A sugestão de que ele estivesse com algum pneu furado colocou a minha mente para funcionar em alta velocidade. E se ele tivesse sofrido um acidente? E se algo horrível tivesse acontecido?

E, mesmo assim, por que ele mentiu para mim e para Rachel? Onde ele estava?

— Não, ele só disse que iria encontrar você esta noite. Disse que ia jantar com você, com seu pai e seu irmão, e que depois vocês iam jogar *videogame* e ficar de boa.

Fiquei olhando para o meu telefone por um segundo. Aquela era uma mentira enorme. Não era nem mesmo uma mentirinha inocente. Ele havia me falado que sairia com Rachel para jantar e namorar.

O que havia de tão importante para que Lee mentisse para nós duas?

— Espere aí, eu o encontrei — disse Rachel. — Veja o story de Olivia.

A primeira foto mostrava cinco barris de cerveja e uma legenda #vamosvirarocaneco. A foto seguinte era uma *selfie* de Olivia com dois rapazes do time de futebol americano. Também havia alguns vídeos do que parecia ser uma festa; só que, até onde percebi, apareciam somente os jogadores do time e algumas das garotas mais populares; a maioria delas eram as líderes de torcida.

— Ele mentiu para nós para ir a uma festa — disse Rachel. A voz dela soou miúda.

— Vou matar aquele desgraçado. Estou indo aí buscar você e nós vamos acabar com a raça dele.

RACHEL ESTAVA SE ESFORÇANDO MUITO PARA NÃO CHORAR. ELA ficava fungando o tempo todo, enquanto enxugava os cantos dos olhos e dizia:

— Eu não entendo. Por que ele mentiu? Por que não disse que ia sair com os garotos do time?

Qualquer resquício de rancor que ela ainda tinha por mim havia desaparecido. Aquilo não se tratava de Lee tentando fazer malabarismos para equilibrar a amizade que tinha comigo e o relacionamento com Rachel. Esta noite, nós duas, éramos uma equipe unida.

A casa em questão não estava iluminada como um farol composto pelo caos e a liberdade do ensino médio, assim como acontecia com qualquer outra festa que Jon organizava, mas, quando nos aproximamos da casa, já era possível ouvir risadas e música por uma janela aberta. Rachel hesitou quando girei a maçaneta. A porta estava destrancada.

— Não sei, Elle, talvez a gente devesse só... conversar com ele amanhã...

Ela estava com uma aparência derrotada, traída. Eu conhecia muito bem aquela sensação, mas estava furiosa demais com Lee para deixar que ele saísse impune esta noite. O conflito não era algo de que eu gostasse muito, mas esta era uma exceção. Rachel, retorcendo as mãos e mordendo o lábio na tentativa de não começar a chorar, só me dava mais coragem.

— Você pode ficar aqui se quiser, mas eu vou entrar.

Entrei na casa e ouvi Rachel vir correndo junto de mim. Ela tocou o meu ombro. Acho que fez isso mais para reconfortar a si mesma do que a mim.

Nós seguimos o barulho até a sala de estar enorme. Havia um jogo de *videogame* na TV; parecia ser o *Fortnite*. Havia música tocando em algum lugar também, mas não tão alto quanto tocaria em uma festa comum. O time de futebol americano estava espalhado pelos sofás, poltronas, sentado no chão ou em pé pela sala. Garrafas e copos de cerveja estavam depositados sobre todas as superfícies. Havia talvez cinco ou seis garotas por ali. Eu as reconhecia da equipe de líderes de torcida.

Lee estava largado no canto de um dos sofás, segurando um copo sem muita firmeza na mão, que estava apoiada no braço do sofá e com Peggy Bartlett sentada em seu colo, afastando-lhe os cabelos do rosto e dando risadinhas.

Rachel fez um barulho atrás de mim e eu me virei bem a tempo de vê-la sair correndo. Pensei em ir atrás dela, mas iria lidar com Lee primeiro. Entrei na sala e as pessoas olharam para mim.

— Ei, Flynn! Você não nos disse que ia chamar uma das suas namoradas!

— Ela não é minha namorada — disse ele, com a voz mole, mas sorriu para mim. — E aí, Shell?

— Que nada, ele pega essa aí escondido — murmurou alguém, mas, quando olhei ao redor para tirar satisfações, não consegui perceber quem havia dito aquilo.

— Então *esta* é a sua noite romântica? É por isso que você não pôde atender o celular?

— Ei, pare de pegar no pé dele, está bem? — Benny Hope, um rapaz que teve que repetir o segundo ano do ensino médio, chamou do outro lado da sala. — Volte para casa e vá brincar com seus ursinhos.

— Ei, deixe disso, cara — disse Lee, rindo. — O Sr. Felpudo é um membro estimado da família.

Todas aquelas pessoas riram. Minhas bochechas ardiam. Eu fechei os punhos, tentando não sair correndo dali como Rachel fez.

— Lee, vamos embora daqui.

— Mas eu estou me divertindo. — Os olhos vidrados dele apontaram para mim, com a boca aberta em um sorriso frouxo. — Está bem divertido aqui, Elle. Você devia ficar.

— A sua namorada acabou de sair daqui chorando. Você não acha que deveria ir conversar com ela? Não acha que talvez você deva pedir desculpas a nós duas?

— Qual é? Não fui eu que invadi a sua festa e estraguei a sua noite.

Peggy Bartlett riu, afastando os cabelos da testa de Lee outra vez.

— Isso mesmo, *Elle*. Talvez você devesse simplesmente ir embora antes que estrague a noite de todo mundo. Ninguém a convidou para vir aqui, pelo que eu me lembro. Ninguém chamou uma *stripper*.

Mais risadas. A de Lee era a mais escandalosa de todas.

Senti uma mão no meu ombro. Quase esperei que fosse Rachel, mas a mão era pesada demais. Olhei para trás e percebi que Jon estava sorrindo para mim. Não havia simpatia naquele sorriso, mas também não havia nenhuma zombaria. Eu não consegui evitar de sentir alívio com aquela intervenção e o fato de que pelo menos alguém estava feliz em me ver.

— Ei, Evans! O que você está fazendo aqui? Flynn a convidou?

— Ela está acabando com a festa, Jon — reclamou uma das outras garotas. Era uma aluna do penúltimo ano e eu não a conhecia muito bem. Sarah? Alguma coisa assim. Ela fez um beicinho e ficou parecendo com um daqueles filtros superexagerados do Instagram. Não lhe caía bem. — Mande-a ir embora daqui agora.

— Quer uma cerveja, Elle? — perguntou ele em vez de me expulsar. — Fique por aí. Vou lhe trazer uma cerveja.

— Elle não sabe beber — interveio Lee. — Ela devia ir para casa.

— Não vou ficar — disse a Jon. — Vim para levar Lee para casa.

Ele olhou para Lee. Eu conseguia sentir o cheiro de cerveja no hálito de Jon, mas ele não parecia estar caindo de bêbado como a maioria dos rapazes.

— Ele está bebendo há horas. Você veio de carro? Eu a ajudo a levá-lo para fora.

Algumas pessoas protestaram, reclamando que Jon também estava estragando a festa, dizendo que devia deixar Flynn onde ele estava, que estava tudo bem com ele, e que todos estavam se divertindo demais até eu aparecer e arruinar tudo.

— Ele é o tipo de bêbado que fica irritado quando bebe. — Jon disse para mim.

— Não costumava ser assim. Na verdade, ele nem costumava beber.

— Você bebe o suficiente pelos dois, hein? — disse ele, piscando, mas foi até a sala e tocou na cintura de Peggy para que ela se levantasse.

Ela me encarou com uma expressão irritada por cima do ombro, torcendo o nariz como se eu tivesse trazido um cheiro ruim até ali. Eu tinha certeza de que ela poderia transformar a minha vida em um inferno na segunda-feira, se quisesse, mas, agora, não me importava nem um pouco se as minhas ações a deixassem irritada. Jon passou o braço ao redor de Lee e o obrigou a se levantar.

— Me solte, Fletcher. Eu estou bem, sou capaz de andar — protestou Lee, mas suas pernas não fizeram muito mais do que cambalear enquanto Jon o levava para fora da casa. Jon praticamente o carregou até a calçada.

— Onde você estacionou?

— Não tinha nenhuma vaga aqui perto, então parei no quarteirão da frente. Mas está tudo bem. Obrigada. Acho que uma caminhada vai ajudá-lo a ficar sóbrio. Não quero que ele vomite no meu carro.

— Tudo bem. Ei, se você precisar de alguma coisa, me avise, ok?

Por mais que eu me sentisse grata por aquela ajuda e por Jon não ter sido escroto comigo como todas as outras pessoas naquela festa, alguma coisa ainda me incomodava. Jon era o capitão do time de futebol americano este ano, e...

— Você o obrigou a fazer isso? — perguntei em voz alta a Jon quando ele começou a voltar para a casa.

Ele se virou para trás, com a cabeça um pouco inclinada.

— O quê? A beber? Olhe, nós fizemos algumas brincadeiras em que as pessoas bebiam, mas...

— A mentir para nós. Eu sei que vocês disseram que ele não podia nos contar onde estava quando fizeram aquela iniciação. Por isso...

Eu estava esperando que Lee tivesse uma razão realmente idiota para mentir para mim e Rachel sobre esta noite, como o fato de ele ter sido convidado para uma festa secreta do time de futebol americano. Qualquer motivo.

— Isso é loucura. Isso aqui é só uma reuniãozinha entre amigos. Não é nem mesmo uma festa. Eu disse aos rapazes para não falarem sobre ela no Instagram nem em lugar nenhum, porque não queria que as coisas ficassem loucas demais. Mas eu não mandei que ele mentisse para você sobre isso aqui. — Jon riu.

— Certo. Obrigada.

Lee estava sentado no meio-fio da calçada onde Jon o havia deixado, com as pernas esticadas e curvado para frente, apoiando os cotovelos nas coxas. Ele gemeu, balbuciando algumas palavras impossíveis de entender. Eu olhei para ele, com as mãos nos quadris, antes de olhar ao redor para ver onde Rachel estava. Eu a vi ao lado do carro e acenei para que ela viesse até onde estávamos. Ela não se moveu, então continuei acenando, caso ela não tivesse me visto.

Foi então que senti o meu celular vibrar.

Não posso encarar Lee agora. Converse com ele antes.

— Você fez uma cagada esta noite, sabia? — Sentei na calçada, ao lado de Lee

— Você também fez. Eu estava curtindo a festa. Por que você não me deixou lá?

Eu ri; uma risada seca e amarga.

— Lembra-se de como me senti horrível quando vi aquela foto de Amanda e Noah? Foi exatamente isso que você fez com Rachel.

— Não foi.

— Ah, foi sim. Você e Peggy estavam abraçadinhos, sem contar que ela estava sentada no seu colo. Acrescente a isso o fato de você ter mentido para Rachel sobre onde estava esta noite e a sua imagem não vai ficar muito boa. E eu não estou dizendo isso só porque parece que você vai vomitar a qualquer momento.

— Ah, e você? Está achando que a sua imagem vai ficar boa depois de vir atrás de mim como se fosse uma *stalker*? Dez pontos para Sherlock e Holmes.

— Watson.

— Que seja — ele esbravejou.

— Não aja desse jeito — retruquei. — Você mentiu para nós duas, me dizendo que estava com Rachel, e falando a ela que estava comigo, só para poder, digamos, vir a uma festa onde poderia agarrar Peggy, da equipe das líderes de torcida?

— Ah, como se você fosse perfeita!

Lee endireitou as costas, colocando um braço para trás para se apoiar. Parecia estar pálido sob a luz dos postes da rua, os olhos emba-çados e injetados de sangue, mas sua boca estava retesada, os lábios formando uma linha fina.

— Que droga você quer dizer com isso?

— Você está transformando Rachel em uma seguradora de vela. Ou você é quem fica segurando vela. Eu não sei, está bem? Mas alguém, em algum lugar, está segurando uma vela. E agora esse problema é meu? Você está sentindo raiva de si mesma por ter rejeitado Noah. O mesmo cara com quem você passou meses saindo escondida, mentindo para mim. Você mentiu para mim porque estava ocupada demais beijando o meu irmão, e acha que isso não é uma merda, também?

— Olhe aqui, essas duas coisas não são nem um pouco iguais. — Bufei, ficando em pé.

Lee se levantou com dificuldades também, sem conseguir se equilibrar direito.

— Então você tem o direito de fazer isso sem consequências, e eu não?

— Eu nunca... Aff, Lee. Isso não tem nada a ver com Noah! Não tem nada a ver com o fato de que eu estava me sentindo sozinha! Esqueça de mim! Rachel está tão transtornada que nem consegue conversar com você agora. Você não acha que precisa se desculpar com ela?

Ele desviou o olhar.

— Eu entendo que você odeia ser o irmão mais novo de Noah e que ele era o grande astro do time de futebol americano, e deixou uma reputação enorme à qual você precisa corresponder. Mas ninguém nunca disse que você tinha que ser um canalha e se afastar de todo mundo que gosta de você. Quando foi a última vez que você foi assistir a um filme com Warren, Cam, Dixon e Olly? Quando foi a última vez que fomos ao shopping tomar um milk-shake? Sei que todos nós nos encontramos ontem à noite, mas foi a primeira vez que fizemos isso em meses. Literalmente *meses*. Não estou tentando acabar com a sua noite e te dizer para parar de sair com o pessoal do time, mas... por Deus, Lee. Respeite a si mesmo.

Girei sobre os calcanhares, afastando-me dele. Achei que tinha ouvido Lee dizer alguma coisa, mas, quando olhei para trás, ele estava vomitando tudo o que tinha bebido. Hesitei. Não podia deixá-lo ali.

Corri pela rua até onde Rachel estava. Vi as marcas de lágrimas em seu rosto e ela estava soluçando baixinho. Ela fungou e engoliu em seco quando eu a alcancei.

— Ele não está bem — eu disse a ela.

— Ele pediu desculpas?

Mordi o lábio.

— Não... exatamente. Olhe, Rach, por que você não pega o meu carro e vai para casa? Eu posso cuidar dele. Ele está vomitando. Não posso deixá-lo aqui. Vou buscar meu carro na sua casa amanhã. Ei, o que acha de irmos juntas ao shopping amanhã? Um sábado de meninas. Nada daquela conversa dos garotos nem nada do tipo. Vamos simplesmente curtir o dia juntas.

— Isso é uma boa ideia, Elle. Obrigada. Mas você tem certeza de que...

— Eu dou um jeito de voltar para casa, não se preocupe. Vou tentar consertar isso. E quando Lee estiver sóbrio, garanto que ele vai passar semanas se arrastando aos seus pés e implorando por perdão.

Rachel sorriu, mas era um sorriso forçado. Ela pegou as chaves do meu carro, girando-as por entre os dedos e fazendo meu chaveiro tilintar.

— Elle, você... você acha que eu... fiz alguma coisa errada?

— O quê?

— Peggy é uma das líderes de torcida.

— Ele não está interessado em Peggy. Acho que ele nem sabia que ela estava sentada no colo dele. Ele está literalmente arrebentado agora, Rach; não consegue nem ficar em pé. Posso garantir que ele não está te traindo. Mas, por algum motivo, ele está sendo totalmente babaca. E você tem todo o direito de estar brava com ele.

— Você me avisa quando ele estiver bem? E me avisa quando você estiver bem, também? Tem certeza de que consegue uma carona para voltar para casa? Não tenho a menor condição de encará-lo agora, Elle. Não vou conseguir.

— Vá para casa. Eu te mando uma mensagem mais tarde, está bem? Prometo. Nós conversamos amanhã.

Rachel confirmou com um aceno de cabeça positivo e, assim que ela entrou no carro e começou a ajustar os espelhos, voltei para perto de Lee. Ele estava encurvado; havia se sentado outra vez na calçada, segurando a cabeça com as mãos, gemendo e com uma poça de vômito diante de si.

Peguei o meu celular e liguei para o meu pai.

Eu disse a ele que ia sair para me encontrar com Lee e Rachel, o que não era mentira. Ele atendeu depois do telefone tocar duas vezes:

— Elle? Está tudo bem?

— Não. Pai, eu preciso... preciso de ajuda.

— O que houve? Você bateu o carro? Elle? O quê...?

— Não, eu estou bem — falei rapidamente. — Mas Lee está tão bêbado que está vomitando, e eu não posso deixá-lo sozinho aqui.

— Onde você está?

— Na casa de Jon Fletcher. Você sabe, do time de futebol americano. Lee veio aqui para uma festa com o pessoal do time. Rachel não quer conversar com ele. Eu deixei meu carro com ela, e ela foi para casa. Não posso deixá-lo aqui desse jeito, pai.

— Me mande uma mensagem com o endereço. E me dê uns cinco minutos para colocar Brad no carro.

— Obrigada, pai. — Desliguei o telefone, enviei a mensagem com o endereço de Jon e cutuquei Lee com os dedos dos pés. — Você vai ficar me devendo por isso. — Ele gemeu em resposta.

Enquanto esperávamos, Jon voltou com uma garrafa de água.

— Achei que tinha visto vocês por aqui, ainda. Quer uma ajuda para colocá-lo no seu carro?

— Não, obrigada. Meu pai já está chegando. Rachel ficou com o meu carro. Ela não conseguiu encarar Lee.

— Não aconteceu nada entre Lee e Peggy — disse Jon, rapidamente e com sinceridade. — Ela dá bola para todo mundo, mas Lee passava o tempo todo falando que tinha namorada.

— Obrigada.

— Me avise se tiver alguma coisa que eu possa fazer.

— Obrigada, Jon. De verdade. Desculpe por ter estragado a sua noite.

— Imagine, você não estragou nada. — Ele sorriu para mim e me deu um tapinha amistoso no ombro. — A gente se vê por aí.

Acenei quando ele voltou para dentro da casa, tirei a tampa da garrafa e me curvei para levá-la até a boca de Lee. Ele a segurou com mãos trêmulas e atrapalhadas e bebeu devagar até o meu pai chegar.

— Por favor, não contem para a minha mãe — era tudo que Lee conseguia dizer enquanto meu pai o ergueu e o enfiou no banco traseiro. — Por favor, não contem para a minha mãe.

— Cara, eu acho que você tem coisas mais importantes com que se preocupar. — Meu pai suspirou. Eu entrei no carro depois de Lee e o meu pai disse: — Tem um balde aí no chão do carro. Não o deixe vomitar fora do balde.

— Não vou vomitar — Lee conseguiu dizer. Entretanto, ele gemeu quando o carro começou a avançar e pegou o balde das minhas mãos, com mais um "por favor, não contem para a minha mãe".

LEE PASSOU A NOITE NA MINHA CASA, DORMINDO NO SOFÁ COM O balde perto da cabeça. Fiquei acordada o máximo que consegui, vigiando-o, mas após algum tempo acabei dormindo também. Nós dois acordamos quando o meu pai desceu para fazer café, por volta das oito horas.

— Merda — disse Lee, estalando os lábios. — Merda.

— Acho que você está sendo otimista demais, mas... é isso mesmo.

— Merda.

Ele se levantou com dificuldade e eu fiquei em silêncio enquanto ele bebeu água, depois café, e comeu seis torradas. Eu me vesti enquanto ele tomava banho e, quando ele voltou para o meu quarto usando só o *jeans* e com os cabelos molhados, lhe joguei um dos moletons que ele deixava guardado no meu armário. Pelo menos, agora ele parecia mais um humano do que um zumbi pálido de ressaca. Sua voz estava rouca e os olhos estavam injetados de sangue. Ele arrastou os pés enquanto atravessava o quarto e se apoiou em mim. Eu o empurrei para que se afastasse.

— Elle? Ah, pare com isso. Por favor. Me desculpe. Desculpe por ter dado tanto trabalho e por fazer você cuidar de mim e por eu ter sido um escroto.

— Sabe de uma coisa, Lee? Não é nem por isso que eu estou brava. Estou brava porque você magoou Rachel, e muito. Ela não se importaria por você estar naquela festa. Ela está magoada porque você mentiu. Você faz ideia do que eu senti quando ouvi Noah ao telefone com Amanda? É exatamente a mesma dor que Rachel está sentindo.

— Eu sei. Eu sei. Por Deus, eu sei.

— Você não tem mais nada a dizer? Já passamos por isso antes, não se lembra? Quando você agiu como um cuzão em uma festa, pediu desculpas no dia seguinte e a vida seguiu em frente. Mas não vou aceitar isso de novo, Lee. Não posso passar por isso toda vez que houver uma festa. Você precisa colocar a cabeça no lugar. E eu sei que preciso colocar a minha cabeça no lugar, também, mas... estou triste e sofrendo por causa do meu coração partido. E você...

— Por favor, não diga que sou uma daquelas bolas de demolição. Porque você sabe que eu vou ter que começar a cantar a música da Miley Cyrus.

Eu apoiei o peso do corpo em um dos pés, cruzando os braços, e o sorriso de Lee desapareceu.

— Desculpe.

— Estou falando sério. Da próxima vez, não vou te ajudar desse jeito. Você precisa conversar com Rachel e consertar as coisas entre vocês.

— Eu sei. Shelly, francamente, essa é uma dívida que vou ter com você para o resto da minha vida. Vou sair daqui e ir direto para a casa de Rachel, e...

— Nada disso. Você vai voltar para a sua casa e ficar quietinho, sentindo culpa. Rachel e eu vamos ao shopping. Ninguém vai ficar segurando vela para você.

— ELE REALMENTE ESTÁ ARREPENDIDO?

— Sim, mas lembre-se do que combinamos: nada de falar sobre garotos, está bem? Estou de saco cheio de sentir pena de mim mesma e de ficar chorando pelos cantos por causa do fim do namoro. Acredite, você nunca vai querer passar por isso.

Eu entendi, finalmente, por que Levi deletou das redes sociais todas as fotos em que aparecia com sua ex. Era difícil ver fotos antigas minhas com Noah. Lembrar-se de como as coisas foram boas. O quanto eu o amava. O quanto pensei que ele me amava.

Quanto menos pensava naquilo, mais eu podia simplesmente fingir que estava tocando a minha vida em frente.

— Não, você... você está certa. Nada de garotos, nada de ficar chorando as pitangas. — Rachel endireitou os ombros. — Podemos falar sobre a faculdade? Ou isso está na sua lista de assuntos proibidos, também?

— Ha-ha-ha, engraçadinha.

— Minha mãe está me pressionando para tentar uma vaga na Yale, mas... não sei. Eu tinha uma prima que estudava lá, fui visitá-la no ano passado. Passei um fim de semana com ela, mas... eu não senti que aquele era o meu lugar, sabe como é? Quando você sabe que não gosta de alguma coisa?

— Então, não se candidate.

— Sim, mas... não sei. Yale tem algo que é interessante. O nome da faculdade tem bastante prestígio...

Noah disse alguma coisa parecida quando recebeu a carta de Harvard que indicava que ele havia sido aceito.

Eu afastei aquele pensamento. *Tinha* que parar de pensar nele.

— Uma faculdade de prestígio não vai significar nada se você tiver que passar quatro anos da sua vida em um estado lastimável.

— Certo, certo. "Lastimável" é uma palavra forte demais. — Rachel sorriu. — Mas... acho que você tem razão. Já pensou nas faculdades em que você vai tentar uma vaga?

Continuamos a conversar sobre faculdades e chegamos até mesmo a falar sobre a Brown; Rachel me garantiu que não acharia ruim se eu me candidatasse a uma vaga lá. Conversamos sobre escola, sobre filmes e pessoas e, literalmente, sobre qualquer coisa, exceto nossas vidas amorosas. Foi estranhamente renovador. E foi muito bom sentir que as coisas finalmente haviam melhorado entre nós duas.

LEE E RACHEL, É CLARO, FIZERAM AS PAZES. ELA O DEIXOU FRITANDO por alguns dias, mas Lee percebeu que havia agido de um jeito muito errado e, após algum tempo, ela o perdoou. Ele não hesitou em me contar que a transa após fazerem as pazes tinha sido excelente, e eu o provoquei em relação a isso. Mas esse assunto só me fez pensar em Noah.

Conforme o Sadie Hawkins se aproximava, a empolgação na escola ia aumentando. E o ar estava cheio de promessas de romance. Mas tudo aquilo me deixava com um gosto amargo na boca. Perdi a conta do número de vezes que peguei o meu celular para mandar uma mensagem a Noah — simplesmente querendo saber como ele estava, tentada a pedir desculpas por como as coisas haviam terminado entre nós, e dizer que talvez pudéssemos conversar outra vez quando ele voltasse para passar o feriado de Ação de Graças em casa, para ter certeza de que as coisas não estavam esquisitas demais entre nós.

Dei uma olhada no Instagram dele algumas vezes.

Ele não postava muito.

Amanda, por sua vez, postava muita coisa, tanto em sua linha do tempo quanto em seus *stories* (sempre olhava pelo celular de Levi, para que ela não soubesse que eu estava bisbilhotando sua conta). Ela parecia estar passando bastante tempo com Noah.

Fui eu quem colocou um ponto-final no namoro. Não tinha o direito de sentir ciúmes. Deveria ficar feliz por ele. Deveria querer que ele seguisse em frente.

Mas, agora, conforme me preparava para o baile, era impossível não sentir saudades dele e me arrepender por ter terminado o namoro. Eu não parava de pensar no último baile da escola, em como havíamos ido juntos, e como sonhei acordada com ele voltando para casa para este baile para fazer tudo outra vez.

Coloquei os brincos na orelha e franzi os lábios. Eu tinha que parar de pensar em Noah. Ele nem mesmo quis ir ao baile comigo. Era melhor assim.

E agora eu estava livre para ficar com quem quisesse.

Meus pensamentos se concentraram no meu par para a noite de hoje. Todo mundo imaginava que alguma coisa havia acontecido entre mim e Levi.

Não consegui evitar de deixar a minha mente se perder em devaneios. Seria realmente ruim se alguma coisa acontecesse entre nós? Eu gostava de Levi. E muito. Ele era uma ótima companhia e era muito diferente de estar com Noah. Ele sabia exatamente como me fazer rir e sorrir, e nós nunca discutíamos por besteiras. Soma-se a isso o fato de que ele era um fofo, também.

Seria estranho dançar uma música lenta com ele esta noite? E, se dançássemos, será que eu ia querer beijá-lo?

Eu nunca havia beijado ninguém além de Noah. Isso se ignorarmos o que aconteceu na casa da praia. E uma parte de mim não conseguia evitar pensar como seria beijar Levi.

Minhas bochechas enrubesceram e percebi que elas estavam vermelhas no espelho. Certo, talvez seja melhor não pensar nisso.

Controle-se, Elle.

Provavelmente não devia estar pensando em namorar com alguém agora. Eu, definitivamente, não sentia pressa nenhuma para deixar que meu coração se partisse outra vez.

— Esta noite, quem dá as cartas sou eu — falei para o meu reflexo, tentando injetar uma dose de autoconfiança na voz.

Passei os dedos pelos cabelos, agitando os fios para dar mais volume. Sorri, estava satisfeita com a minha aparência. Não havia me importado tanto com os acessórios; somente o belo relógio de pulso que meu pai me deu quando fiz dezessete anos, que pertenceu à minha mãe, e um pequeno par de brincos de brilhantes.

Balancei o corpo para frente e para trás, agitando os dedos dos pés para testar os meus sapatos. Eram scarpins pretos com saltos baixos que eu não usava há algum tempo, e não conseguia lembrar se eles me deram bolhas nos pés.

Eu esperava que aquilo não acontecesse. Queria passar a maior parte da minha noite dançando.

Ouvi uma batida na porta entreaberta do quarto e meu pai entrou.

— Está pronta?

— Estou sim. — Girei, mostrando o meu vestido vermelho-escuro com a saia rodada.

— Você está linda, Elle.

— Obrigada.

— Noah não sabe o que está perdendo.

Revirei os olhos, querendo ignorar aquele comentário e não deixar que me irritasse, mas senti uma certa gratidão.

— Fui eu quem terminou com ele, lembra-se?

— Eu sei. Mas também sei que você ainda sente bastante a falta dele. Toda vez que o seu telefone toca, você pula para atender. Como se estivesse esperando que fosse Noah, implorando para que você o aceite de volta.

Eu me ocupei, verificando de novo minha bolsa: gloss,ok; ingresso para o baile, ok; dinheiro, ok; chave de casa, ok...

Nenhum contato de Noah, ok.

— Meu bem, você sabe que pode conversar comigo, não é?

— Não tenho nada para dizer, ok? Não consegui aguentar a distância e todo o resto. Foi demais para a minha cabeça. Está melhor assim.

— E você tem certeza de que não há mais nada acontecendo?

Olhei para o meu pai, que erguia as sobrancelhas por trás dos olhos, me encarando com uma expressão cética. Será que ele estava se referindo à faculdade? Ou Lee havia lhe contado tudo o que aconteceu com Amanda? Por que ele estava me olhando daquele jeito? E dessa forma, com todo o cuidado, eu respondi:

— Como assim?

— Oh, é que... bem... você e Levi. Vocês parecem ser bem próximos. — Ele levantou ainda mais as sobrancelhas, e seus lábios se apertaram, formando uma linha, como se ele estivesse tentando não sorrir. — Estão juntos o tempo todo, trocando várias mensagens, e agora vocês estão indo juntos a esse baile...

AH.

Eu bufei, como se não estivesse pensando exatamente em beijar Levi alguns minutos antes.

— Pai, não está acontecendo nada disso. Somos só amigos.

— Tem certeza?

— Tenho.

— Tudo bem. Se você está dizendo...

Revirei os olhos enquanto o encarava. O som do motor de um carro do lado de fora atraiu a nossa atenção, seguido pelo som da porta de um carro batendo.

— Ele chegou.

— Você vai ficar muito envergonhada se eu insistir em tirar algumas fotos de vocês dois?

— Sim, vou.

— Então, isso é sinal de que estou cumprindo com as minhas obrigações de pai do jeito certo.

DEPOIS QUE MEU PAI TIROU UMAS DUAS DÚZIAS DE FOTOS DE NÓS E Brad contou a Levi tudo que aconteceu nos seus treinos de futebol naquela semana, nós finalmente saímos.

E eu tinha que admitir, Levi estava lindo naquele terno. Era um terno preto, liso, com uma camisa rosa e gravata preta. Além disso, ele estava com um cheiro muito bom. Seus cabelos castanhos e cacheados estavam mais arrumados do que o habitual, domados com um gel que refletia a luz.

Havia outra coisa que refletia a luz. Ergui a mão e passei o dedo na bochecha de Levi quando paramos em um semáforo.

— Isso é glitter?

Levi soltou algo que era uma mistura de uma risada com um suspiro.

— Becca quis me ajudar a me arrumar.

— Certo... e...?

— E ela convenceu a minha mãe a comprar um hidratante com glitter na semana passada.

— Ah, entendi.

— Sabe o que ela disse? Ela disse que o meu rosto precisava estar macio, caso eu beijasse alguma garota bonita esta noite. Como você.

Eu não precisava fingir que estava chocada, mas fiz uma pose melodramática para combinar com o momento. Esperava não ter ficado com o rosto vermelho outra vez.

— Você estava falando sobre me beijar?

Será que ele queria me beijar? Será que eu queria beijá-lo? Ou era só um impulso motivado pela necessidade de levantar-me após o tombo que levei com Noah?

— Acho que Becca pensa que preciso arrumar uma nova namorada. Ela gostava quando Julie estava por perto, porque era como se ela tivesse uma irmã mais velha. Acho que ela tem saudade disso.

— Acho que vou ter que ir cuidar dela outra vez, então, quando seus pais estiverem fora.

— Obrigado, Elle. — Levi sorriu.

— Está tudo bem. Não me importo em fazer isso.

E eu realmente não me importava, mas isso significava que eu gostava de Levi mais do que como um amigo, ou achava que não me importaria se ele me beijasse?

Com Noah, eu sempre soube que ele era o meu *crush*. Um *crush* sem qualquer esperança de dar certo. E nunca gostei realmente de outro garoto. Era difícil entender o que eu sentia por Levi agora. Mas eu não podia negar que o comentário que ele fez sobre me beijar ficou circulando sem parar na minha cabeça durante o resto do percurso até o baile.

Não tivemos dificuldade para estacionar na escola. Conseguíamos escutar lá de fora a vibração da música que pulsava na direção do ginásio, e tudo aquilo fez com que uma onda de adrenalina começasse a correr pelo meu corpo. Enquanto íamos até a entrada, com os braços ocasionalmente roçando um no outro, perguntei:

— Você está planejando ir para a festa pós-baile?

A festa pós-baile foi organizada em cima da hora; uma das garotas do grêmio estudantil, Emma, conseguiu convencer seus pais a deixarem que ela fizesse uma festa em casa, e eu mal podia esperar. Lee e Rachel haviam decidido não ir, mas aquilo não chegava a ser um problema, pois o resto da turma estaria lá. Eu precisava daquela festa, precisava tentar me divertir sem pensar na escola ou na faculdade, ou sem pensar demais em Noah. Queria me divertir bastante.

— Ah, sim, Cam me mandou uma mensagem sobre a festa. Acho que talvez dê para ir e ficar lá por algum tempo. Prometi aos meus pais que não ficaria fora até muito tarde. Minha mãe quer acordar cedo amanhã para levar Becca ao balé.

— Becca faz balé?

— Vai ser a primeira aula dela. Enfim, prometi que não voltaria muito tarde, porque ela vai ficar acordada para ter certeza de que voltei bem, que não enchi a cara e não enfiei o carro em alguma vala por aí. Já o meu pai... esse é capaz de dormir mesmo se tiver um trator trabalhando na frente de casa.

— Você pode dormir na minha casa — ofereci. — Meu pai não vai se importar. Você pode dormir no sofá.

— Tem certeza de que não vou incomodar?

— Claro. Não tem problema.

— Obrigado, Elle.

Sorri para ele e Levi deu um passo para o lado quando chegamos às portas do ginásio, fazendo um gesto com o braço que dizia "depois de você".

O ginásio havia sido quase que totalmente transformado. Não totalmente, mas quase. Fui uma das poucas que teve a sorte de não precisar vir cedo para ajudar a decorar o salão, mas somente porque tive que ir buscar Brad no treino de futebol.

Havia balões e serpentinas nas cores vermelho, rosa e branco penduradas por todo o salão, e as luzes fortes do teto haviam sido desligadas, trocadas por algumas luzes piscantes e coloridas que vinham dos cantos do ginásio e das luminárias elétricas que colocamos em algumas das mesas. E também...

— Ah, meu Deus! — exclamou Levi, segurando o meu braço, percebendo ao mesmo tempo que eu. — Estou enxergando direito? Aquela é a famosa barraca do beijo?

Só consegui ficar olhando, boquiaberta, observando as pessoas ao redor da cabine que Lee e eu havíamos criado para o Festival da Primavera, meses atrás. Parecia estar ligeiramente surrada. Pensei que algum caminhão de entulho a havia levado. As pessoas estavam entrando na cabine para posar para fotos com seus pares.

Ethan Jenkins nos viu e veio dizer oi. Não deixei que ele dissesse uma palavra antes de apontar para a barraca e dizer:

— Que droga aquilo está fazendo aqui?

— Ficou ótima, não é? Nós a encontramos ontem. Ela se encaixa perfeitamente com o tema vermelho e rosa, hein? As pessoas estão ficando loucas por causa dela!

Forcei um sorriso e fiquei aliviada quando Ethan viu alguma outra pessoa e se afastou de nós.

— Quer ir até lá para tirarmos uma foto? — Levi se virou para mim com um sorriso.

— Definitivamente não — eu disse, talvez um pouco rápido demais. E gemi.

Como se eu precisasse de mais alguma coisa que me lembrasse de Noah na noite de hoje, ou qualquer outra razão para tentar entender o que eu realmente sentia sobre a ideia de beijar Levi. Entrar na barraca do beijo com ele, com certeza, era a receita para um desastre. Eu sabia disso.

— Vamos lá — disse, segurando na mão de Levi, e ele tropeçou enquanto tentava me acompanhar. — Vamos dançar.

A NOITE ESTAVA QUENTE DO LADO DE FORA DO GINÁSIO, MAS EU coloquei os braços ao redor do meu corpo, encolhendo-me. Havia algumas nuvens no céu escuro, mas ainda conseguia avistar algumas estrelas. Atrás de mim, o ruído suave da última dança ainda emanava do ginásio.

A noite tinha sido fantástica; não houve nenhum problema e até os membros do grêmio estudantil conseguiram curtir o baile. Claro, alguém havia tentado turbinar o ponche com vodka, mas os professores e os adultos responsáveis pelo baile estavam atentos e conseguiram mandar o rapaz para casa antes que conseguisse executar o seu plano.

A barraca do beijo também foi uma grande atração. Eu cedi e fui tirar uma foto com Lee. Em uma das fotos, ficamos com os braços ao redor um do outro; em outra, ele beijou a minha bochecha e na outra, eu me inclinava para beijá-lo e ele empurrava o meu rosto para longe com as duas mãos e uma expressão dramática e exagerada de nojinho.

— Essa vai ficar ótima como foto do seu perfil — disse a ele, aumentando o zoom na cara dele.

Quando estava lá dentro para tirar a foto com Lee, Warren e Cam empurraram Levi para ir lá para dentro comigo, e eu fiquei um pouco constrangida quando Rachel tirou uma foto de nós na barraca. Saí dali bem rápido.

A banda que contratamos era incrível; as danças tinham sido bem divertidas, mas eu não quis ficar para a última. Não tive vontade de ficar cercada por casais fofinhos se abraçando.

E assim, eu estava ali. Sentada em um banco do lado de fora do ginásio, sozinha.

Uma garganta pigarreou ao meu lado e ergui os olhos quando Levi se sentou ao meu lado. Eu não o via há algum tempo; fiquei dançando com algumas das outras garotas. Ele estava afrouxando a gravata do pescoço e inclinou a cabeça para mim.

— Está com frio?

Dei de ombros, e ele deslizou o paletó por sobre os braços, oferecendo-o para mim. Coloquei o casaco ao redor dos meus ombros. Tinha o cheiro da loção pós-barba que ele usava. E aquele era um cheiro *muito* bom. Tive que me esforçar para não encostar o nariz no meu ombro e cheirá-lo.

— Obrigada.

— Acho que você não estava muito a fim de dançar a última música.

— Não é bem isso. Eu só não queria ficar no meio de todos aqueles casaizinhos, sabe? Todo mundo se abraçando, se beijando e sendo cafona... não me entenda mal, é adorável e romântico. Mas isso é exatamente o que eu não quero ver agora.

— Entendi. Sabe, este é o primeiro baile de escola de que participei desde que Julie terminou comigo. Eu sei o que você está sentindo.

Inclinei-me para o lado, apoiando a cabeça no ombro de Levi.

— Separação é um saco.

— Tem razão.

— Você sente falta da Julie?

— Às vezes. Menos do que antes. Vai ficando mais fácil, não se preocupe. Mas acho que, para você, talvez seja um pouco mais difícil, porque você logo vai ver Noah outra vez. Nos feriados. Dia de Ação de Graças, Natal... Eu nunca mais vi a Julie, e acho que isso me ajudou a superar o baque.

— Uau. Obrigada. Isso é bem estimulante, Levi. — Sorri, respondendo com todo o sarcasmo que tinha.

— Desculpe.

— Está tudo bem. — Eu o cutuquei com a cabeça.

— Vai ficar mais fácil — reiterou ele.

— Acho que sim.

— Nesse meio-tempo... — Levi moveu o ombro onde eu estava com a cabeça apoiada e se levantou. Eu endireitei o corpo e olhei para ele, vendo a silhueta dele contornada pelas luzes do estacionamento. Ele era alto, com um corpo bonito, e os cachos estavam um pouco desarrumados após todas as danças daquela noite. Ele estava com a mão estendida e sorrindo para mim.

— Quer dançar?

— Por que não? — Eu retribuí o sorriso.

Deixei que Levi me puxasse para ficar em pé e deixei o paletó dele no banco, colocando as mãos ao redor dos ombros dele. As mãos de Levi seguraram a minha cintura, e nós balançamos de um lado para outro.

Não consegui evitar compará-lo com Noah. Os braços ao redor do meu corpo não eram tão fortes, nem os ombros tão largos. Não havia calor, fagulha ou tensão entre nós; não havia o desejo de apertar meu corpo todo contra ele como eu estava acostumada a sentir com Noah, nada que me fizesse prender a respiração e aproximar-me para beijá-lo. Mas havia algo doce e suave naquele toque. Algo confortável e tranquilo.

A música estava quase terminando, e a dança também. Mas, enquanto durou, foi muito gostoso.

EU GEMI, ROLANDO PARA O OUTRO LADO E APERTANDO A CARA NO travesseiro. Minha cabeça doía. Meus pés doíam. Minha garganta doía. Afastei o rosto do travesseiro, lembrando-me da noite anterior — o baile de Sadie Hawkins, dançar com Levi...

Na festa pós-baile, depois que Levi decidiu voltar para casa, eu tomei algumas cervejas a mais do que devia, fiquei sentada do lado de fora reclamando para Dixon e Cam sobre o quanto sentia saudade de Noah, dizendo que não devia ter terminado o namoro com ele, o quanto detestava Amanda por interferir em nossa relação e por ser tudo o que eu não era — e, aparentemente, por ser tudo que Noah estava procurando — e o quanto achava que ele era um cuzão por esconder segredos de mim.

Provavelmente merecia aquela dor de cabeça. Eu não havia chegado depois do horário limite, pelo menos. Lembro-me de ter passado pela porta exatamente à uma da manhã. Meu pai estava acordado e perguntou como foram o baile e a festa, e eu até que me saí bem, sem dar a impressão de que estava bêbada demais para que ele me deixasse de castigo.

Ergui o corpo devagar, esfregando as mãos no rosto. Eram só nove da manhã, de acordo com o relógio na minha cômoda, e eu me encostei novamente nos travesseiros e peguei meu celular, verificando as mensagens. Havia uma notificação de Rachel; ela havia me marcado em um post. Vi que ela havia postado um monte de fotos do baile, incluindo uma em que Lee e eu aparecíamos fazendo palhaçadas na pista de dança, e uma em que Levi aparecia comigo na barraca do beijo.

Olhei para a foto por algum tempo. Era bonita. Eu estava ótima na foto. O vestido valorizava meu corpo e meu cabelo estava bonito. E quanto mais eu olhava para ela, mais achava que Lee estava com uma aparência ótima ao meu lado. Apertei o botão de curtir.

Quando abri o WhatsApp para responder às mensagens do nosso grupo, meu coração parou por um segundo e meus olhos se esbugalharam, quase saltando do rosto. E eu senti vontade de vomitar.

Eu havia mandado uma mensagem para Noah.

Estou morreeeeendo de saudade. Beeijoooooooos

Merda.

Merda, merda, merda!

Cliquei na mensagem para ver o tamanho do estrago e fiquei aliviada quando descobri que só havia mandado uma mensagem. Eu ficaria totalmente mortificada se tivesse mandado duas dúzias de mensagens bregas e carentes. Meu Deus, aquilo sim seria um desastre total.

Mesmo assim, uma mensagem já era suficientemente ruim. Meu celular indicava que eu havia mandado a mensagem à 00h24; eu tinha certeza de que estava sentada do lado de fora da casa com os garotos. Devia estar um pouco mais bêbada do que pensava.

Eu era uma idiota. Meus ombros ficaram tensos quando olhei para a mensagem e para a legenda pequena "Lida às 7h58" logo abaixo.

O que eu faria agora? Noah havia lido a mensagem, e não havia como voltar atrás ou apagar aquilo. Ele obviamente decidiu ignorá-la. O que aquilo significava? Será que ele estava com raiva de mim? Ou só achava que eu não era digna de receber uma resposta?

Engoli o nó da minha garganta e passei a mão pelos cabelos, sentindo os dedos se prendendo em alguns fios embaraçados.

Será que eu deveria mandar uma mensagem pedindo desculpas, dizendo que estava bêbada e que não tive a intenção de mandar aquilo?

Ou será que deveria simplesmente ignorar também?

Tentei digitar um pedido de desculpas: *Hahaha, acabei de ver a mensagem que mandei ontem à noite. Desculpe, acho que tomei algumas cervejas a mais na festa depois do baile!*

Olhei para o texto, hesitando sobre o botão de enviar. A mensagem parecia forçada. Emanava falsidade. Não queria que ele pensasse que eu estava arrependida e que ainda o queria (mesmo que estivesse me sentindo assim). E se ele também não respondesse essa outra mensagem?

Ou se ele respondesse e dissesse que estava tudo bem, e que ele sabia que eu não estava realmente com saudade... E que ele também não sentia a minha falta?

Pior ainda: e se ele respondesse e dissesse que estava com saudade de mim?

Deletei a resposta que digitei e deixei o telefone sobre a cama, fechando os olhos. Se eu achava que um namoro a distância com Noah já era difícil, superá-lo era bem mais complicado.

EM UMA TENTATIVA DE REALMENTE DEIXAR O RELACIONAMENTO COM Noah para trás, decidi passar o dia inteiro dando atenção para mim mesma. Depois de assistir a alguns vídeos do YouTube, de tomar um café da manhã suficientemente grande para curar a minha ressaca e terminar um trabalho para a aula de história, eu estava me sentindo bem e motivada. Decidi tentar encarar a minha redação para a faculdade outra vez. Havia progredido um pouco durante a semana passada. Talvez hoje seria o dia em que finalmente a terminaria.

Digitei alguns novos parágrafos antes de fazer uma releitura geral do texto. Estava quase pronto. Tudo de que eu precisava era uma boa conclusão, mas eu sabia que conseguiria fazer isso se lesse novamente tudo o que havia escrito.

Quanto mais eu lia, mais me perguntava por que havia desperdiçado o meu tempo escrevendo essa porcaria. A emoção que senti, pensando que havia praticamente terminado, quase desapareceu. Eu tinha que escrever sobre alguma coisa que achava que me inspirava — e não estava me sentindo muito inspirada ao reler a minha redação.

Eu vinha dando atenção demais a essa maldita redação e reescrevendo partes dela há várias semanas. Todo esse trabalho e estresse, e para quê? Para escrever esse monte de lixo que aparecia na minha tela agora? As palavras na tela começaram a borrar, misturando-se umas com as outras até que eu não conseguia mais ver nenhuma delas. Cliquei furiosamente com o mouse, selecionando palavras aleatórias, imaginando que droga estava acontecendo até que comecei a fungar e percebi que estava prestes a chorar. De novo.

Meu Deus, eu era um fracasso.

Não conseguia nem me controlar para fazer uma redação idiota.

Nunca entraria na faculdade. Não era capaz nem mesmo de escrever uma maldita redação. Como conseguiria atravessar quatro anos de faculdade? Nem sabia o que queria fazer com a minha vida ainda. Não fazia a menor ideia de qual curso queria fazer.

Já havia conversado com o meu pai e os consultores de carreiras que a escola trouxe para assessorar os alunos, e eles me garantiram que eu poderia ser aceita em uma boa faculdade sem precisar declarar antecipadamente o curso que gostaria de fazer (e, quando me disseram isso, foi algo tão óbvio que fiquei me sentindo uma idiota por deixar que todo aquele estresse me afetasse tanto). Mas não conseguiram me dar conselhos reais e sólidos sobre como escrever a minha redação para me candidatar a uma vaga na faculdade, em primeiro lugar.

Assim, ali estava eu, soluçando — e me lamentando também — diante do meu computador, porque *não conseguia nem mesmo formar uma frase decente.*

A porta do meu quarto se abriu, e como a silhueta — borrada e irreconhecível pelas lágrimas nos meus olhos que não paravam de brotar — era baixa demais para ser o meu pai, imaginei que tinha que seria o meu irmão.

— Saia daqui! — falei em meio ao choro, com as palavras tropeçando em um soluço. — Vá embora! Me deixe em paz!

Brad continuou sob o vão da porta, e isso me irritou. Eu não sabia o porquê; subitamente, estava me sentindo completamente furiosa por não poder chorar e sentir raiva de mim mesma em paz.

— Elle? O que aconteceu?

Ele estava sendo muito meigo. Estava preocupado de verdade comigo. E isso só serviu para me deixar ainda mais enraivecida.

— Saia daqui! Me deixe em paz!

Sem se demorar muito, Brad fechou a porta e eu desabei sobre a escrivaninha, chorando sobre os braços. Provavelmente estava com uma aparência tão patética quanto o que sentia por dentro, mas agora que havia começado a chorar, não conseguia mais parar. Odiava esse tipo de choro.

E se eu nunca conseguisse terminar a redação e nunca entrasse para a faculdade? Seria uma decepção enorme para o meu pai e para mim. Lee iria para a faculdade sem mim e me esqueceria completamente, e...

Os pensamentos continuavam a girar, um redemoinho cruel que me arrastava cada vez mais para o fundo. Fechei o notebook com um estrondo, sem conseguir suportar mais o brilho da tela, aquela redação que zombava de mim.

Depois de algum tempo, a porta se abriu outra vez.

Eu estava pronta para dizer ao meu irmão, ou ao meu pai, para sair do meu quarto e simplesmente me deixar sozinha, mas havia outra pessoa atrás do meu irmão: Levi. As palavras morreram na minha língua.

— Achei que você estava precisando de um amigo — disse Brad, com a voz baixa.

Eu funguei outra vez e consegui abrir um sorriso pequeno. Brad retribuiu o sorriso desajeitadamente, ele também não estava acostumado a ser tão gentil comigo. Em seguida, ele saiu do quarto. Levi deu um tapinha em seu ombro e sorriu para Brad antes de entrar.

Ele se sentou na ponta da minha cama e eu fui me sentar ao lado dele, apoiando a minha cabeça em seu ombro.

Levi não pareceu importar-se.

Em seguida, passou o braço ao redor de mim.

— Eu ia perguntar se você está bem, mas acho que é uma pergunta desnecessária. Você está com uma cara horrível.

Eu o cutuquei, sem muito ânimo.

— É a redação para a faculdade. Não consigo terminar. Não sei o que escrever. E tudo que escrevo fica ruim. Quero ir para a faculdade, mas não vou conseguir passar em lugar nenhum se não escrever esta redação e...

— Ei, calma. — Ele apertou o braço com mais força ao redor dos meus ombros. — A sua vida não depende de você ir para a faculdade ou não, sabia? Olhe para mim. Eu não vou fazer faculdade. Vou tirar um ano para mim depois que terminar o ensino médio, juntar uma grana e tentar descobrir o que quero fazer. Não vou gastar quatro anos da minha vida e me afundar em uma dívida enorme por causa de algo que nem sei se quero realmente fazer. Talvez você queira pensar nisso.

— Praticamente toda vez que me sento para escrever a redação e chego a um beco sem saída, penso que talvez devesse deixar isso para o ano que vem. — Comecei a descascar o esmalte da minha unha.

— Mas...

— Mas eu não quero ser deixada para trás.

Ele demorou um segundo para entender a referência.

— Lee.

Lee vinha se esforçando bastante para entrar na Brown, estudando para manter as notas altas, dando duro no time e tentando melhorar a sua reputação (e, pelo que notei, estava tendo sucesso; o resto do time já não o chamava mais de "Pequeno" Flynn agora).

Lee tinha o futebol americano. Rachel tinha o clube de teatro. Alguns dos outros rapazes faziam esportes ou tocavam na banda marcial da escola. Eu tinha o clube de atletismo, mas não participava de competições. Havia até mesmo perdido a esperança de trabalhar meio período após a aula. Eu sentia que, de alguma forma, estava um passo atrás de todos eles.

— Sim. E mesmo se Lee não fosse parte do motivo... quero fazer faculdade. Quero mesmo. Mas é que... como você disse, não tenho certeza do que realmente quero fazer da vida depois da faculdade, e é assustador pensar que aquilo que eu fizer agora vai se tornar um compromisso que vou ter que passar os próximos anos cumprindo, sabe?

— Acho que não — disse ele, falando com um tom perturbadoramente animado para o meu estado de espírito atual. — Você tem que fazer os exames SAT antes, e, do jeito que está indo, com todos os simulados, vai gabaritar a prova. E quando realmente entrar na faculdade, você pode ir fazendo matérias gerais antes de escolher qual vai ser a sua graduação. E você sabe que sempre é possível mudar de curso. Você pode fazer o que quiser. Trabalhar no próximo robô que vai explorar Marte. Fazer os anúncios de um time de beisebol. Abrir uma vinícola. Ser professora de jardim de infância.

— O céu é o limite? — Eu abri um sorriso fraco.

— Elle, todos nós assistimos a *Meninas Malvadas*. Todos nós sabemos que o limite não existe.

Eu tive que rir daquilo.

— Obrigada por comparecer ao meu TED Talks — emendou ele, fazendo com que eu risse outra vez. — E se fizermos uma coisa? Você me deixa ler a sua redação. Podemos trabalhar nela juntos. Não pode estar tão ruim a ponto de ser impossível salvar alguma coisa.

Isso até que não era uma proposta tão ruim. Mas me fez sentir uma idiota por não ter pedido ajuda a alguém antes. Eu me virei para abraçá-lo.

— Obrigada, Levi. Você é o melhor.

Ele hesitou um pouco antes de retribuir o abraço.

— Pode contar comigo para o que quiser, Elle. Sempre.

LEVI FICOU PARA O JANTAR, E QUANDO ELE FOI EMBORA, NAQUELA noite, a minha redação estava praticamente pronta para ser enviada. Eu não conseguia acreditar no quanto estava me sentindo melhor, e jamais conseguiria agradecê-lo de maneira suficiente.

Quando o agradeci mais uma vez, na hora em que ele estava calçando os sapatos para ir embora, ele riu.

— Se você realmente quer me agradecer, venha comigo ao aquário amanhã. Eu prometi que levaria Becca. Vai ser legal ter companhia.

Um dia no aquário parecia ser uma boa ideia. Assim, na manhã seguinte, Levi veio me buscar e Becca ficou bastante empolgada durante todo o passeio. Falava em uma velocidade impressionante sobre a aula de balé que fez no dia anterior, sobre a professora de balé, as meninas do balé, e o recital que estavam preparando para o Natal — o que a fez começar a falar sobre o Natal.

Exclamei e concordei em todos os momentos corretos, fazendo perguntas para que ela continuasse a falar. Levi atraiu o meu olhar pelo espelho retrovisor com um sorriso atrevido que dizia "antes você do que eu".

Dentro do aquário, o lugar não estava muito cheio. Na maior parte, os frequentadores eram famílias com crianças. E um punhado de casais em um passeio romântico.

E eu tinha que admitir que aquilo me fez sentir um pouco deslocada. Sabia que não me sentiria assim se estivesse ali com Lee, mas a pessoa que estava comigo não era Lee, e sim *Levi*. E isso deixava tudo meio esquisito.

Eu devia estar com uma expressão de incômodo conforme seguíamos Becca, que estava correndo por entre os tanques de arraias, estrelas do mar e enguias como se os bichos fossem desaparecer de uma hora para outra, porque Levi se virou e segurou gentilmente no meu cotovelo, observando-me com preocupação.

— Ei — disse ele, com a voz baixa. — Você está bem?

— Hein? Sim. Está tudo bem. Estou bem.

— Tem certeza? Você está com uma cara meio esquisita.

— Ah, não, eu só...

— Está pensando em Noah?

Eu não estava, na verdade. E fiquei surpresa ao perceber aquilo; não estava pensando em como seria vir ao aquário com Noah, nem desejando que Noah e eu fôssemos um dos casais que andavam por ali de mãos dadas. Estava só pensando que, apesar da presença da irmã mais nova de Levi, tinha a sensação de que aquele passeio estava mais próximo de um encontro romântico.

Mas foi mais fácil dizer "sim".

Levi me encarou com um sorriso compreensivo.

— Você vai conseguir superá-lo. Você sabe disso. Não estou dizendo que vai esquecer que o amou um dia, mas vai ficar mais fácil não amar mais.

— Você fala como aquelas pessoas que respondem às cartas dos leitores na *Cosmopolitan*.

Levi apenas riu e Becca chamou a nossa atenção com um grito estridente:

— Meu Deus! Olhem isso aqui! É ENOOORME!

Conforme andamos pelo aquário, fui ficando mais relaxada, a ponto de conseguir me divertir. Becca, por sua vez, conhecia muitas coisas sobre águas-vivas e fazia questão de me contar tudo. Por exemplo: "Você sabia que águas-vivas podem se clonar? Tipo, você pode cortar uma ao meio, e aí você vai ter duas águas-vivas. Eu vi na Internet". E também: "Águas-vivas não têm cérebro. Igual ao Levi!".

Ela lia as placas de informação ao lado de cada um dos tanques em voz alta para nós, bastante empolgada com cada tipo novo de peixe.

Levi ficou um pouco para trás quando Becca pegou na minha mão para me levar até o próximo tanque, depois de desistir de tentar encontrar os caranguejos-eremitas naquele em que havíamos acabado de passar dez minutos. Olhei para ele por sobre o ombro quando Becca se apertou contra o vidro, observando tudo com os olhos arregalados.

— Que sorriso é esse? — perguntei a ele. Era um sorriso meio esquisito, não o que ele geralmente tinha nos lábios. Curto e pensativo. Era um tipo que me fazia sentir calor, além de enrubescer o meu rosto e colocar uma mecha de cabelo atrás da orelha quando eu o retribuí.

Mas aquele sorriso pareceu mudar quando comentei a respeito, voltando a ser o sorriso tranquilo que eu estava acostumada a ver.

— Acho legal Becca ter uma garota com quem conversar.

— E você? Não está gostando da minha companhia também? — brinquei, e ele revirou os olhos. Provavelmente eu não devia pensar naquele sorriso ou no significado que aquela expressão tinha.

— Sempre gosto da sua companhia, Elle. Deixe de ser fresca.

Eu ri, e em seguida Becca disse:

— Ei, Levi, venha ver isso! — E interrompeu qualquer coisa que estivesse se formando ali.

ALGUM TEMPO DEPOIS, QUANDO ESTÁVAMOS DIANTE DO TANQUE dos tubarões, observando-os nadar acima de nós e também ao redor, com Becca soltando ocasionalmente algum "uau" de admiração, senti que Levi olhava para mim. Ele estava tão perto que seu braço tocava no meu, algo que me dei conta subitamente.

Tive que me esforçar para não o observar naquele momento. Olhando rapidamente pelo canto do olho, percebi que ele estava com o mesmo sorriso esquisito que vi antes. Aquilo me causou uma sensação estranha. Não era a sensação de ter borboletas no estômago, mas... era parecido. Era o tipo de expressão que eu sempre via no rosto de Lee ao olhar para Rachel quando achava que não tinha ninguém olhando. E era o tipo de expressão que costumava perceber em Noah quando ele olhava para mim às vezes, quando achava que eu não havia visto.

Becca estava a uns dois metros de distância. Eu sabia que, se me virasse e olhasse para Levi agora, *alguma coisa* acabaria acontecendo.

Alguma coisa em quantidade suficiente para que ele pudesse me beijar. Engoli em seco, sentindo a boca ficar seca de repente.

E percebi que eu *queria* que ele me beijasse...

E, nesse momento, o meu celular tocou.

O toque foi ruidoso, quase violento, em meio ao túnel do aquário. Eu me encolhi um pouco e as pessoas ao redor olharam para mim enquanto revirava a minha bolsa em busca do aparelho, até que finalmente o encontrei e atendi.

Era Lee.

— Oi — disse ele, antes que pudesse falar qualquer coisa. — Onde você está? Passei na sua casa e o seu pai disse que você tinha saído para passar o dia com Levi.

— Estamos no aquário.

— No aquário? — O choque de Lee era quase palpável. — Como assim? Tipo... digo... só... só vocês dois? Saíram como casal?

Dei outra olhada em Levi. O garoto que eu estava pensando em beijar. O garoto que eu meio que quase havia beijado. E respondi a Lee:

— Estamos com Becca, a irmã mais nova dele. Ele prometeu trazê-la ao aquário e queria companhia.

— Ah — disse Lee, e tive a certeza de ter ouvido o alívio em sua voz. — Certo, bem... — Ele deixou aquela frase morrer no ar, limpando a garganta, senti algo no fundo do estômago que me deixou nervosa. Qualquer que fosse o motivo pelo qual Lee tivesse me telefonado, era sério.

— Lee? Está tudo bem?

— Podemos conversar mais tarde, quando você voltar para casa. Está tudo bem.

Ele tentou falar aquilo de um jeito casual, mas fracassou completamente. Eu o conhecia bem demais para cair naquela conversa, na qual ele fingia que alguma coisa séria não era nada de importante. Ele tinha ido até a minha casa, querendo me dizer alguma coisa. Uma onda de pânico começou a tomar conta de mim.

— Aconteceu alguma coisa com a Rachel? Vocês brigaram?

— Ah, não. Nós estamos bem. Sério, não precisa se preocupar. É só... olhe, a gente conversa quando você voltar, está bem?

— Lee — disse com a voz firme. O jeito que ele estava evitando tocar no assunto, qualquer que fosse, e o fato de que era suficientemente importante para que ele quisesse me contar pessoalmente... tudo aquilo me aterrorizava. — O que está acontecendo? Por favor, me conte.

— Está bem, está bem. Bem, a minha mãe acabou de falar com Noah pelo telefone. Sobre ele vir passar o feriado de Ação de Graças em casa... — Ele suspirou.

Lee parou de falar por um instante, esperando pela minha reação.

Mesmo que estivesse apavorada pela possibilidade de ver Noah no jantar de Ação de Graças, não seria possível evitá-lo e eu sabia disso. Só teria que assimilar o golpe e ser educada com ele. Assim como já estava fazendo e tentando dar a impressão de que não me importava.

— Bem, eu imaginei que ele viria. Mas qual é o problema?

Lee respirou fundo e soltou o ar lentamente; aquilo assobiou e estalou pela ligação. Minhas mãos começaram a suar.

— Ele vai trazer alguém para passar o feriado com a gente, só isso. Achei que você deveria saber por mim.

— Alguém?

Quem seria tão próximo de Noah para que ele fizesse um convite como...

Não.

Não, ele não faria uma coisa dessas. *Jamais.* Não depois de tudo o que aconteceu. Ele não se atreveria. Mas talvez eu estivesse tirando conclusões precipitadas.... meu Deus, esperava muito estar tirando conclusões precipitadas.

— Ah, você está dizendo... Steve? — Eu conseguia ouvir o desespero na minha própria voz, e odiava aquilo. Odiava perceber que estava segurando o telefone com as minhas duas mãos úmidas. — O cara com quem ele divide o quarto no alojamento da faculdade? Ou o outro com quem ele sai às vezes, e que também está no time de futebol americano? David? Dave?

— Sim. Digo... não. Na verdade... não é ele quem Noah vai trazer.

— Lee...

— Shelly, ele vai trazer a Amanda.

Eu estava esperando aquilo, mas, mesmo assim, o ar me escapou dos pulmões e eu apoiei a mão na parede mais próxima — o vidro do tanque — para me equilibrar, sentindo-me zonza. O amargor que sentia no fundo da garganta fez com que me perguntasse se iria vomitar.

190

— Shelly? — Lee chamou. — Você ainda está aí? Elle?

— Estou — eu disse. Minha voz saiu estrangulada. Respirei fundo algumas vezes, tentando sufocar a sensação de náusea. Outra coisa encheu aquele vazio bem rápido conforme fui me controlando: a raiva.

— Você está bem?

— Bem? — falei por entre os dentes, baixando a voz até estar praticamente sussurrando. Percebi que algumas pessoas estavam me olhando e recuei alguns metros com passos cambaleantes. — É claro que não estou bem, porra! Lee, você viu aquela foto deles no Instagram. Eu te falei sobre a conversa que ouvi no dia em que terminamos. E agora ele vai trazê-la para o jantar de Ação de Graças na sua casa, bem quando ele sabe que eu vou estar lá? Para esfregá-la na minha cara? Puta que pariu, estou *muito longe* de estar *bem*.

— Ei, ei, Shelly, está bem, já entendi. Acalme-se! — disse Lee, com a voz frenética. Eu não tinha o hábito de falar palavrões, assim como Lee. Mas se havia alguma ocasião em que aquilo se justificava, era agora.

— Eu só imaginei que seria melhor se você soubesse agora. Em vez de ter uma surpresa ruim no jantar de Ação de Graças.

— Obrigada por me contar — respondi. Mas Lee não era o alvo da minha raiva, e nós dois sabíamos disso. — Eu só... não consigo acreditar que ele vai fazer isso comigo. Eu sei que não estamos mais namorando, e agora ele tem o direito de dormir com ela, namorar com ela e fazer o que quiser, mas trazê-la para a casa da família desse jeito, tão pouco tempo depois, isso é... Meu Deus, não acredito que ele vai fazer isso! Tem que ser mesmo um *cuzão* para...

— Elle?

Agora era Levi quem estava me chamando. Ele estava parado na minha frente, tocando o meu ombro com uma expressão séria.

Ergui o dedo para pedir que ele esperasse um minuto e me concentrei no que Lee estava dizendo.

— Eu sei que você não superou o que aconteceu, Shelly, e que está com o coração partido por causa do término. Mas, se servir de consolo, ele disse para minha mãe que ela é só uma amiga.

— Ela não é só uma amiga, Lee! Não é! E nós dois sabemos disso!

— Bem... — disse ele, cautelosamente. — Nós não temos *certeza* de que eles estão namorando.

— Ah, quer dizer, então, que agora eu estou inventando coisas?

— Não, eu não disse isso. E você sabe que não disse.

— Desculpe. Não é com você que estou brava. — Respirei fundo, puxando e soltando o ar.

— Eu sei. Olhe, me mande uma mensagem quando você voltar para casa e vou até lá para a gente conversar. E aí podemos conversar melhor, está bem?

— Tudo bem.

— Mande um abraço para Levi. A gente conversa depois.

— Tchau — eu disse, encerrando a ligação e guardando o celular na bolsa de novo. Olhei para Levi.

— O que foi isso? Está tudo bem?

Fiz que não com a cabeça, e não me surpreendi quando meus olhos se encheram de lágrimas. Pisquei várias vezes para contê-las, mas uma delas rolou pela minha bochecha antes que conseguisse enxugá-la.

— Noah vai trazer Amanda para o jantar de Ação de Graças na casa dos pais dele.

Levi simplesmente torceu os lábios e disse:

— Que merda.

TIVE A MESMA CONVERSA COM LEE E LEVI, E AGORA ESTAVA CONVER-sando pela terceira vez sobre o mesmo assunto com o meu pai. Eu precisava simplesmente extravasar aquilo. Muito. Repetidamente. Como um disco riscado e queixoso.

Brad estava tomando banho antes de ir dormir, então estávamos somente meu pai e eu na sala de estar, sentados com canecas de chocolate quente enquanto eu contava a ele exatamente o quanto odiava Noah. Havia dito ao meu pai que nosso namoro havia terminado por causa da distância, mas agora contei tudo. Estava furiosa demais para guardar aquilo para mim.

— Ele sabe o quanto ela estava atrapalhando nosso namoro — disse pela bilionésima vez. — Ela é praticamente o motivo pelo qual nós terminamos. Primeiro a foto, depois aquela ligação. Eu sabia que eles eram próximos e queria acreditar quando ele disse que não me traiu com ela. E eu até que esperava que eles começassem algum relacionamento depois que o nosso namoro terminasse, mas o fato de que ele vai trazê-la para a casa dos pais, sabendo que vou estar ali... Tipo, eu até entendo. Talvez se ela viesse visitar na época do Natal, então tudo estaria bem, porque já *poderia* ter superado a situação nessa época. Mas só se passaram duas semanas!

Meu pai não dizia muito; simplesmente assentia e dizia "aham" nos momentos certos, deixando que eu botasse para fora tudo o que estava sentindo. Ele fez novamente um sinal com a cabeça, quando parei para tomar fôlego.

— Além disso, o fato de que ele superou tudo tão rapidamente, a ponto de achar que já tem intimidade suficiente com ela para trazê-la para a casa dos pais para passar o feriado me deixa revoltada. Ele não deve ter ficado tão abalado pela nossa separação se já está envolvido seriamente com ela a ponto de fazer *isso*.

— Mas Lee não disse que eles são somente amigos?

— Isso foi o que Noah disse para a mãe dele. Eu já lhe contei sobre a ligação que ouvi. Eles só podem estar juntos. Olhe, sei que ela é bonita. Ela é *muito* bonita. E é inteligente, também. Eles fazem várias matérias juntos. Ela é capaz de conversar com ele sobre vários tipos de assuntos que eu simplesmente não entenderia. Por que caras como Noah não gostariam de ficar com garotas como ela? — Bufei.

— Elle, sei que não sou a melhor pessoa para falar disso, mas... bem, talvez você esteja olhando a situação do jeito errado. As coisas não deram certo entre você e Noah. E você precisa seguir em frente com a sua própria vida, como você mesma disse. Essa pode ser a sua oportunidade de mostrar a ele que você superou a separação.

— Mas eu não superei.

Bem... não exatamente. Só porque senti vontade de beijar Levi mais cedo não significava que havia deixado para trás toda aquela situação e esquecido Noah completamente.

— E se ele estiver trazendo a sua nova namorada para conhecer a família no feriado, você quer dar a entender que ainda sente alguma coisa por ele?

Eu não havia pensado por aquele lado.

— Então... tenho que *fingir* que superei?

— Se isso fizer você se sentir melhor. — Meu pai deu de ombros.

Decidi me deixar imaginar aquilo: eu, cumprimentando Noah e Amanda educadamente, com um sorriso enorme que dizia que não me importava se eles estivessem namorando agora, porque já tinha superado completamente tudo aquilo. E a expressão decepcionada de Noah quando percebesse que eu não estava mais correndo atrás dele, e que não sentia verdadeiramente a falta dele. Ele podia trazê-la para a casa dos pais e exibi-la para mim, e, eu mostraria que não me importava nem um pouco com ele. Veremos o que ele acha disso.

— Acho que consigo fazer isso.

— Talvez ajude você a superar Noah de verdade — disse meu pai.

— É... talvez.

— **TALVEZ EU DEVESSE ARRANJAR UM NOVO NAMORADO — COMENTEI** com Lee enquanto íamos para a aula na semana seguinte. — Nada que fosse muito sério, necessariamente, mas... você sabe. Para eu convidar para o jantar de Ação de Graças e mostrar a Noah que não estou morta.

— Acho que esse não é o motivo certo para arranjar um namorado — disse Lee, com um tom de advertência na voz.

— Só estou dizendo.

— Sim, sim, eu também. Qual vai ser o próximo plano, Elle? Vai fazer sexo com alguém só para se vingar de Noah?

— Com quem? Com Steve, o cara que divide o apartamento com Noah, do outro lado do país? — Eu ri e Lee revirou os olhos. Encarei-o com seriedade. — Não é disso que estou falando. Mas...

Suspirei e passei a mão pelos cabelos, puxando as pontas, frustrada.

— Simplesmente não consigo parar de pensar nisso. E neles.

Eu também não conseguia parar de pensar no quanto estive perto de beijar Levi.

— Entendo que você está se sentindo traída, Shelly, mas acho que você precisa tentar deixar isso para trás. Você está obcecada demais por isso.

— Estou tentando superar! E estava conseguindo! Até que ele decidiu trazer justo ela para passar o feriado aqui!

Apertei os dentes. Vinha fazendo isso com bastante frequência nos últimos dias, sempre que imaginava Noah e Amanda juntos na mesa da sala de jantar dos pais dele, de mãos dadas sobre a mesa, trocando olhares melosos e apaixonados o tempo todo. A parte que eu mais detestava daquela foto era que os dois combinavam perfeitamente.

— E, por acaso, seria mais fácil ver Noah sozinho do que com a Amanda?

— Bom, é que... trazendo-a para passar o feriado aqui, na casa de vocês, torna a coisa mais séria. Entende? É como se eles estivessem juntos enquanto Noah ainda estava comigo. — Suspirei.

— Uma coisa que eu tenho certeza é o seguinte: meu irmão jamais trairia você. Ele agia de um jeito totalmente diferente quando vocês estavam juntos, sabia? Ei, ele *namorou* com você; isso é mais do que ele chegou a fazer com qualquer outra garota. Ele pode ser um babaca, mas trair... isso não é algo que ele faria. Ele era louco por você.

— Não estou dizendo que ele me traiu, necessariamente, mas talvez eles estivessem de paquerinha, e... talvez tenha rolado uma química. E, talvez, voltar para cá para me visitar foi somente um último esforço desesperado para ver se ainda tínhamos química, assim como eles têm.

— Shelly, é sério. Você está complicando demais a história. Eu nem sei se existe alguma coisa acontecendo entre eles. Provavelmente não é nada. — Fiz um gesto para que ele parasse de falar, tentando não deixar que aquele comentário me abalasse. Eu sabia que Lee estava só tentando me reconfortar.

Mas, se não fosse realmente nada com que eu devesse me preocupar, então por que o próprio Noah não me mandou uma mensagem para contar o que estava planejando? O fato de ele não ter me contado parecia ter um peso muito grande. Ou ele foi covarde demais para me contar, ou então, simplesmente... não ligava muito para o quanto isso me machucaria.

Eu queria muito conseguir parar de pensar e me importar com ele. Fui eu quem decidiu terminar o namoro. Não devia me importar tanto assim. Se ele quisesse namorar com Amanda e trazê-la para a casa dos pais no feriado... eu só queria que aquilo não me incomodasse tanto. Uma parte enorme de mim ainda era apaixonada por ele, apesar de tudo. E essa parte doía demais para que eu conseguisse ignorar a situação.

— Não vai ser tão ruim no dia. Você vai ver. Ele vai chegar com aquela garota, Amanda, e você vai perceber que não está mais tão machucada como pensa que está. Ver os dois juntos talvez sirva para ajudá-la a superar o que aconteceu. — Levi tentou me reconfortar.

— Mas ela é perfeita — reclamei. Eu havia convencido Rachel a dar uma espiada nos perfis de Noah no Facebook e no Instagram comigo na noite passada. Estava resistindo bravamente, mas, naquele momento, quis olhar. O status de relacionamento de Noah ainda estava como "solteiro", mas isso não significava que não havia nada acontecendo entre Amanda e ele. Significava somente que ele não tinha mudado o status no Facebook. Havia algumas atualizações dele, sobre uma "noite fantástica com a galera" ou atividades similares e fotos nas quais ele havia sido marcado.

Amanda aparecia em várias dessas fotos. Eles não estavam se beijando em nenhuma delas, mas um estava sempre com os braços ao redor do outro e os dois pareciam um casalzinho.

E ela parecia muito mais bonita do que eu. Parecia ser tão... adulta!

Tipo... ela poderia ser modelo fotográfica. Sua pele era impecável, seu cabelo estava lindo em absolutamente todas as fotos, e, mesmo naquelas tiradas em festas em que ela estava com alguma bebida na mão, não havia uma única foto em que ela não parecesse atraente. Nem mesmo naquelas em que aparecia com os olhos semicerrados, ou com a boca aberta, ou qualquer coisa.

Não era nem um pouco justo.

Eu disse tudo isso a Levi e ele simplesmente deu de ombros.

— Talvez ela tenha uma personalidade horrível. Talvez ela seja muito, muito chata.

Eu só podia esperar que aquilo fosse verdade.

Mesmo assim, duvidava.

CONFORME O MÊS DE NOVEMBRO PASSAVA E O DIA DE AÇÃO DE Graças se aproximava, esforcei-me ao máximo para parar de me concentrar tanto no evento no qual o meu ex e a sua (provavelmente) nova namorada voltariam para casa, e ataquei os meus formulários de candidatura a vagas em faculdades com uma dedicação furiosa.

Decidi até mesmo tentar uma vaga na Brown. Especialmente porque queria ficar perto de Lee, e admiti isso para o meu pai. Também me inscrevi para o processo seletivo da Universidade da Califórnia em San Diego e algumas outras que ficavam mais perto. Ainda não sabia exatamente o que queria fazer depois da faculdade, mas meu pai garantiu que eu acabaria descobrindo.

No domingo anterior ao feriado, convenci Rachel a ir fazer as unhas das mãos e dos pés comigo. Fazia muito tempo que não saíamos, apenas nós duas, fora dos eventos da escola, ou para fazer alguma coisa que não envolvesse candidaturas a vagas em faculdades — e eu decidi que precisava de uma tarde entre garotas antes de encarar Noah e Amanda. Além disso, estava tentando me manter um pouco afastada de Levi. Não parecia certo ficar na companhia dele imaginando se *havia* alguma coisa entre nós, ao mesmo tempo em que Noah enchia a minha cabeça.

— Como você está em relação a isso? — perguntou Rachel quando nós nos sentamos para tomar um café. — Está bem, ou ainda está incomodada?

— Neste momento, estou bem. Se ele está querendo ser um babaca e levar isso adiante, tudo bem. Mas não vou deixar que ele perceba que está me afetando. Além disso, mereço coisa melhor do que alguém que me esqueça tão rapidamente.

— Não entendo como ele pode ter esquecido você tão rápido — disse Rachel, lentamente. — Afinal... ele amava você. E *muito*. Todo mundo via. Eu acho que tenho que concordar com Lee; talvez Noah estivesse dizendo a verdade a June, e eles são somente amigos.

— Uma amiga que ele vai trazer para casa para passar um dos principais feriados do ano, que geralmente envolve membros da família?

— Sim, mas... ele amava muito você. Você não pode deixar para trás um relacionamento como o que vocês tinham. — Rachel suspirou.

— Se eles são só amigos, por que ele não me *ligou* e disse isso?

Eu a observei pensar por um minuto.

— Depois de como o namoro de vocês terminou, talvez ele tenha pensado que, se te contasse pessoalmente, você não acreditaria. Talvez ele estivesse... tentando evitar outra briga?

Eu bufei. Claro, talvez fosse isso. Mas eu não conseguia me forçar a acreditar naquilo. Rachel prosseguiu:

— Se eles estão namorando, ou só ficando, ou qualquer coisa, pelo menos você pode ter certeza de que ela é só o que chamam de rebote. Provavelmente não vai durar muito tempo, se eles estiverem juntos.

— Você acha mesmo?

— Sim — disse ela, com bastante confiança, mas, quando estudei a expressão dela com mais cuidado, Rachel não parecia estar tão segura do que dizia.

— De qualquer maneira, chega de falar de mim. Já estou de saco cheio de ficar estressada e irritada. Sou capaz de lidar com isso. Vou mostrar que ele não manda mais no meu coração, mesmo que isso não seja exatamente verdade. Como estão as coisas entre você e Lee?

O rosto todo de Rachel se iluminou com um sorriso e, apesar de ficar feliz por ela, senti uma pontada de ciúme.

— Estão ótimas! Eu realmente espero que nós dois consigamos entrar na Brown no ano que vem, porque não quero nem pensar na possibilidade de ficar longe dele. E espero que você também consiga uma vaga lá, é claro. Acho que Lee não vai conseguir funcionar direito se você não estiver por perto — emendou ela, rapidamente, com uma risada que pareceu meio constrangida. — Mas, sim... é meio estranho. Tenho a impressão de que faz bem mais tempo que estamos juntos do que apenas esses oito meses. Eu sinto como se a gente já se conhecesse desde sempre. E, sempre que Lee está por perto, eu esqueço se estiver irritada com alguma coisa, ou estressada. Ele faz com que eu me sinta muito mais feliz.

— Que ótimo — falei, embora a minha voz não demonstrasse todo o entusiasmo que queria passar. Eu estava feliz por ela, mesmo que sentisse um pouco de inveja. — Sinceramente, vocês dois estão muito bem. Nunca vi Lee mais feliz do que quando ele está com você. Ou falando sobre você. Ou pensando em você. — Eu ri.

Rachel ficou um pouco ruborizada.

— E também... — eu disse, baixando a voz e aproximando-me um pouco dela. — Como está o sexo?

Ela ficou ainda mais corada, e eu ri.

— Estou só tirando um sarro da sua cara — garanti. — Você não precisa responder isso se não quiser. Sei que provavelmente é esquisito conversar comigo sobre esse assunto, já que sou tão próxima de Lee.

Rachel sorriu para mim, mordendo o lábio.

— Sinceramente, não entendo por que eu tinha tanto medo. É sério! Achei que seria uma coisa supermarcante, e simplesmente... não foi.

— Posso contar isso para Lee? — eu disse, brincando.

— Ah, meu Deus, por favor, não faça isso. — Ela deu uma risadinha.

— Estou só dizendo que a gente sempre ouve as pessoas falarem a respeito como se fosse algo muito importante, e simplesmente não é tanto assim. De um jeito positivo, sabe? Eu havia colocado na minha cabeça que era algo com que eu devia ficar muito nervosa, e não precisei ficar *nem um pouco* nervosa.

— Eu sei *exatamente* do que você está falando.

— Pois é. Bem, chega de falar sobre as minhas experiências — disse ela. — Como o assunto hoje parece ser garotos... tem uma coisa que eu estou louca para te perguntar, mas não quis conversar a respeito na escola, com todo mundo por perto. O que está havendo entre você e Levi?

Eu não consegui impedir meus olhos de se estreitarem quando ouvi aquela pergunta:

— Como assim, entre Levi e mim?

— Bem, vocês dois estão sempre juntos. E sempre rola um flerte entre vocês.

— Eu não flerto com ele!

Será que todo mundo havia percebido isso? Será que ele percebeu? (*Eu* nem havia percebido que isso estava acontecendo.)

— Aham. — Rachel fez uma careta, sem estar convencida. — Bom, você meio que flerta. E ele corresponde. Estou te dizendo, Elle. Todo mundo tem certeza de que vocês estão juntos.

— Eu... não...

A última coisa que eu precisava era que Rachel dissesse a Lee que Levi era o meu *crush* e que aquela notícia se espalhasse. Especialmente quando eu ainda não tinha conseguido compreender direito o que sentia em relação a ele.

— Ele não é meu *crush*, se é isso que você está insinuando — respondi, emendando logo em seguida: — Além disso, não tem nada de mais se houver um clima inocente, não é?

Ela não parecia estar muito convencida daquilo, mas não insistiu no assunto. E eu respirei aliviada.

DEPOIS DO SALÃO DE BELEZA, FIZ RACHEL VIR ATÉ A MINHA CASA
para me ajudar a escolher a roupa que eu usaria no jantar de Ação de Graças.

— Eu sei que disse que não estava deixando o jantar me estressar — falei, abrindo o meu armário. — Mas isso é diferente. É a roupa que vou usar. E eu quero algo que berre "Estou totalmente feliz comigo mesma e já superei você totalmente".

— E também "Olhe o que você está perdendo agora, Noah Flynn"? — emendou Rachel com um sorriso malandro.

— Bem, isso também.

Ela riu e se acomodou confortavelmente aos pés da minha cama.

— Certo. Quais são as opções?

Peguei um vestido que havia comprado há quase um ano. Era amarelo-mostarda, tinha mangas longas e uma saia justa.

— Não gostei nem um pouco. Parece vômito de cachorro. — Rachel fez uma careta.

— Como assim? É uma cor típica do outono!

— E eu tenho certeza de que você deve ter algo melhor aí. Próximo!

Peguei uma blusa bufante preta feita de linho fino. Não conseguia abotoar todos os botões, porque os meus peitos haviam crescido desde a última vez que a vesti. Eu a experimentei para mostrar a Rachel o que estava dizendo. Ela torceu o nariz.

— É bom, mas não acha que vai passar uma imagem meio exagerada? E preto parece ser meio apagado para o jantar de Ação de Graças, a menos que você combine ele com algo mais chique, caso contrário, vai parecer que está de luto ou algo do tipo.

— Certo... — Guardei a blusa no armário de novo, e tirei algumas outras para mostrar a ela. Uma era casual demais, outra era mais apropriada para o verão, outra tinha cores vivas demais e uma estampa cafona, outra era conservadora demais, outra era como se eu estivesse querendo me esforçar para ser quem não era...

Encontrei outro vestido enterrado no fundo do meu armário, um que havia quase me esquecido de que estava ali. Já fazia algum tempo que não o via.

— Ah, esse é fofo — disse Rachel quando eu o peguei. O vestido era de algodão leve e tinha uma cor vermelho-vinho escura, com gola canoa e mangas que chegavam até os cotovelos. Eu o vesti para que Rachel me desse sua opinião.

— Acho que encontramos a roupa perfeita — declarou Rachel.

— Você acha mesmo? — Virei de um lado para o outro diante do espelho, examinando as minhas pernas, bumbum, cintura e braços no vestido.

— É só colocar umas sapatilhas e um par de brincos e pronto: Noah vai ficar babando — ela me garantiu.

— É exatamente isso que eu quero. — Sorri.

20

EU ALISEI A SAIA, MAS, NA VERDADE, ERA SÓ UMA DESCULPA PARA enxugar o suor das minhas mãos úmidas. Minha respiração saía em arfadas curtas, como se tivesse acabado de terminar uma corrida. Eu estava me sentindo ótima naquela manhã, enquanto me arrumava. Estava me sentindo tão bem, de fato, que quase consegui me convencer de que havia *realmente* conseguido superar Noah, e eu nem me incomodava em pensar que iria vê-lo hoje.

Eu estava no banheiro da casa dos Flynn talvez pela centésima vez nessa última hora, já que Matthew havia ido buscar seu filho e a provável namorada dele no aeroporto. Eu ergui os braços para verificar se não estava com manchas de suor nas axilas. Essa era a última coisa de que precisava hoje.

Dei uma olhada nas minhas mensagens outra vez, embora meu celular não tivesse tocado desde que Levi me mandou uma mensagem algumas horas antes para me desejar boa sorte quando visse Noah e Amanda hoje. Eu continuava esperando que uma mensagem de Noah aparecesse no meu celular. Nada sério, nenhum pedido de desculpas dizendo que ele queria retomar o namoro, nenhuma explicação de que Amanda e ele eram apenas amigos.

Tudo o que eu queria era uma mensagem dele dizendo: *Só para avisar, vou levar Amanda para a casa dos meus pais no jantar de Ação de Graças. Achei que seria legal você saber.*

Porque, francamente, isso seria simplesmente um sinal de cortesia. Não seria? Ele tinha que saber que Lee havia me contado; não consegui evitar de ficar *um pouco* irritada por ele não ter a decência de me mandar uma mensagem e me avisar do que iria acontecer. (Bem, na verdade, eu fiquei muito irritada. Tipo, é sério isso? Depois de tudo o que aconteceu, depois do jeito que o nosso namoro terminou, ele perdeu a coragem e mandou Lee me contar? Eu realmente esperava mais dele.)

Ouvi uma batida na porta do banheiro que quase me fez derrubar o celular.

— Só um segundo!

Abri a porta e dei um sorriso forçado para Lee. O rosto dele estava tomado pela pena.

— Shelly, é sério. Você precisa parar de se preocupar. Vai ficar tudo bem. Você vai vê-lo com Amanda, vai se dar conta de que ele agiu como um babaca e de que você merece coisa melhor, e vai ficar muito bem.

— Aham.

— Além disso, você está uma gata — disse Lee. — Ele vai ficar se perguntando o que deu na cabeça dele para trocar você por uma patricinha chata e fresca.

Eu consegui abrir um sorriso sincero dessa vez e abracei Lee.

— Como é que você sempre sabe o que dizer para fazer com que eu me sinta melhor?

— Acho que as nossas mentes são tão sintonizadas que não consigo agir de outro jeito. Se eu fosse uma garota, também, aposto que iríamos menstruar *exatamente* ao mesmo tempo. — Eu me afastei do abraço e vi que Lee estava sorrindo para mim, com os olhos azuis brilhando. Percebi que as sardas que ele tinha no rosto não eram mais tão proeminentes. Haviam esmaecido um pouco. Os músculos dele haviam ficado ainda maiores nesses últimos dias, já que fazia parte do time de futebol americano. (Ele também havia parado de ir tanto às festas, o que pareceu ajudá-lo a parar de agir como um idiota.)

Eu baguncei os cabelos dele, depois que passou a manhã inteira desarrumando e desgrenhando cuidadosamente com um produto qualquer e ele exclamou em protesto, tentando me afastar.

— Clemência, clemência! — ele exclamou e eu ri, recuando.

— Você vai se encontrar com a Rachel hoje?

— Vou à casa dela à noite, depois do jantar. Mas só se você estiver bem. Eu disse a ela que há uma chance de eu não ir, se você quiser que eu fique por aqui e se as coisas estiverem esquisitas entre você e Noah. E com Amanda também. Ela entendeu.

— Se eu tiver sorte, isso não vai acontecer. E aí você pode ir se encontrar com a Rachel. — Dei de ombros.

Lee sorriu para mim, mas não era mais aquele sorriso meio malicioso. Era um sorriso mais triste, na verdade.

— Você sabe que, sempre que precisar de mim, vou estar ao seu lado.

— Eu sei.

Eu o abracei outra vez, e foi então que ouvimos:

— Ah. Não estou interrompendo nada, espero.

Era uma das tias de Lee, Maureen, que nos olhava com as sobrancelhas erguidas, como se tivesse acabado de nos pegar beijando ou fazendo alguma outra coisa em vez de apenas trocando um abraço. Lee entortou os olhos para mim e eu engoli uma risadinha.

— Posso, pelo menos, passar por vocês e entrar no banheiro, meu bem?

— Desculpe — disse, afastando-me de Lee e saindo da frente da porta do banheiro. — É todo seu.

Maureen deu um sorriso com ar conspiratório e fechou a porta atrás de si. Ela passou anos convicta de que Lee e eu acabaríamos nos casando e tendo uma dúzia de filhos. E sempre repetia a mesma coisa, todos os anos, no Natal.

— Acho que é melhor descermos para ver se a sua mãe precisa de ajuda — falei para Lee.

A mãe de Lee sempre organizava o jantar de Ação de Graças para a própria família e também para a nossa.

As pessoas de sempre estavam ali: um punhado de tias, tios e avós e a maioria dos primos. Nós passamos por um dos primos de Lee, Liam, que tinha mais ou menos a mesma idade de Brad e estava tentando explicar por que a série de fantasia medieval que ele estava lendo era mais legal do que o *videogame* sobre o qual Brad passou o dia inteiro falando. Acho que ele não teve muito sucesso na missão de convencer Brad a experimentar os livros.

June sempre disse que achava divertido preparar o jantar de Ação de Graças, mas, pela aparência totalmente estressada que seu rosto exibia quando entramos na cozinha tomada pelos vapores, ninguém imaginaria que isso era verdade. Ela mandou que verificássemos se a mesa estava posta adequadamente, se havia facas, garfos, pratos e cadeiras o suficiente, e também se havia jogos americanos, copos vazios e guardanapos para todos. E o vinho? Estava na geladeira? Será que alguém, *por favor*, podia dar uma olhada?

O Dia de Ação de Graças era quase sempre totalmente caótico.

Não havia outra maneira de descrevê-lo.

Mas, mesmo assim, nós adorávamos cada segundo dele.

Era um evento ainda maior do que o Natal na casa da família Flynn por causa de todos os membros da família que compareciam. No Natal, éramos somente nós, sem os avós, as tias, os tios e os primos.

Tio Pete e tia Rose estavam ajudando June na cozinha, e a nova esposa de Pete, Linda, estava um pouco mais afastada, tentando não atrapalhar. Este ainda era o seu segundo jantar de Ação de Graças conosco, então, não a culpava por sentir-se um pouco deslocada. Mas ela atraiu a minha atenção enquanto eu saía para a sala de jantar e sorri.

Ela veio atrás de mim enquanto eu colocava os talheres na mesa, girando o vinho em sua taça. Lee disse alguma coisa sobre ir buscar mais colheres e saiu. Linda tinha uns quinze anos a menos que Pete; mais perto da idade que Lee e eu tínhamos do que a de Pete.

— Eu soube que você e Noah terminaram o namoro.

— Sim — respondi. Não havia realmente conversado tanto com Linda. Não em particular, pelo menos. Ela era uma pessoa legal, com certeza, mas eu não me sentia confortável em comentar com ela sobre todos os detalhes do rompimento.

— Provavelmente foi melhor assim — disse ela, tomando o vinho lentamente. Ela se curvou sobre a mesa para endireitar uma faca. — Quando fui para a faculdade, era uma viagem de quatro horas até a cidade onde ficava a faculdade do meu namorado na época. Nós namorávamos desde o fundamental, mas simplesmente não conseguimos levar aquilo adiante, não com aquela distância entre nós. Acho que você fez a coisa certa quando colocou um ponto-final. Eu tentei manter o relacionamento. Tentávamos nos encontrar todos os fins de semana e as minhas notas pioraram por causa disso. Mas, depois de algum tempo, não havia mais nada para se manter.

— Ah, eu lamento — respondi, porque realmente não sabia mais o que poderia dizer.

Linda deu de ombros e tomou outro gole do vinho.

— Eu superei. Estou dizendo isso porque você também vai superar, mesmo que pareça difícil neste momento.

— Obrigada — disse com bastante sinceridade. — Agradeço pela preocupação.

— Por outro lado, é uma cafajestice enorme da parte dele trazer a ficante para casa — disse Linda, mas sorriu e piscou o olho para mim. — Só não conte a June que eu disse isso.

— Minha boca é um túmulo. — Eu ri.

— O que vocês duas estão fofocando aí? — perguntou Pete, aproximando-se e vindo beijar a esposa na bochecha.

— Ah, conversa de meninas — disse Linda, passivamente.

Pete confirmou com um meneio de cabeça, como se aquela fosse uma resposta que explicasse tudo. Em seguida, ele olhou para mim:

— Você está bem? Mesmo sabendo que vai ver Noah, guria?

Ele sempre nos chamava de "guri" ou "guria". E chamava até mesmo Noah de "guri".

— Ah, eu acho que sim. Eu sempre soube que teria de vê-lo se as coisas não dessem certo.

— Elle é uma garota durona — disse Lee, voltando para a sala. — Ela consegue aguentar qualquer coisa.

Pete riu e June gritou, da cozinha, perguntando onde ele tinha se enfiado. As cenouras estavam queimando.

— É melhor eu voltar — disse ele, desaparecendo da sala de jantar antes que algum de nós pudesse dizer alguma coisa. Linda foi atrás dele, e nossa conversa aparentemente terminou.

Lee olhou para mim quando colocamos os últimos talheres na mesa e a cesta de pãezinhos quentes que ele tinha acabado de trazer da cozinha.

— Ei — ele falou, suavemente. — Tem certeza de que você está bem?

— Estou ótima — eu disse a ele. E, pelo menos por um momento, realmente estava.

TODOS NÓS OUVIMOS O CARRO ESTACIONAR DIANTE DA CASA, E JUNE saiu correndo da cozinha, enxugando as mãos no avental, ao redor da cintura, manchado de molho antes de abrir a porta. Lee e eu fomos até o vão da porta da sala de estar, que dava vista para o *hall* de entrada.

Matthew foi o primeiro a entrar, com uma bolsa de viagem roxa e enorme, e Noah veio em seguida, com a sua bolsa cinza. Seguido por *ela*.

A primeira coisa que percebi foi o quanto Noah estava lindo. Ele era ainda mais incrível do que eu estava acostumada a perceber. Estava acostumada a vê-lo com um pouco de barba por fazer, mas agora ele estava cultivando uma barba cheia — e aquilo combinava muito com ele, fazendo-o parecer mais velho e mais maduro. Estava usando uma camiseta branca sob uma camisa de flanela vermelha e cinza, com as mangas arregaçadas até os cotovelos. E as enormes botas de motoqueiro que ele normalmente usava haviam sido trocadas por um par de All-Star preto, simples. O jeans que ele usava devia ser novo também; não tinha nenhum buraco ou parte desfiada.

Eu nunca tinha visto Noah tão bem-vestido, ou de um jeito tão casual — exceto pela noite em que ele me levou para o Baile do Verão. Ele geralmente se vestia com aquelas botas para intimidar, geralmente suas camisetas eram velhas e gastas, as camisas eram desbotadas e os jeans ficavam rasgados de tanto usar.

— Oi, querido — disse June, beijando Noah na bochecha. Ela parecia estar em êxtase por receber o filho em casa, e eu vi o sorriso cheio de expectativa que ela abriu para Noah, olhando para Amanda.

— Oi, mãe. Esta aqui é Amanda — Noah apresentou a garota que estava ao seu lado.

Amanda era uma loira alta e de pernas longas, com o nariz arrebitado e uma franja grossa sobre a testa. O batom que ela usava era rosa-chiclete, e o delineador fazia uma curva impecável nos cantos dos olhos.

E, assim como em suas fotos, ela parecia ser a típica modelo para as patricinhas universitárias: uma blusinha branca sob um suéter azul--celeste, que provavelmente era feito de *cashmere*, um *jeans* skinny preto e sapatos de salto delicados e cinza. Trazia também uma enorme bolsa bege com alças e bordas pretas; exatamente o tipo de bolsa na qual eu esperaria ver um cachorrinho colocar a cabeça para fora.

Ela era muito bonita. E eu não gostava dela.

— Oi, meu bem — disse June, carinhosamente, estendendo a mão para Amanda e beijando-a na bochecha. — É um prazer finalmente poder conhecê-la. Noah nos falou muito sobre você.

Ele falou?

Olhei para Lee, que fez questão de não olhar nos meus olhos. Lee havia me dito que eles não sabiam muita coisa sobre Amanda, e que Noah não havia entrado em detalhes. Agora tinha a sensação de que ele só estava dizendo isso para evitar que eu me sentisse tão mal.

Amanda sorriu, um sorriso grande e cheio de dentes que a deixava ainda mais bonita.

— Muito obrigada por me receber, Sra. Flynn. Sua casa é incrível.

Ah, meu Deus. Ela era *britânica*.

E quando eu pensava que ela não podia ser mais perfeita do que já era, Amanda tinha um sotaque britânico meigo.

Eu estava prestes a torcer o nariz, enojada, quando meu olhar cruzou com o de Noah. Aqueles olhos azuis e penetrantes se fixaram nos meus, e ele estava com uma expressão incompreensível.

Será que ele estava bravo comigo? Será que sentia minha falta? Será que tinha superado totalmente a melhor amiga do irmão mais novo e simplesmente não se importava mais? Quanto mais tempo nós passávamos nos encarando, menos eu queria descobrir.

Desviei o olhar e escapei rapidamente pela sala de estar até a cozinha, antes que tivesse que ser apresentada para Amanda também. Ela podia conhecer o resto da família de Noah primeiro. Eu tinha certeza de que havia gente o bastante para mantê-la ocupada por algum tempo.

Lee me seguiu, segurando no meu braço perto do balcão no meio da cozinha e entrelaçando os dedos nos meus. Ele apertou a minha mão com força.

— Ei, ei, está tudo bem. Olhe. Estou bem aqui.

Pisquei os olhos algumas vezes, só para ter certeza de que não ia chorar. Porque eu não ia; havia prometido isso a mim mesma na noite passada que, não importava o que acontecesse, não derramaria uma única lágrima por Noah Flynn hoje.

Achei que poderia aguentar aquilo. Convenci a mim mesma de que seria capaz. Mas acostumar-me à ideia de que Noah estava com outra garota era muito diferente de vê-lo com ela com meus próprios olhos. Isso doía muito mais do que eu estava esperando.

— Tudo o que você precisa fazer é aguentar firme durante o jantar — disse Lee. — Mostre a eles que você não se importa. Cara, provavelmente ela vai ficar intimidada porque a minha família adora você, a ponto de convidá-la para o jantar de Ação de Graças. — Eu consegui soltar uma risada contida quando ele falou aquilo. — E depois nós vamos sair daqui. Vamos pegar o carro e ir para algum lugar.

— Mas você vai se encontrar com a Rachel mais tarde.

— Eu já falei que estou aqui para te dar apoio, porque acho que hoje é um dia em que você precisa mais de mim.

June apareceu na cozinha antes que pudéssemos levar aquela conversa adiante, então, eu simplesmente apertei a mão de Lee em sinal de agradecimento por ele escolher ficar comigo em vez de ir ver Rachel hoje. Ela disse:

— Lee, vá lá dizer oi para Amanda.

Ele entendeu a mensagem e bateu continência para a mãe.

— Sim, senhora!

Quando ele saiu, June se aproximou de mim e apertou gentilmente meus ombros.

— Você está bem, querida?

— Vou sobreviver.

— Ela é muito agradável.

— Essa é a pior parte — eu disse, conseguindo soltar uma risada nervosa.

June foi muito gentil comigo em relação ao término do namoro; soube de tudo por Lee e me disse que entendia completamente e esperava que eu soubesse que continuava sendo muito bem-vinda naquela casa, a qualquer momento; e que simplesmente porque as coisas haviam chegado ao fim com Noah, isso não significava que não era mais parte da família. Mas eu havia evitado conversar com ela sobre Amanda e sobre Noah trazê-la para passar o feriado.

— Noah me disse que eles são só amigos.

— Lee também disse. Só que é difícil acreditar nisso. Mas está tudo bem. Eu estou bem.

— Tem certeza?

Fiz que sim com a cabeça. A última coisa de que eu precisava era que ela contasse a Noah o quanto estava sendo difícil para mim suportar tudo aquilo, e que sentisse pena do meu coração partido e idiota.

— Eu vou até mesmo dizer oi. Daqui a pouco. A menos que você precise de alguma ajuda com... a comida, ou, tipo, literalmente, qualquer coisa. Eu posso levar o lixo para fora.

— Acho que você precisa ir lá e dizer oi. Você não precisa conversar, apenas dizer oi. Mas vou aceitar a sua oferta; você pode levar o lixo para fora mais tarde. — June riu.

— Ah, obrigada — murmurei, e ela apertou o meu ombro de leve antes de me deixar ir.

Respirei fundo e me preparei para colocar um sorriso grande, carinhoso e totalmente falso na cara para dizer "oi" para Amanda.

Ela estava trocando um aperto de mão com Colin, o tio de Lee, quando me aproximei dela. Noah estava do outro lado da sala, agachado para conversar com Brad e Liam.

Amanda olhou para mim, sorrindo.

— Oi — consegui dizer. E limpei a garganta. — Eu sou...

— Elle! — exclamou ela, com aquele maldito sotaque britânico, e com um sorriso que se abriu ainda mais. Fiquei tão chocada que o meu próprio sorriso forçado se desfez. O sorriso dela chegava até os olhos. E não parecia ser nem um pouco fajuto. — É ótimo finalmente conhecê-la! Ouvi *muitas coisas* sobre você.

E, em seguida, ela me abraçou. *Ela* me abraçou.

Fiquei parada por um segundo antes de decidir que talvez fosse melhor retribuir o abraço. O olhar de Noah cruzou com o meu novamente, mas logo ele olhou para o outro lado, sentindo um desconforto óbvio. Bem, o sentimento era mútuo.

Amanda se afastou um pouco, ainda sorrindo.

— É realmente um prazer incrível conhecê-la, Elle. Como você está?

— Ah, eu... estou ótima, obrigada.

Toda a minha máscara que dizia: "Sou uma pessoa autoconfiante e já superei totalmente tudo o que aconteceu" desapareceu em pleno ar e não consegui encontrá-la de novo. Sem aquela máscara, eu estava completamente sem rumo. Ela continuou sorrindo para mim e, subitamente, tudo o que consegui fazer foi sorrir de volta e dizer:

— Como você está? Como foi de viagem?

— Dormi durante todo o voo. — Ela riu. Até mesmo a risada dela era como eu esperava: alta, cintilante e musical. — Não gosto muito de viajar de avião, para ser honesta.

— É mesmo?

— Noah pode te contar. A decolagem foi um horror! E você, o que me diz? Como está? Você está no último ano da escola, não é? Já cuidou do processo seletivo das faculdades? Eu juro, nunca fiquei tão estressada em toda a minha vida quanto na época em que estava tentando escolher uma universidade.

— Ah, sim, bem... enviei os documentos para algumas faculdades esta semana. Acho que quero ser professora de jardim de infância ou algo do tipo. — Fiz uma lista das faculdades para as quais havia me candidatado, ... porque estava embasbacada pela reação de Amanda para fazer qualquer outra coisa.

Que droga eu estava fazendo?

Conversando com ela como se pudéssemos ser amigas? Como se ela não fosse parte do motivo pelo qual eu terminei meu namoro com Noah? Ah, corrigindo: ela era o principal motivo.

Por que ela era tão gentil? Por que ela falava como se realmente se importasse? E por que eu ainda estava com um sorriso sem graça no rosto, assentindo com a cabeça como se me importasse?

Eu queria pensar que havia algum motivo oculto para ela agir assim, de um jeito todo amistoso com a ex-namorada para que eu não tentasse reatar o namoro com Noah, agora que ela estava com ele.

Mas ela parecia ser tão sincera e tão legal que estava ficando difícil odiá-la. Ela me perguntou mais sobre o que eu estava achando do último ano do colégio e quais eram os meus planos para a faculdade. E contou histórias de como a sua colega de quarto era um completo pesadelo, mas que havia largado a faculdade porque não conseguiu aguentar a pressão. Assim, Amanda, agora, tinha um quarto todo para si.

Eu tinha certeza de que odiava Amanda pelo fato de que não era possível odiar alguém tão gentil.

Fiquei ali, conversando com ela, atordoada e incapaz de fazer qualquer coisa além de rir, sorrir e tagarelar como se realmente estivéssemos nos dando bem (e talvez nós estivéssemos mesmo?) até que June nos chamou para a mesa, anunciando que o jantar de Ação de Graças estava pronto.

Noah se aproximou e tocou o cotovelo de Amanda. Meus olhos se fixaram naquele gesto e ele rapidamente afastou a mão. Eu não sabia o que aquilo significava. Voltei a olhar para o rosto de Noah, mas ele já estava concentrado em Amanda.

— Vamos, é por aqui.

Apertei o maxilar quando ele a levou para a sala de jantar e fechei os punhos com tanta força que até senti as unhas se enfiando na palma das minhas mãos.

Ele não conseguia nem olhar para mim? Não era capaz nem de dizer *oi?* Será que ele me odiava tanto assim?

Ou estava com tanta vergonha de si mesmo por perceber que havia trazido a nova namorada para casa para conhecer toda a família, bem na frente da sua ex-namorada após um término tão recente?

Eu esperava que ele estivesse. Queria que ele percebesse o quanto aquilo estava me machucando.

Uma mão passou diante do meu rosto e Lee apareceu.

— Terra para Shelly. O que você acabou de fazer?

— O quê?

— Você e Amanda. Achei que você quisesse arrancar a cabeça dela, mas, quando olhei, vocês duas estavam rindo como se fossem amigas há anos.

— Ela é... legal — me defendi. E mordi o lábio, olhando para Lee com uma expressão de culpa. — Ela só me abraçou e começou a perguntar sobre a faculdade, e a conversar e... eu não soube o que fazer. Ela não é uma pessoa difícil de conversar. E você ouviu o sotaque dela? É impossível odiar qualquer coisa que ela diga com aquele sotaque britânico. Estou quase começando a odiar a mim mesma por não gostar da Amanda.

Lee balançou a cabeça, parecendo até estar um pouco desconsolado pelas minhas atitudes.

— Ei, é melhor a gente se dar bem do que começar a brigar na mesa de jantar, não é? — eu disse.

Lee abriu um sorriso malandro e me cutucou.

— Você sabe que não resisto a ver duas mulheres brigando, Shelly.

Dei um tapa na parte de trás da cabeça de Lee e enlacei meu braço com o dele. Nossa amizade podia ter passado por alguns tropeços nos últimos meses, mas, agora, era tão sólida quanto sempre foi.

Mesmo se eu perdesse Noah, pelo menos, sempre teria Lee.

21

A MESA DE JANTAR NA CASA DOS FLYNN ERA IMENSA — TÃO IMENSA que havia três peças de decoração sobre ela. Como sempre. Havia a peça grande com flores falsas e frutas de cera, toda bordada em dourado, que a mãe de June havia lhe dado quando parou de organizar o jantar de Ação de Graças; e as outras duas que Brad e Liam haviam feito na escola.

O resto da mesa adernava sob o peso de toda aquela comida. Pratos de legumes refogados na manteiga, pães que ainda fumegavam e o peru gigantesco cobriam cada centímetro da mesa.

Meu pai fez a prece este ano. Nem a minha família nem a de Lee eram muito religiosas, mas sempre fazíamos uma prece no jantar de Ação de Graças. O tempo todo, enquanto eu estava com a cabeça baixa, tentei me conter para não olhar para Amanda e Noah, que estavam sentados do outro lado da mesa. Será que estavam de mãos dadas? Estavam com as pernas encostadas debaixo da mesa?

Enquanto pensava naquilo, senti Lee empurrar meu joelho por baixo da mesa.

Eu era capaz de suportar aquilo. Totalmente capaz.

Conforme o peru era cortado e os pratos de legumes eram passados por sobre a mesa, eu tinha que me esforçar para não olhar para Noah. Mas era muito difícil fazer isso quando ele estava sentando bem à minha frente. A conversa não foi tão truncada e desconfortável quanto imaginei que seria. Os adultos nos faziam perguntas sobre a escola e a faculdade.

Lee e eu não tínhamos muito a dizer que as pessoas já não soubessem; Brad e Liam estavam tão empolgados que falavam um por cima do outro, com as bocas cheias de comida; e tudo que qualquer pessoa conseguia arrancar da irmã mais velha de Liam, Hilary, era uma meia-resposta emburrada. (Seus pais reviravam os olhos afetuosamente e nos diziam que ela estava passando por uma "fase gótica"; ela nos disse que tinha lugares melhores para estar hoje, mas nós não encaramos aquilo como uma ofensa pessoal.)

De maneira geral, todo mundo conversava com Amanda e Noah, querendo saber tudo sobre como estava indo a faculdade, como Noah estava se saindo nos jogos de futebol americano, e se Amanda tinha algum *hobby*. Ela sorriu quando Colin lhe perguntou a respeito e disse:

— Bem, eu adoro cavalgar. Tem uma escola de equitação lá em Massachusetts que frequento. Eu sinto *muita* falta de lá, e dos cavalos também. Eu não tenho meu próprio cavalo, mas, um dia, gostaria de ter.

— Você não é uma garota muito urbana, então? — disse Pete.

— Ah, eu não tenho nada contra a cidade, mas acho que, mais adiante na vida, iria preferir morar em algum lugar no campo. Eu consigo me ver morando na cidade para cumprir meu plano de cinco anos, mas não a ponto de me fixar definitivamente.

Ela tinha um plano de cinco anos.

Eu estava começando a pensar que ela era realmente uma pessoa perfeita. Isso fez com que todos começassem a perguntar sobre os planos que ela tinha para depois da faculdade, se tinha planos de ficar nos Estados Unidos ou de voltar ao Reino Unido. E enquanto todos estavam entretidos com ela, Lee sussurrou no meu ouvido:

— Credo, agora eu entendi o que você quis dizer. Ela é legal. É insuportável, mas eu não consigo me irritar com ela.

— Eu sei — sussurrei em resposta. Virei a cabeça para o outro lado para que Noah não conseguisse ler meus lábios.

— Noah não para de olhar para você — emendou Lee. — Ele está olhando agora.

— Eu sei — repeti, encarando Lee com um sorriso rígido e um semblante indiferente, com os olhos arregalados. — Estou tentando não perceber.

— Por quê?

— Ele nem me disse oi — murmurei. — Tenho a sensação de que ele está bravo comigo.

— Ele, *definitivamente,* não está bravo com você, Shelly. Ele só parece estar um pouco triste.

Triste? E que direito *ele* tinha de estar triste depois de tudo o que aconteceu?

Desviei o olhar de Lee; não entraria naquela questão. Não queria sentir pena de Noah. Especialmente hoje, quando ele menos merecia.

Tentei não me deixar afetar sempre que Amanda colocava a mão no braço de Noah ou em sua mão, ou quando ela mencionava algum amigo que eles tinham em comum, ou uma história que começava com "você se lembra daquela vez que...".

Sempre que ela o tocava, o gesto parecia ser bem natural, bem familiar. Como costumava acontecer entre *nós.*

E isso me doía.

Finquei o garfo em alguns pedaços de inhame e os fiz deslizar pelo meu prato, perdendo o apetite.

Em seguida, Noah me distraiu, conversando realmente comigo. Os adultos haviam passado a falar sobre o trabalho, sobre seus chefes e seus colegas; Hilary conversava com sua avó e Liam e Brad haviam finalmente encontrado um assunto em comum, com o amor compartilhado que nutriam pelos personagens da Marvel. Estavam discutindo quem seria o vencedor em uma luta entre o Homem de Ferro e o Thor e, por isso, ninguém percebeu que Noah havia falado comigo.

Assim... diretamente comigo. Pela primeira vez desde que tínhamos terminado.

— E então, Elle... como está Levi? — ele perguntou.

Sério? É sério que ele perguntou isso? De todas os assuntos que ele podia escolher para conversar comigo... Por que Levi? Ele não podia me dizer um simples oi, mas podia me perguntar sobre Levi?

Lee tossiu e disse:

— Ei, Brad, Liam, vocês sabem que o Hulk daria uma surra nesses dois, não é? Elle, me ajude aqui.

Voltei a olhar para Noah. Meu Deus, ele era lindo. Por que ele tinha que ser tão lindo? E por que ele se importava tanto com Levi quando estava aqui com a nova namorada?

— Ele está bem.

Noah fez um gesto afirmativo com a cabeça. E continuou fazendo o mesmo gesto.

E eu mordi o lábio, encarando-o fixamente e esperando que ele dissesse mais alguma coisa, mas, ao mesmo tempo, querendo que a conversa se encerrasse ali. Amanda interveio, por sorte. Afinal, as coisas estavam começando a ficar um pouco constrangedoras.

— Levi é o garoto que veio para cá de Detroit? Você tem um monte de apelidinhos para o garoto, Noah. O cara do jeans. Calvin Klein, Diesel, coisas assim. Ele é vizinho do seu amigo... como é mesmo o nome dele? Carl? Acho que é Carl.

— Cam — eu a corrigi, ligeiramente atordoada.

Noah havia comentado sobre Levi com Amanda? O que estava acontecendo? Era muito estranho ser mais fácil conversar com Amanda do que com Noah, continuei:

— Sim, é ele mesmo. Nós nos tornamos ótimos amigos. Fazemos companhia um para o outro quando precisamos cuidar dos nossos irmãos mais novos. Ele tem uma irmã menor que é alguns anos mais nova que Brad.

— Isso é muito legal — disse Amanda, com um sorriso brilhante. — Imagino que assim é muito mais fácil cuidar do irmão mais novo.

— Aham. — Já que não conseguia resistir, disse: — Eu o convidei para o baile de Sadie Hawkins há algumas semanas. Foi um evento muito legal. Aconteceu no ginásio da escola, mas foi uma delícia.

Eu não sabia ao certo o que me motivou dizer isso. Simplesmente não consegui evitar. Acho que quis fazer com que Noah se sentisse tão mal quanto eu. Ou queria lhe causar ciúme.

Eu não sabia exatamente qual, e não queria passar muito tempo pensando naquilo.

— Ah, sim — disse Noah, obviamente se esforçando para manter a voz em um tom casual; mesmo assim, aquelas palavras saíram meio estranguladas. Suas sobrancelhas se juntaram, quase formando uma linha reta por causa da expressão séria que ele tinha no rosto. — Eu vi. E também aquela foto de vocês dois na barraca do beijo.

Ah, meu Deus. Ele viu a foto. E, a julgar pela expressão em seu rosto, aquilo o incomodou.

Bem, mas e daí? Que direito ele tinha de ficar irritado com uma foto? Será que ele tinha noção do quanto aquilo o fazia soar hipócrita? E, pelo menos, eu estava *solteira* quando aquela foto foi tirada.

Noah fez uma careta e olhou para o seu prato; eu vi o seu pomo-de-adão subir e descer conforme ele engolia. Amanda olhou para ele e depois para mim, esticando a mão por sobre a mesa na minha direção, acenando animadamente.

— Ah, meu Deus! — disse ela, toda empolgada. — A minha escola nunca fez bailes como a de vocês. Quero saber *tudo* o que aconteceu. O baile tinha algum tema? Noah disse que você estava na equipe de planejamento de eventos. O que você teve que fazer?

Ela continuava tagarelando sem parar, e eu tinha quase certeza de que ela sabia que estava tagarelando sem parar. Tive a impressão de que ela estava fazendo isso de propósito, tentando aliviar a tenção entre mim e Noah, que era tangível agora. Aquilo me irritou.

Fixei meus olhos nos dele e senti vontade de chorar outra vez. Senti Lee cutucar minha perna com a sua por baixo da mesa outra vez, e aspirei o ar com força pelo nariz, tentando impedir que meus olhos voltassem a encarar Noah.

Nosso relacionamento havia terminado.

Eu tinha que seguir em frente com a minha vida.

Não podia deixar que ele continuasse me afetando.

Engoli em seco, sorri educadamente para Amanda e fiz um relato, na voz mais animada que consegui produzir, de todos os detalhes do baile de Sadie Hawkins.

AJUDEI A TIRAR OS PRATOS DA MESA DEPOIS QUE O JANTAR ESTAVA terminado. Lee me perguntou discretamente se eu estava bem, e garanti a ele que estava (embora não estivesse tão convicta disso). Ele foi até o quintal para jogar futebol americano com Brad e Liam.

— Eu ajudo — ofereceu-se Amanda, levantando-se e começando a recolher pratos sujos também.

— Ah, não, querida — protestou June. — Você é nossa convidada. Não precisa fazer isso.

— É o mínimo que eu posso fazer — disse Amanda, alegremente.

Mas que droga, pensei. *Tudo o que ela diz é alegre*. Eu imaginei que ela era simplesmente uma daquelas pessoas desagradáveis. Ou talvez fosse por causa do sotaque.

— É muita generosidade da parte de vocês me receberem no feriado de Ação de Graças.

— Isso não é nada, Amanda — disse Matthew. — O que é mais uma boca para alimentar quando já temos outras dezessete?

— Isso é o que você diz — disse June, estalando a língua e sorrindo. — Tudo o que você fez foi preparar o molho de cranberry.

— O molho de cranberry é um componente vital de qualquer jantar com peru — garantiu Matthew.

— Bem, estava delicioso, Sr. Flynn. — Amanda riu e pegou mais pratos. Linda e Colin começaram a recolher algumas louças também.

Rose, a irmã de June, disse:

— Hilary, por que você não ajuda um pouco? — E Hilary encarou a mãe com uma expressão de tédio:

— É claro — ela respondeu, recolheu alguns copos e foi para a cozinha, pisando duro.

Rose suspirou e tomou mais um pouco de vinho.

— Não sei o que fazer com essa garota, sinceramente. Só porque ela queria ir ao cinema com os amigos mais tarde, e... o que foi mesmo que ela disse, Colin? Que estava com medo de não estar junto dos amigos em um momento importante? Bem, qualquer pessoa imaginaria que eu assinei uma sentença de morte para a vida social dela.

Amanda e eu fomos para a cozinha juntas, mesmo eu tendo diminuído o passo para tentar evitar que aquilo acontecesse. Não era pelo fato de ela ser uma pessoa agradável que isso significava que tinha vontade de passar mais tempo com ela do que o necessário.

Colocamos os pratos na máquina de lavar louça, empilhando-os com cuidado.

— June vai nos matar se arranharmos os pratos mais chiques dela — comentei.

— Minha mãe faria o mesmo.

— Por que você não voltou para casa para passar o feriado? — perguntei a ela. A frase saiu com um tom agressivo, mas não foi a minha intenção. Só queria saber. Desviei o olhar, acanhada.

Em vez da resposta que eu esperava receber, "Noah e eu estamos namorando firme agora e achamos que seria um bom momento para vir conhecer a família" ou "Noah e eu somos só grandes amigos", Amanda disse:

— Bem, nós não celebramos o Dia de Ação de Graças.

— Ah, sim... é claro.

— Noah não queria que eu passasse o feriado sozinha na faculdade. E eu achei que seria divertido ver um Dia de Ação de Graças americano de verdade.

Eu queria perguntar: "Sim, mas você está aqui como amiga ou namorada de Noah?", mas, em vez disso, o que saiu da minha boca foi:

— Muito gentil da parte dele.

— Espero que não se importe com o que vou dizer, mas as coisas ficaram um pouco estranhas entre você e Noah. Pelo menos, essa foi a sensação geral — Amanda disse em seguida.

Uau. Direto ao ponto, hein?

— Mais ou menos. — Retesei o queixo.

— Você ainda sente algo por ele?

É sério, cara. Como alguém consegue falar de um jeito tão agradável quando faz uma pergunta tão pessoal e direta a alguém que literalmente conheceu há duas horas? E logo para a ex do seu atual namorado? Não era justo.

Olhei para Amanda, que exibia uma preocupação clara e uma curiosidade sincera no rosto, e apertei os olhos enquanto a encarava.

— Não estou a fim de falar sobre isso.

Dei meia-volta e saí da cozinha quando alguns dos adultos entraram, equilibrando copos, pratos, travessas e garrafas vazias, como se fossem parte de uma trupe circense.

— Elle — eu a ouvi dizer quando passei pelo vão da porta. Meu nome saiu como se fosse um pedido de desculpas.

Não olhei para trás.

Quando voltei para a sala de jantar para pegar o que restava dos pratos, Noah já estava saindo. Trombei com ele, recuando alguns passos, desequilibrada. Ele segurou no meu braço para que eu não caísse, mas, me desvencilhei com um movimento violento, como se ele tivesse me aplicado um choque elétrico.

E, se eu quisesse ser totalmente honesta, a sensação que tive foi exatamente essa.

Isso me fez pensar em Levi, e no fato de que não havia esse tipo de coisa entre nós. Essa faísca. Embora, naquele momento, definitivamente não era uma boa faísca. Talvez eu estivesse melhor sem ela.

Olhei para ele, sem me impressionar, quando ele não saiu do meu caminho.

— O que foi?

— Elle, eu só...

— Só o quê?

Ele fechou a boca, desviando o olhar.

Tudo bem. Se ele não ia falar comigo, então eu... podia...

Eu não sabia o que ia fazer.

— Por que você não vai jogar futebol americano com os meninos, filho? — disse Matthew, aparecendo atrás de Noah e batendo gentilmente a mão em seu ombro.

Noah olhou para mim outra vez, com aqueles olhos azuis e elétricos me queimando, e saiu da casa. A porta que dava para o quintal bateu com força atrás dele.

Eu abri um sorriso desajeitado para o pai dele.

— Ah, obrigada.

— Vocês dois vão dar um jeito nisso — disse ele, com uma aparência tão desconcertada quanto a que eu achava que tinha.

— Ah... não acho que vamos acabar voltando a namorar algum dia — murmurei, olhando na direção em que Noah havia acabado de ir. — Duvido que possamos voltar ao que era antes, depois de tudo isso.

— Só quis dizer que, algum dia, vocês vão conseguir superar o que aconteceu e deixar tudo para trás. Algum dia.

— Ah. — Esfreguei a mão na minha nuca, que parecia estar ardendo tanto quanto o resto da minha cara. — Ah, sim... algum dia.

Matthew me deu um tapinha amistoso no ombro e saiu da sala com o que sobrou do peru em uma bandeja. Olhei para as poucas coisas que restavam na mesa e de volta para a direção da cozinha, de onde eu conseguia ouvir o riso de Amanda. Eu *realmente* não estava conseguindo suportar aquilo. Fui até a porta da frente, calçando as minhas ankle boots e já ligando para Levi.

— Oi — disse Levi, atendendo no segundo toque. — O que houve?

O que é que realmente *houve*? Eu não conseguia identificar com precisão. Precisava simplesmente vê-lo e sair daqui por algum tempo. Precisava estar longe de Noah, de Amanda, e fingir que estava bem.

— Pode vir me encontrar no parque? Eu só preciso sair daqui por um tempo. Não estou conseguindo ficar aqui — respondi.

— Claro. Saio em alguns minutos.

— Ótimo. Encontro você no estacionamento.

Desliguei o telefone e me virei para pegar o casaco que estava no gancho da parede. E quase saltei de susto quando vi Lee no corredor.

— Meu Deus, Lee — eu disse, sem ar, levando a mão a boca. — Assim você me mata de susto.

— Está indo a algum lugar?

Eu nem havia considerado a hipótese de pedir a Lee que saísse dali comigo. Fui direto para Levi. Já estava me sentindo suficientemente mal sem ter que pensar nisso também.

— Ah, sim. Vou dar um passeio no parque. Tomar um pouco de ar.

— Sozinha?

— Hmmm... Sim.

Lee ergueu as sobrancelhas, cruzando os braços. As mangas do blusão de lã verde que ele usava subiram até a altura dos cotovelos dele com aquele movimento.

— Shelly, por favor, não minta para mim.

Eu enfiei os braços nas mangas do meu casaco e me aproximei de Lee.

— Está bem. Vou me encontrar com Levi, mas... acho que não preciso ouvir nenhum sermão seu neste momento, só isso. Desculpe, mas realmente preciso ir. Não vou conseguir suportar isso como pensei que conseguiria, e... — Suspirei e o beijei no rosto. — Lee, vá se encontrar com Rachel, está bem? Eu vou ficar bem.

— Elle...

Eu já estava pegando a minha bolsa e abrindo a porta.

— Shelly! — ele gritou atrás de mim, mas a porta se fechou antes que ele pudesse dizer outra palavra.

O PARQUE NÃO FICAVA MUITO LONGE, MAS ERA LONGE O SUFICIENTE para eu ter que dirigir até lá. Peguei um desvio para fazer com que o trajeto durasse ainda mais tempo. Aumentei o volume do rádio e acompanhei Taylor Swift, cantando a música que estava tocando. Cantei metade das palavras errado, gritando qualquer bobagem em vez disso. Aquilo ajudava a manter a minha cabeça longe dos irmãos Flynn, pelo menos. Mas, quando estacionei e desliguei o motor, tive que pensar neles.

Não tinha certeza se estava brava com Noah ou simplesmente chateada. Não sabia se estava irritada com Amanda por perguntar se eu ainda sentia algo por Noah ou se aquilo me deixou agressiva porque eu *ainda* sentia alguma coisa por Noah. Não *queria* continuar sentindo algo por ele. Queria superar o que houve e deixá-lo para trás.

Mas era muito, muito difícil.

E Lee... eu não queria colocá-lo no meio de tudo isso. Especialmente porque tinha a sensação de que ele acabaria ficando do meu lado. Mas não era ele quem eu queria ver agora. Não era ele a pessoa que eu precisava ter perto de mim.

Me inclinei sobre o volante, esfregando a testa com os nós dos dedos.

Eu me sentia como se estivesse prestes a desmoronar. Mas não ia chorar por causa dele. Não se pudesse evitar.

Endireitei o corpo com um movimento rápido quando alguém bateu na minha janela. Levi estava do lado de fora, com a gola do casaco erguida e os cabelos desgrenhados, sorrindo para mim. Eu saí do carro.

— Oi.

— Oi. Feliz Ação de Graças.

— Para você também. Desculpe por ligar e tirar você de perto da família, mas eu... estava precisando de um amigo.

Mesmo assim, Levi não parecia estar nem um pouco irritado.

— Não tem problema. Além disso, minha mãe e minha irmã estavam ocupadas demais para sentirem falta de mim. Minha mãe estava assistindo a *La La Land* de novo, e Becca estava tentando montar um quebra-cabeças.

— E o seu pai?

— Ele foi tirar uma soneca. Acho que era uma desculpa para não ter que assistir a *La La Land*, mas pode ser o efeito dos remédios dele, que o deixam cansado.

Eu sorri para ele, mas não falei nada.

— Quer dar uma volta?

Confirmei com um aceno de cabeça e nós passamos pelos portões do parque. O lugar estava tranquilo; havia algumas crianças brincando de pega-pega, com a família sentada em um banco nas proximidades, e um casal de idosos caminhava de mãos dadas. A brisa soprava por entre as árvores, jogando uma chuva de folhas sobre nós.

— Quer conversar sobre o que houve? — perguntou Levi.

— Agora não.

Ele estendeu a mão para mim e eu a segurei. Nunca havíamos ficado de mãos dadas daquele jeito, mas... era agradável. Parecia ser a coisa certa a fazer. Não houve faíscas quando nos tocamos, nenhum tipo de eletricidade. Mas eu pensei novamente em como, talvez, isso não fosse uma coisa tão ruim.

Caminhamos pelo parque por algum tempo antes de irmos até os balanços e nos sentarmos neles. Balancei para frente e para trás, com os dedos dos pés me ancorando no chão. Levi estava imóvel, apenas deslizando os dedos pelos pontos enferrujados da corrente.

Depois de outro momento de silêncio, botei tudo para fora. Falei como tinha sido horrível o meu jantar de Ação de Graças e como odiava

Amanda por ser tão agradável, e que ela teve até mesmo a audácia de me perguntar se eu ainda sentia alguma coisa por Noah.

— E você sente? — ele me interrompeu.

— Hein?

— Você ainda sente alguma coisa por Noah?

— Quer saber qual foi a pior parte? — eu disse, em vez de responder. — Ele nem disse oi para mim. E, várias vezes, não conseguiu nem olhar nos meus olhos.

— Você tem certeza de que ele *realmente* está namorando com a Amanda?

Aquela pergunta me assustou.

— Bem, ele... ele tem que estar. Digo...

Todas as evidências sugeriam que ele estava. Ou que havia alguma coisa entre os dois. Aquela foto, o telefonema, todas as festas às quais eles iam juntos, os toques casuais, o fato de que ele a trouxe para passar o feriado na casa da família... E a pergunta que ela me fez, querendo saber se eu ainda sentia algo por ele...

E mesmo assim...

Nada de mudança de status de relacionamento no Facebook. Nada de apresentá-la às pessoas como sua namorada. Nenhuma menção de que ela fosse sua namorada ou coisa do tipo. Nada de beijos. Nem mesmo um abraço. Nenhuma troca de olhares melosos entre os dois.

Olhei para o chão, irritada, pegando impulso para os lados de modo que as correntes do meu balanço girassem ao redor de si mesmas. E mordi o lábio.

E daí, se eles não fossem oficialmente nada um do outro? Tinha que haver alguma coisa entre eles. Caso contrário... caso contrário...

Ergui os pés do chão, deixando o balanço girar tão rápido que até fiquei um pouco tonta. A voz de Levi flutuava ao meu redor.

— Se você não quiser falar sobre esse assunto, posso escolher outro. Vejamos... futebol americano, o desfile de Ação de Graças... Ah, *Frozen*. Já consigo recitar *Frozen*, de tanto que assisti. Podemos cantar um dos duetos, se você quiser, mas eu fico com as partes da Anna. Ou podemos falar da Revolução Francesa. Ou da Guerra Civil Espanhola. Do episódio de *Jeopardy!* que eu assisti ontem à noite...

Eu havia parado de girar agora, e ele continuava falando sem parar.

— Levi...

— Histórias constrangedoras da minha infância...

O que eu queria fazer era mandá-lo calar a boca, dizer que preferia não falar sobre nada naquele momento. Mas não foi isso o que aconteceu.

Cedendo a um impulso louco e imprudente, estiquei o braço até o outro balanço, segurei na gola do casaco dele e o puxei para mim.

E, exatamente assim, a gente estava se beijando.

Os beijos de Noah eram familiares; faziam a minha pele arder com aquela sensação de fogos de artifício cujas descrições sempre havia lido nos livros.

E beijar Levi era algo muito diferente, e, ao mesmo tempo, estranhamente similar, tudo ao mesmo tempo.

Afastei da minha mente todos os pensamentos referentes a Noah e me concentrei em beijar Levi. Tudo era suave e hesitante; a princípio, ele ficou imóvel, mas agora a mão dele estava em meu rosto, e ele retribuía o meu beijo.

Eu sabia que estava fazendo isso por todas as razões erradas e não era justo fazer isso com Levi. Mas não conseguia parar. Eu era uma pessoa horrível. Horrível.

E a única coisa em que eu conseguia pensar era como aquilo era bom, e exatamente como eu esperava que fosse, quando pensava em beijá-lo. Mas não era como beijar Noah.

Com os pensamentos ainda assombrados por Noah, beijei Levi com mais força. Precisava me esquecer de Noah. Precisava virar a página. E eu gostava de Levi; assim, por que não virar a página com ele?

Eu era a pior pessoa do mundo.

Fui eu quem parou de beijá-lo após algum tempo.

Quando fiz aquilo, me senti muito envergonhada de mim mesma. Levi parecia estar um pouco feliz, mas bastante confuso. As pálpebras dele estavam pesadas, e a sua respiração, acelerada.

Comecei a abrir a boca para pedir desculpas quando o portão do parque bateu com um ruído metálico muito alto, como se alguém o tivesse fechado com força. Olhei ao redor e vi uma silhueta alta e de ombros largos indo embora. Estava ficando escuro, então não consegui vê-lo muito bem... mas não precisava.

Noah havia me seguido até ali. Ou então, Lee contou a ele e Noah veio atrás de mim. E ele viu.

Meu estômago se revirou. Meus lábios formaram o nome dele e a sensação era como se alguém tivesse arrancado todo o ar dos meus pulmões com um soco.

Não era como se nós ainda estivéssemos namorando, como se eu não pudesse ou não devesse beijar Levi se fosse isso o que eu queria fazer, mas, mesmo assim... saber que ele havia nos visto fez com que eu sentisse algo tão terrível como se *realmente* o tivesse traído.

Virei-me para olhar para Levi. O pobre coitado parecia estar tão confuso pela interrupção e pela minha mudança de comportamento, que eu me senti... *horrível*. Ele não merecia isso. Não devia ter pedido a ele que viesse me encontrar. Ouvi a minha respiração estremecer.

— Desculpe. Eu não devia ter feito isso. Digo... não é que eu tenha alguma coisa contra você, mas só... olhe, me desculpe. Meu Deus, consegui estragar tudo. Desculpe. Sou uma pessoa muito ruim.

Levi parecia estar ainda mais acanhado do que eu.

— Não, é... a culpa é minha, também. Eu não devia ter retribuído o seu beijo.

Eu fiz que não com a cabeça.

— Isso não foi... isso foi um erro. Não por sua causa nem por nada, mas... não posso fazer isso agora. Você acha que a gente podia, tipo... esquecer que isso aconteceu? Pelo menos por enquanto? Não quero estragar as coisas entre nós, e eu sei que esse beijo já estragou as coisas, mas...

— Elle — disse ele, interrompendo-me. Eu estava olhando para os meus joelhos, mas ergui o rosto e vi que Levi sorria para mim, aquele sorriso tranquilo ao qual eu estava acostumada. Mas não havia como ignorar a expressão de dor em seus olhos, a maneira como ele não conseguia me olhar diretamente ou como o seu sorriso se desfez após um momento. — Eu entendo.

— Desculpe. Porra, Levi, eu... nem sei direito o que...

Mordi o lábio e o encarei com um olhar determinado.

— Sabe de uma coisa? Eu sabia exatamente no que estava pensando. E foi uma coisa realmente desprezível.

— Está tudo bem.

— Não está, não.

— Bem... — Os lábios dele estremeceram. — Certo, não está tudo bem. Mas não vou culpar você por isso. Todos nós fazemos coisas idiotas quando estamos apaixonados.

Eu abri a boca para protestar, mas vacilei.

— Você precisa parar de ter razão o tempo todo — murmurei, tentando aliviar um pouco o clima. — Algum dia, isso vai se virar contra você.

— É porque eu sou da Corvinal. É o que fazemos. Ter razão.

Me permiti sorrir outra vez, erguendo as sobrancelhas.

— Ah, não me venha com essa. Você é da Lufa-Lufa.

Ficamos nos balanços mais um tempo, observando o céu e o vento soprar mais folhas das árvores.

— Acho que devo voltar para casa — disse Levi, após algum tempo. — Prometi à minha mãe que não ficaria fora por muito tempo. Você vai ficar bem?

Eu fiz que sim com a cabeça.

— Claro. Obrigada por vir me encontrar. E... e me desculpe. De novo. Eu realmente não devia ter feito aquilo.

— Vou superar. Você me ligou para poder extravasar o que a incomodava sobre o seu ex. Eu devia saber que isso poderia acontecer. Vamos lá, vou com você até o seu carro. — Ele deu de ombros.

Deixei que ele viesse comigo, mas, dessa vez, não ficamos de mãos dadas. No entanto, ele me abraçou antes de ir embora.

— Você sabe que pode me ligar se precisar de qualquer coisa, né?

— Acho que vou para casa. Não estou com a menor vontade de encarar Noah e Amanda agora, entende?

— Está bem.

— Dê um abraço na sua mãe, no seu pai e em Becca por mim.

— Pode deixar. Até mais, Elle.

— Tchau.

Não saí dali imediatamente. Fiquei sentada ao volante, olhando para o parque, pensando no motivo pelo qual Noah veio atrás de mim.

Seria porque ele queria conversar? Ou seria porque ele estava se sentindo mal e saiu de casa para vir se desculpar comigo? Ou haveria algum outro motivo?

Ele havia me perguntado sobre Levi. Viu a foto e, para fazer aquele comentário, aquilo obviamente o incomodou bastante. Então, ele veio atrás de mim.

Parei com aquilo antes que a minha cabeça acabasse pensando coisas que não devia. Meu namoro com Noah havia terminado. E tinha que me lembrar: fui eu quem decidiu terminar. Ele não tinha nenhum direito de ficar irritado se eu saísse do jantar de Ação de Graças para beijar Levi, e eu não tinha nenhum direito de querer que ele sentisse falta de mim.

Girando a chave na ignição com tanta violência que quase afoguei o carro, apertei os dentes. Já estava na hora de parar de pensar se ainda havia alguma coisa entre nós ou se algum dia haveria outra vez, não importa como eu me sentisse.

Mesmo assim, tudo aquilo doía demais, porque ele era o primeiro homem por quem eu tinha me apaixonado de verdade. E isso era tudo. Certo? Dentro de mais alguns meses, eu iria olhar para trás e rir da minha própria estupidez em relação a tudo aquilo que estava acontecendo. E era difícil demais porque ele sempre seria uma parte importante da minha vida, independentemente de estarmos em um relacionamento ou não.

Dei a partida no carro outra vez e uma música do Imagine Dragons estava tocando no rádio. Em seguida, fui para casa.

QUANDO CHEGUEI EM CASA, LIGUEI PARA O MEU PAI.

— Está tudo bem, querida? Onde você está? Lee disse que você tinha ido se encontrar com Levi.

— Fui, sim. Mas agora estou em casa.

— Não vai voltar para cá?

— Estou morrendo de cólica, pai. Acho que vou direto para a cama.

— Ah. Está bem. Se você prefere assim. Quer que voltemos para casa?

— Não, não, podem ficar por aí. Estou bem.

— Isso não tem a ver com Você-Sabe-Quem, não é? — meu pai perguntou com a voz mais baixa.

— Não, pai. Não tem nada a ver com Voldemort.

— Ha-ha-ha, sua engraçadinha. — Eu praticamente conseguia ouvi-lo revirando os olhos do outro lado da linha. — Você sabe de quem estou falando. Sei que deve ter sido difícil ver aqueles dois juntos hoje, mas...

— Só estou com cólica, pai.

— Se você diz... bem, não vamos voltar para casa muito tarde se você não está se sentindo bem.

— Está bem — eu disse, porque não fazia sentido discutir aquilo. — Nos vemos mais tarde. Pode se despedir de todo mundo por mim e pedir desculpas por eu ter saído cedo?

— É claro. Eles vão entender.

Eu desliguei e, dali a dez minutos, recebi uma mensagem de Lee.

Sua mentirosa. Eu sei que a sua menstruação desceu na semana passada.

Em seguida, outra: *Noah está uma fera. Ele conversou com você? Ele disse que queria pedir desculpas porque sabia que você foi embora por causa dele. O que você disse para ele?*

E também: SHELLY, PARE DE ME IGNORAR.

Depois: *Está bem. Espero que você "se sinta melhor" logo. Quando isso acontecer, responda a essas mensagens e me conte o que aconteceu. Amo você, mesmo se estiver me ignorando.*

Quando as mensagens de texto pararam de chegar, deixei meu celular na mesinha de cabeceira e passei as mãos pelos cabelos. Seria ótimo poder ter um botão *reset* para o dia de hoje.

Comecei a tirar a maquiagem e a trocar de roupa sem a menor pressa. Estava com uma dor de cabeça horrível por pensar demais em tudo o que havia acontecido. Assim, tomei um remédio e me joguei na cama. Mal havia puxado o edredom e ouvi o carro do meu pai estacionar diante da casa. Alguns minutos depois, ouvi uma batida na minha porta.

— Elle? Posso entrar?

— Sim.

Sentei-me na cama quando o meu pai entrou, dizendo a Brad para tomar um banho antes de ir dormir. Em seguida, para mim, ele perguntou:

— Como você está se sentindo?

— Bem.

Não era realmente uma mentira. Fisicamente eu me sentia bem, pelo menos.

— Escute, meu bem. Sei o quanto o dia de hoje deve ter sido difícil para você, porque sei o quanto você gosta de Noah, mas...

— Ah, meu Deus, pai. Não precisamos falar sobre isso agora.

Não quando a minha dor de cabeça estava começando a passar.

— Tudo bem, tudo bem... — Ele ergueu as mãos em sinal de rendição. — Mas você sabe que estou aqui, se precisar conversar.

— Não quero. Credo. Não me importo com Noah nem com aquela nova e preciosa namorada dele.

— Certo, está bem. Bem, caso você se importe, eles vão embora no domingo à tarde, e Noah disse que gostaria de conversar com você antes de viajar, se você quiser. Sabe, ele parecia realmente irritado com alguma coisa. — Ele suspirou.

— Eu imagino.

Eu era uma pessoa horrível, horrível por desejar que ele estivesse com ciúme.

— Elle...

— Pai! — retruquei e, em seguida, me senti mal por responder daquele jeito. E apertei os lábios. — Não quero falar com, nem sobre Noah. Podemos mudar de assunto agora?

— Tudo bem. Quer chocolate quente? Vou fazer um pouco para mim e Brad.

— Não, estou bem aqui. Acho que só vou dormir um pouco.

Outro suspiro e meu pai ajeitou os óculos sobre o nariz.

— Tudo bem, então. Boa noite, meu bem. Feliz Ação de Graças.

— Para você também.

Ele apagou a luz do quarto quando saiu, deixando-me sozinha naquela escuridão crescente.

Meu celular apitou de novo, vibrando sobre a mesinha de cabeceira. Olhei para ele, esperando que fosse outra mensagem de Lee ou talvez de Levi. Não veio de nenhum dos dois.

Podemos nos encontrar amanhã? Queria conversar. Bjo

Fiquei olhando para a tela, chocada, pensando, *ele deve estar desesperado para conversar comigo se já falou com o meu pai e ainda me mandou uma mensagem.*

Mas eu a ignorei, assim como ignorei o beijo no fim da mensagem, e ele não mandou mais nada. Fiquei deitada no escuro até depois da meia-noite, tentando não pensar no fiasco que foi o dia todo e sem conseguir pensar em nenhuma outra coisa.

23

POR ALGUM MILAGRE, CONSEGUI EVITAR NOAH DURANTE TODO O dia seguinte — e Lee também. Troquei algumas mensagens com Levi, e nenhum de nós mencionou o beijo; fiquei aliviada ao perceber que as cosias estavam (relativamente) normais entre nós. Depois de um tempo, desliguei o meu celular e passei algumas horas na internet checando as ofertas da Black Friday, assisti a um filme com meu pai e meu irmão antes de ajudar Brad com uma parte da sua lição de casa, pois eu estava desesperada para me distrair com qualquer coisa.

Quando liguei o telefone de novo antes do jantar, algumas mensagens apareceram. Uma era de Levi; outras três eram de Lee, pedindo que eu lhe respondesse, ou se eu estava brava com ele por algum motivo; uma de Rachel, pedindo que respondesse a Lee, porque ele estava preocupado comigo, mas não queria vir até a minha casa caso eu estivesse irritada com ele ou coisa parecida; e uma última mensagem de Noah, perguntando se, por favor, eu poderia responder à mensagem que ele enviou na noite passada. Ele só queria conversar comigo antes de voltar para a faculdade.

Respondi às mensagens de Lee primeiro.

Mantive a coisa meio vaga, apenas me desculpando por não responder antes, dizendo que não havia conversado com Noah depois do jantar de Ação de Graças e que precisava de um pouco de espaço no dia de hoje.

Em seguida, mandei mensagens para Rachel para dizer que já tinha respondido a Lee e perguntando como foi o jantar de Ação de Graças dela. Respondi para Levi, também; mas a mensagem dele foi somente sobre um teste que ele encontrou na internet: "Qual prato típico de Ação de Graças você é?".

Eu hesitei, olhando para as mensagens anteriores de Noah.

E as ignorei.

Não me importava se tudo o que ele queria era se desculpar pela maneira que se comportou ontem e por trazer Amanda para a casa dos seus pais, uma atitude completamente insensível. Não me importava se ele quisesse pedir desculpas por como as coisas haviam acabado entre nós e por esconder segredos de mim. Não queria nem ouvir falar dele. Nem mesmo isso. Precisava que ele saísse da minha vida por algum tempo para poder superá-lo. E se isso significasse que eu teria que afastá-lo, mesmo quando ele estava apenas tentando ser gentil, era isso mesmo que eu ia fazer.

Depois do jantar (com os pedaços de inhame, cenoura e brócolis que June deu para o meu pai trazer para casa e um bolo de carne), nós estávamos de volta na sala de estar, zapeando pelos canais da TV. Nenhum de nós conseguia concordar com a que íamos assistir, e a campainha tocou.

Meu pai olhou para mim antes de dizer:

— Deixe que eu atendo.

Como se ele estivesse pensando que seria Noah.

E, para ser totalmente franca, eu também pensei que fosse ele. Se Noah estivesse tão desesperado para conversar comigo, não havia nada que o impedisse de vir até aqui para conversar cara a cara, mesmo eu tendo ignorado as suas mensagens. Mas, em seguida, disse a mim mesma que talvez fosse Lee. Afinal de contas, por qual motivo não seria Lee?

Não consegui saber se era algum dos dois, entretanto, pelo olhar que meu pai me deu quando colocou a cabeça pela porta.

— Elle, tem uma visita para você — disse ele, aparentando tanta confusão quanto a que eu sentia.

Me levantei e fui até o corredor.

Seria Levi? Ou... Ou não.

— Ah. Ah... oi — gaguejei, encarando Amanda, sorridente e com as bochechas rosadas. Seu cabelo estava preso em uma trança, mas o vento havia soltado alguns fios que agora lhe caíam sobre o rosto.

Eu queria ficar brava com ela simplesmente por ser tão bonita, mesmo desgrenhada pelo vento.

— Oi. Eu queria saber se podíamos conversar, se você quiser. Não quero me meter na sua vida nem nada parecido, mas achei que seria esquisito simplesmente ligar...

— Não, não... está tudo bem. — Olhei para o meu pai e ele voltou para a sala de estar, fechando a porta.

O que ela estava fazendo aqui?

E sobre o que ela queria conversar?

— Quer beber alguma coisa? — Me recompus.

— Um copo de água já está ótimo, obrigada.

O sotaque britânico dela era evidente quando ela falava "água".

— Claro — eu balbuciei, ainda sob o efeito do choque.

Ela me seguiu até a cozinha e eu lhe dei um copo de água. Ficamos frente a frente e eu flexionei os dedos, nervosa. Meu coração trovejava dentro do peito e eu engoli o nó que se formou na minha garganta, inquieta.

— Sei que isso provavelmente vai ser muito estranho, mas eu queria conversar com você sobre Noah.

Bem, não havia nenhum outro assunto sobre o qual ela poderia querer conversar comigo, mas mesmo assim... quê...?

Fiquei simplesmente olhando para ela, esperando, sem saber o que dizer.

Amanda tomou sua água e depois endireitou os ombros, como se estivesse se preparando para alguma coisa. Será que ela tinha vindo até aqui me avisar para não atrapalhar sua vida? Para insistir que eu ficasse longe de Noah ou coisa do tipo? Para dizer que já era hora de eu superar o que houve entre nós e de parar de ficar orbitando ao redor dele como uma menininha boba?

— Por que você não quer conversar com ele?

— O quê?

Bem, qualquer que fosse a pergunta que eu estivesse esperando, definitivamente *não era* essa.

Longe disso.

— Ele não me mandou vir até aqui, nem nada do tipo. Mas pensei que... bem, pensei que talvez você pudesse conversar *comigo*, já que não quer falar com ele. Noah sente *muito* a sua falta, você sabe. E eu *sei* que ele se sente mal pelo que aconteceu entre vocês, e também pelo que aconteceu ontem. Pelo amor de Deus, a única coisa que ele consegue falar desde que compramos as passagens para vir até aqui era o que ele ia dizer a você. Você é a única coisa sobre a qual ele fala. Eu entendo que você provavelmente não quer vê-lo, mas, na realidade, ele só quer conversar. Diz que você merece uma explicação.

Fiquei olhando para ela, boquiaberta, provavelmente por um minuto inteiro. Talvez mais.

Amanda, parecendo estar desconcertada, para variar, tomou mais um gole de água e deu uma olhada ao redor da cozinha.

— Não estou entendendo — eu disse, finalmente. — Por que *você* está falando comigo sobre isso?

— Eu sei, *eu sei* que não tenho nada a ver com esse assunto, mas me importo com Noah. E ele está muito chateado com o que aconteceu... por isso, achei que...

— Sim, sim, você achou que poderia tentar me fazer conversar com ele. Eu só não entendo por que *você* se importa com isso. Afinal, pensei... que vocês... olhe, isso simplesmente não faz o menor sentido.

Ela ficou me encarando por um momento, com uma expressão de dúvida no rosto bonito.

Merda. Será que ela ia realmente me obrigar a dizer com todas as letras?

— Eu não entendo por que isso é tão importante para você, agora que você e Noah estão... você sabe. *Juntos.*

Amanda fez um ruído estranho, como se estivesse engasgada, com os olhos arregalados, e levou a mão à boca. Uma risadinha lhe escapou dos lábios.

— Meu Deus. Ele não contou para você. Ele contou? Contou ou não?

— Me contou *o quê*?

— Ah, merda. Desculpe. Digo... não, é que... — Ela parecia estar atarantada, movendo as mãos erraticamente, e mordendo o lábio entre as palavras. Finalmente, ela conseguiu se recompor, parecendo estar tranquila e relaxada, e quase como se estivesse prestes a explodir em uma gargalhada. — Nós definitivamente *não estamos* juntos. Nunca estivemos.

Agora era a minha vez de parecer uma idiota, olhando para ela boquiaberta. O rosto dela estava franco, sincero, e seus olhos azuis estavam bem abertos e pareciam pedir desculpas pela confusão.

— Sinceramente, eu achei que ele havia te contado. Ou melhor... ele nunca *disse* que havia te contado, mas pensei que isso tinha acontecido. Noah disse que você achava que nós estávamos ficando e que isso foi parte do motivo pelo qual vocês terminaram o namoro, mas presumi que ele havia te contado que *não estávamos*.

— Olhe, ele me disse que vocês eram... amigos. Disse que eram parceiros de laboratório. Que eram próximos e que eu não entenderia. E ele trouxe você para casa dos pais dele para passar o feriado de Ação de Graças.

— Sim, porque ele não queria que eu ficasse sozinha no alojamento da faculdade. Nós *somos* próximos. Tente passar várias horas em laboratórios e aulas com quem você não tem afinidade. É claro que ele me convidou quando soube que eu ia passar o feriado sozinha. Ele é um cara legal.

— Sem dúvida — falei, com a voz esquisita, como se ela não pertencesse realmente a mim. Minha voz parecia distante, metálica e nem de longe tão confusa quanto eu me sentia agora.

— Ah, meu Deus, não consigo acreditar nisso. Não me admira o fato de você ter ficado tão desconfortável ontem. Achei que fosse somente por causa de Noah. Não achei que fosse porque você estava pensando que nós estávamos namorando. Me perdoe.

— A culpa não é sua — eu disse, com aquela voz que não parecia a minha.

— Eu nem pensei. Me desculpe, Elle. Mas eu te garanto que não há nada entre nós. E nunca houve. Ele é como... é como um irmão mais novo para mim, ou algo parecido. Indefeso. Sabia que ele quase não consegue lavar as próprias roupas? Sabia que ele tenta me ajudar a conhecer outras pessoas nas festas, me apresentar para os rapazes que querem ficar comigo?

Eu não sabia o que fazer com essas informações.

Tentei digerir aquilo, mas as palavras simplesmente giravam ao redor da minha cabeça. Eu estava me sentindo entorpecida. Minha boca estava seca.

— E ele se sente horrível pelo o que aconteceu entre vocês dois. E também pelo o que aconteceu ontem. Ele ficou muito irritado por você ter ido embora. Ele a procurou, mas disse que não conseguiu encontrá-la. Não sei se ele quer só esclarecer a situação para que cada um de vocês possa seguir seu próprio rumo, ou alguma outra coisa. Ele não estava muito a fim de conversar comigo ou com Lee sobre isso ontem.

Fiquei olhando para ela por mais algum tempo.

— Vocês não estão juntos.

— Não.

— Você não é a namorada dele.

— Não. Pode acreditar em mim. Ele não faz o meu tipo.

Fiquei olhando fixamente para ela de novo.

Meu Deus.

O que eu fiz?

— E realmente lamento se deixei as coisas meio esquisitas agora — disse Amanda, um pouco nervosa. — Achei que você soubesse. Achei que, talvez, você simplesmente não quisesse conversar com ele porque estava irritada, ou muito contrariada, ou...

Eu fiz que não com a cabeça.

— Estou me sentindo péssima. Desculpe, Elle. — Ela pegou na minha mão e a apertou.

— Não, não se sinta assim. Não é... não é culpa sua. Ele devia ter me contado. Bem, digo... ele... ele contou. Disse que não havia nada entre vocês dois, mas não acreditei nele. Mas isso foi quando nós terminamos. Ele não fala comigo desde então.

— Ele não sabe lidar direito com garotas — disse Amanda, sorrindo e revirando os olhos. — Ele age como se fosse um mulherengo, mas definitivamente não é. Ele é só um cãozinho perdido. Age como se fosse um valentão no campo de futebol americano, mas regou a minha samambaia para mim quando fui passar o fim de semana em Washington.

Eu ri, e aquilo pareceu tirar um pouco do peso do meu peito. Amanda sorriu também.

— E então, você vai conversar com ele?

— Eu...

Eu vacilei. Certo, então eles não estavam namorando, mas isso não mudava o fato de ele não ter tentado conversar comigo desde que terminamos, e ele não tinha realmente conversado comigo ontem. Nem se incomodou em me avisar que traria Amanda para passar o feriado na casa da sua família, independentemente de estarem namorando ou não. Inclusive, ele fez isso sabendo que eu acreditava que eles estavam juntos.

E mais: se não era Amanda que ele estava escondendo de mim, então o que era? Amanda estava me encarando com expectativa, esperando uma resposta.

Eu *ia* conversar com Noah?

— Não sei. A situação é meio complicada.

Ela assentiu, com um sorriso compreensivo.

— Tudo bem. Eu entendo. Ele provavelmente não vai entender, mas posso dizer a ele que você vai chamá-lo para conversar quando estiver pronta?

— Claro. Obrigada. Eu acho.

— Olhe, me desculpe *mesmo*, está bem? — ela disse outra vez.

— Desculpar por quê?

— Bem, sei que fui um dos problemas entre vocês. Ele me falou sobre a foto. E lamento não ter dito ontem que não estávamos namorando. Eu sinceramente achava que você já sabia. Talvez isso a deixasse menos... bem, talvez você se sentisse *melhor* ontem. Aposto que foi muito ruim ficar pensando que ele havia trazido a nova namorada para a casa da família logo depois de vocês terem terminado.

— *Muito ruim* não serve nem para começar a descrever a sensação.

— Sim. Vou deixar você em paz. Obrigada pela água. — Amanda riu.

— Por nada.

Eu a acompanhei até a porta e, quando ela estava saindo, eu disse:

— Amanda?

— Sim?

— Obrigada. Por me contar. E por explicar.

— É claro. A gente se vê! — acrescentou ela, com aquela voz animada e alegre que ela usou o tempo todo no dia anterior, com um sorriso grande e igualmente brilhante antes de seguir pela rua.

Eu ainda estava me sentindo atordoada quando voltei para a sala de estar. Meu pai se levantou imediatamente, colocando o filme no "mudo". Brad gritou "Ei!", mas meu pai não reagiu.

— O que ela queria?

— Era a namorada nova de Noah? — perguntou Brad, esquecendo-se da TV.

— Ela... ela não é... eles não estão juntos.

Meu pai ergueu as sobrancelhas, mas não parecia estar tão surpreso.

— Ah.

— Então você vai ser a namorada dele de novo? — Brad perguntou.

— Acho que não. Não sei. Nós não... ela só queria...

— Achei que você tinha dito que eles estavam namorando — meu pai disse.

— Eu achei que eles estavam. Digo... eu só presumi... ou melhor... ele tentou me contar quando nós terminamos, mas...

— Entendo. Bem, o que você vai fazer, então? Vai conversar com ele?

Eu bufei, franzindo os lábios por um momento.

— Não sei, pai. Nossa.

— Só não quero que você faça nenhuma besteira.

— Como assim? Tipo voltar a namorar com ele?

— Não. Tipo ficar com o coração partido outra vez.

24

A MULTIDÃO NO SHOPPING ESTAVA PIOR DO QUE JAMAIS ESTEVE conforme as pessoas abarrotavam as lojas em busca de promoções para começar suas compras de Natal, agora que o feriado de Ação de Graças estava oficialmente encerrado. Já eram quase três horas da tarde quando Lee e eu conseguimos pegar uma mesa para almoçar.

Eu ainda não havia conversado com Lee sobre o que aconteceu com Levi, mas tinha contado tudo sobre o encontro com Amanda.

— Bem — disse ele. — Para ser justo com Noah, todos nós simplesmente imaginamos que...

— Sim, sim. Bem, ele podia ter mencionado isso para mim, por exemplo.

— Mas ele te *disse* que não havia nada entre ele e Amanda.

Eu olhei com cara de brava para Lee.

— O que é exatamente o que ele diria se alguma coisa estivesse acontecendo. E depois ele a trouxe para cá para passar o feriado. O que você acha que eu devia pensar?

— Eu sei, eu sei. Não estou culpando você. Eu também achei que eles estavam namorando. Tenho certeza de que a minha mãe e o meu pai ficaram convencidos disso também, mesmo que Noah tenha dito que eles eram só amigos.

Depois que a garçonete anotou nossos pedidos, Lee me encarou com um olhar sério.

— O que aconteceu realmente depois que você foi embora do jantar de Ação de Graças?

— Você contou a Noah para onde eu tinha ido?

— Ele perguntou. Ouviu seu carro ir embora. Eu disse que você estava indo para o parque porque estava de saco cheio das atitudes dele...

— Ah, meu Deus. Você não disse isso para ele!

— ...e ele foi atrás de você. Ele não disse nada. Quando voltou, ele parecia estar muito irritado. Imaginei que vocês tinham brigado de novo, principalmente porque você não voltou. Tentei perguntar a ele, e Noah me disse simplesmente para deixar o assunto quieto. E então? Vocês brigaram?

— Nem cheguei a falar com ele.

— O que aconteceu, então? Ele arrumou uma briga com Levi?

— Não. — Ai, droga. Eu não queria mentir para Lee nem esconder coisas dele, mas... comecei a me retorcer na minha cadeira. — Está bem. Mas você tem que prometer que não vai rir.

— Por quê?

— *Prometa*.

— Eu prometo.

— Bem, encontrei Levi no parque. Queria extravasar a raiva por causa de Noah e Amanda, e nós acabamos... nos beijando.

Lee me olhou fixamente por um momento antes que a sua boca se fechasse e se retorcesse de um lado para outro, e os músculos do seu queixo e das bochechas se repuxaram enquanto ele se esforçava para não começar a rir. Eu o olhei com cara feia.

— Você prometeu.

Observei Lee respirar fundo pelo nariz e exalar o ar antes de dizer:

— Desculpe, mas você beijou *Levi*? Tipo, Levi Monroe? O mesmo Levi com quem você vem saindo e indo à casa dele durante o semestre inteiro, mas mesmo assim jura que não gosta dele?

Eu gemi, enfiando a cabeça nas mãos.

— Eu sei. Foi uma atitude idiota. Principalmente se eu *realmente* quisesse namorar com ele. Teria estragado qualquer chance disso acontecer.

— Não acredito que você beijou Levi Monroe.

— Dá para parar de falar o nome completo dele? É esquisito.

243

— E foi bom?

— Que tipo de pergunta é essa?

— Está bem. Foi estranho?

— Não tanto quanto poderia ter sido. Mas é que... bem... não era...

Eu suspirei.

— Ele não era Noah.

A boca de Lee se retorceu conforme ele compreendeu a situação.

— E então, o que aconteceu?

— Noah viu. Eu não sabia que ele estava por ali até que ouvi quando ele foi embora. Acho que ele não ouviu o que a gente estava conversando, mas definitivamente me viu beijando Levi.

— Que droga — disse Lee, com um assobio longo e baixo. — Vocês dois realmente precisam conversar e resolver essa merda logo.

Eu resmunguei, sem me impressionar com aquela sugestão — especialmente porque ele provavelmente estava certo — e começamos a falar sobre alguma outra coisa. Mesmo assim, a cada cinco minutos, Lee dizia "eu não acredito que você beijou Levi" ou "espere só até o resto da galera saber disso".

— Se você contar a alguém, eu juro por Deus que vou contar a Rachel alguma coisa que você não quer que ela saiba.

— Eu conto tudo a Rachel.

— Ah, é mesmo? Ela sabe que você chorou mais do que eu quando assistimos a *Marley & Eu*? Ou de quando ganhei o meu primeiro sutiã e você o usou durante um dia inteiro para saber qual era a sensação?

O riso desapareceu do rosto de Lee e ele apontou uma batata frita ameaçadora na minha direção.

— Não se atreva...

Ergui as sobrancelhas, sorrindo triunfantemente para ele.

LEE VOLTOU PARA A MINHA CASA DEPOIS DE IRMOS AO SHOPPING. Nem chegou a sugerir que fôssemos para a casa dele, onde eu poderia dar de cara com Noah. Ele tentou me fazer falar sobre Noah outra vez — o que eu iria fazer e se pretendia conversar com ele, mas continuei muda em relação a esse assunto. A verdade era que nem eu mesma sabia. Eu sabia que ainda era apaixonada por Noah; de algum modo, isso deixava tudo ainda pior. Estava dividida entre querer reatar o namoro e nunca mais querer falar com ele de novo até ter superado oficialmente, cem por cento, o fim do nosso namoro.

Mas e se eu não pudesse superar o nosso relacionamento até conversarmos abertamente sobre tudo e ele explicasse que o que aconteceu envolvendo Amanda foi só um terrível mal-entendido? E se ir conversar pessoalmente com ele fosse a melhor maneira de superá-lo?

E o que aconteceria se tudo isso simplesmente piorasse as coisas?

Minha cabeça estava girando com hipóteses e mais hipóteses, e eu sabia que poderia passar semanas pensando naquilo e ainda assim não deduziria qual era a coisa certa a fazer.

Lee estava apenas tentando ajudar; eu sabia disso.

Mas ele não estava *somente* pensando no que era melhor para mim; estava tentando ajudar seu irmão também. E ele sabia que o seu irmão queria conversar comigo.

Ignorei as chamadas que recebi de Noah e a mensagem que dizia: *Se você não quer conversar, eu entendo. Mas me avise, pelo menos, ok?*

— Acho que você deveria, pelo menos, ligar para ele e dizer que não quer conversar — disse Lee. — Ou, pelo amor de tudo que é mais sagrado, mande uma mensagem para ele.

Quando estava deitada na cama, rolando de um lado para o outro, naquela mesma noite, eu ainda não sabia o que queria fazer. Não consegui dormir de tanto pensar no caso.

Vou falar com ele amanhã cedo, antes que ele viaje.

Vou mandar uma mensagem amanhã cedo e dizer que acho que é melhor se não conversarmos, e espero que ele e Amanda se divirtam enquanto estão por aqui.

Vou ignorar tudo o que estiver relacionado a ele.

Vou conversar com ele amanhã de manhã.

Vou ligar para ele depois que ele voltar para a faculdade.

Não vou falar com ele. Vou...

Ouvi algo bater na minha janela.

Sentei-me na cama, girando o corpo na direção do som, e olhei para as cortinas fechadas.

De novo. Parecido com um tamborilar, mas, seja o que fosse, bateu na calha depois que desceu.

Encarei a janela com as sobrancelhas franzidas e ouvi o barulho mais três vezes antes de levantar para ir ver o que era.

Saí de baixo das cobertas e abri as cortinas de uma vez, observando por entre a escuridão. A luz do poste da rua jogava uma luz amarelada sobre o cara que estava no meu jardim, e eu tensionei os músculos do meu maxilar com força enquanto meu coração deu uma pirueta e o nome dele me saltou aos lábios.

Quando me viu, ele acenou.

Eu tateei até encontrar o trinco da janela e a abri.

— O que deu na sua cabeça? São duas da manhã!

— É, eu sei.

Fiquei olhando para ele por um segundo.

— O que você quer?

— Temos que conversar. Meu voo sai ao meio-dia e eu não podia deixar de falar com você antes de ir embora.

Fiquei olhando para ele por mais uma fração de segundo antes de fechar a janela. Encontrei um par de tênis e um moletom e os vesti, desci em silêncio até a porta de casa. Ela se fechou discretamente atrás de mim, ficando encostada para que eu pudesse entrar de novo.

— Você tem dois minutos, Noah Flynn.

— Eu quase achei que você não ia vir.

Ele estava com um saco de Skittles na mão. Devia ser isso que ele estava jogando na minha janela para fazer barulho.

Noah se aproximou de mim, vindo até a varanda. Eu recuei meio passo. Havia me esquecido de quanto ele era alto, assim de perto. Percebi, com a luz da varanda, que ele estava usando uma calça de pijama de flanela e um moletom, e tênis sem meias, quase exatamente como eu; tinha saído da cama e vindo direto para cá.

Fiquei olhando para ele.

— O tempo está correndo.

Aquela frase soou mais infame do que eu esperava. Noah estava com uma expressão determinada. Séria. Contei as batidas do meu coração. Cheguei a dezesseis antes que ele começasse a falar.

— Cólicas, hein?

— Como é?

— No jantar. Nós dois sabemos que isso era mentira.

— Você me seguiu — eu acusei, em vez de responder.

— Eu tive a impressão de que você foi embora por minha causa. Pensei que devia... me desculpar, ou alguma coisa parecida. Não era justo você ir embora por minha causa. E quando conversei com Lee, ele deu a entender que você não tinha superado o término do nosso namoro, então achei que talvez fosse melhor esclarecer as coisas entre nós. Mas, obviamente, ele estava errado.

Olhei para ele com uma expressão desafiadora.

— Que diferença isso faz? Nós terminamos. Se eu beijo ou deixo de beijar alguém, isso não é mais problema seu. Achei que isso estava bem claro quando você nem me ligou para dizer que ia voltar para o feriado de Ação de Graças, e ainda por cima trazendo Amanda junto.

Noah suspirou, um som entrecortado, e passou a mão para frente e para trás pelos cabelos que já estavam bem desgrenhados, fazendo com que ganhassem ainda mais volume.

— Não achei que você *quisesse* que eu ligasse.

É claro que eu queria que você ligasse! Queria que me ligasse, queria que me dissesse que estava com saudade, que dissesse o quanto me amava e dissesse que cometi um erro quando terminei o namoro!

Em vez disso, o que eu disse foi:

— Se você me seguiu até o parque para conversar comigo, por que não conversou? Por que você foi embora?

Ele soltou uma risada sem humor, com um ar quase zombeteiro. Mas não conseguiu esconder a expressão de dor no rosto.

— Você realmente está me perguntando isso? Eu achei que vocês dois fossem *só amigos*. Você me disse que não estava interessada nele desse jeito. E disse a Lee, também. Não me convenci disso quando percebi que você estava compartilhando fotos e outras coisas com ele, e quando vi aquela foto de vocês dois no baile... mas Lee me disse "Não está rolando nada". Parece que você está desenvolvendo o hábito de mentir sobre os caras de quem gosta.

Meu queixo se enrijeceu, e os dentes rangeram uns contra os outros. Eu podia sentir os músculos do meu rosto se agitando em espasmos, sem saber em qual expressão deviam fixar-se. Eu respirava com força, tremendo da cabeça aos pés, mas isso não tinha nada a ver com o frio que estava fazendo.

— Você não tem o direito de... de dizer isso para mim. Não deveria ter importância para você se eu estou com Levi, mas, só para você saber, não estou. Pedi que ele fosse me encontrar porque precisava de um amigo que não fosse Lee, pelo menos uma vez. Sim, eu o beijei. E daí? Foi uma decisão idiota, mas a decisão foi minha. E, por falar nisso, o que houve com Amanda? Você nem pensou em me dizer que ia trazê-la para passar o feriado?

— Você... não está namorando com ele.

— Não — eu disse, mais suavemente, sentindo um pouco da tensão nos meus ombros desaparecer. — Não estou.

— Bem, o que eu devia pensar quando vi vocês dois se pegando no parque, Elle?

— O mesmo que eu deveria pensar quando vi todas aquelas fotos em que você aparecia ao lado de Amanda, e ainda mais quando você a trouxe para passar o feriado aqui? Você podia ter me contado. Podia ao menos ter me dito que vocês dois não estavam namorando.

— Eu contei! E você nem quis saber.

— Você realmente esperava que eu fosse acreditar nisso quando a trouxe para cá?

— Ela ia passar o feriado sozinha! Não tinha nada a ver com você, nada a ver com... lhe causar ciúme ou qualquer outra coisa! — exclamou ele, e eu fiquei em silêncio, chocada. — Foi você que terminou comigo, lembra? Não achei que você se importaria. Não imaginava que ter uma boa amizade com uma garota fosse algo tão importante. Por isso, quando você terminou o namoro comigo, sem qualquer motivo, achei que devia haver alguma outra pessoa envolvida. Era a única coisa que fazia sentido.

De repente, eu não conseguia respirar. E nunca me senti tão idiota.

— O que você esperava que eu pensasse, depois de terminar comigo daquele jeito? — continuou ele, exasperado. — Eu achei que você só estava procurando uma desculpa. Achei que havia outra pessoa. Eu sabia que você e Levi estavam ficando mais próximos, e quando vi as fotos do Sadie Hawkins, e quando vi vocês dois naquela noite...

Noah parou de falar. Sua testa estava marcada pelas rugas; os olhos, brilhando, tristes e desesperados, e aquilo me deu um aperto no coração.

— Eu sei que você e Lee são muito próximos. Quer saber, francamente? Eu achava que você seria a última pessoa a sentir ciúme se eu tivesse uma amizade com outra garota. E eu sei... que devia ter contado sobre ela antes, mas...eu fui um idiota. Está bem? Eu não...

Nós dois havíamos sido idiotas.

— Não acredito que você pensou que eu terminei o nosso namoro para ficar com Levi.

— Você o beijou.

— Porque eu estava tentando esquecer você! E não funcionou! Foi idiota e eu me arrependi assim que aconteceu. Achei que talvez houvesse alguma coisa, mas...

Eu fiz que não com a cabeça.

— Nunca houve nenhum outro, Noah. E ainda não há. Nós terminamos porque não conseguíamos mais acreditar um no outro.

— Eu acredito em você! — Ele estendeu as mãos como se quisesse agarrar meus ombros, e em seguida deixou as mãos caírem ao lado do corpo antes de enfiá-las nos bolsos do seu moletom, onde o pacote de Skittles chacoalhou. — É claro que acreditava em você. Mas nunca fui bom o bastante para você, nunca fui o cara certo. E, o tempo todo, morria de medo de que nós estaríamos juntos e o cara certo fosse aparecer, e senti que estava só esperando que você percebesse isso e visse que o cara certo para você não sou eu. E também...

— E também o quê?

— E eu amava você demais para me afastar — disse ele, olhando para mim por baixo dos cílios. Os olhos dele pareciam ser de um azul incrivelmente claro. — E ainda amo.

Eu mordi o meu lábio inferior com força. Por que eu sentia vontade de chorar? Por que os meus olhos estavam ardendo e a minha garganta coçando como se eu estivesse a ponto de começar a soluçar? Só porque ele disse que me amava... *Ele ainda me ama.*

Mas eu tinha mais perguntas. O fato de que ele não havia deixado de me amar — e que eu ainda o amava — não mudava nada agora.

— Você deixou que eu pensasse que havia alguma coisa entre você e Amanda.

Ele deu de ombros.

— Eu estava com ciúme. Irritado. Fiquei muito magoado quando terminamos, Elle. Você ficou tão abalada por causa dela que eu pensei que... eu achei que você não fosse entender que éramos apenas amigos.

— Fiquei abalada porque você estava escondendo segredos de mim. Aquela ligação que ouvi. Se não era sobre você estar namorando com Amanda, então sobre o que vocês estavam falando?

Noah corou, parecendo estar sentindo algum desconforto. Ele apoiou o peso do corpo sobre a outra perna e passou a mão pelos cabelos outra vez. Agora era ele que parecia que ia chorar.

Por mais irritada que eu estivesse, e realmente estava, aquela sensação se desfez em um instante.

— Noah? — eu disse, com a voz baixa, estendendo a mão para tocá-lo no braço impulsivamente. Ele se assustou quando fiz isso, e nós nos afastamos como se tivéssemos sido eletrocutados.

— Eu estava indo mal em algumas matérias — respondeu ele, finalmente. — Seria expulso do time de futebol americano. Estava estressado. Não estava conseguindo boas notas com a mesma facilidade que tinha no ensino médio, o que me estressava tanto que acabava prejudicando os meus estudos. Amanda estava me ajudando bastante. Ela sabia porque viu as notas que eu tirava nas aulas, ou no laboratório. Fiquei com vergonha de te contar. Não queria que você achasse que eu era... burro. Não queria que você se decepcionasse. E não quis lhe contar quando eu estava com ela, porque teria de explicar por que estávamos sempre estudando tanto, e eu não consegui fazer isso.

E, subitamente, tudo fez sentido.

Aquilo fazia todo o sentido, especialmente considerando que ele havia me contado sobre toda a pressão que havia colocado sobre si mesmo antes de construir aquela fachada de *bad boy*. Eu não conseguia entender por que não havia pensado nisso antes.

— Você não precisava ter ficado com vergonha de me contar — falei, com a voz baixa. — Eu não teria pensado que você é burro. Não mesmo. Só queria que você tivesse falado comigo.

— Isso faria alguma diferença?

— Sim! — exclamei, e percebi que havia falado alto demais. Não queria acordar ninguém. Pisquei mais algumas vezes, mas uma lágrima escorreu. Precisei de um segundo para tentar firmar a voz.

— Noah, eu... antes de terminarmos, tinha a sensação de que você quase não conversava mais comigo. Você evitava falar comigo sobre as suas aulas e eu tinha a sensação de que você estava me isolando da sua vida. Como se eu não pertencesse mais a ela. Te entendo agora, mas, na época, não fazia ideia, e isso me assustava. Achei que estávamos nos afastando e que você não me amava mais como antes, e... quando você não quis falar comigo sobre aquela ligação, é claro que pensei que alguma coisa estava rolando entre vocês dois. Era a única coisa que fazia sentido.

— Me desculpe — sussurrou ele, e eu fiquei chocada em vê-lo chorar. Lágrimas de verdade estavam enchendo os olhos dele. Uma delas caiu sobre a bochecha. Seu pomo-de-adão subiu e desceu quando ele engoliu em seco. — Desculpe. Eu devia ter lhe contado. Sobre a faculdade, sobre a Amanda... eu sei que não havia nada acontecendo entre você e Levi, mas comecei a me convencer de que poderia haver depois que terminamos, e no jantar eu...

Noah parou de falar quando me aproximei.

— Você é um imbecil, Noah Flynn.

Ele riu e eu levei a mão até o rosto dele, passando o polegar sobre o caminho que a lágrima desenhou na bochecha dele.

— Mas você é o *meu* imbecil.

Eu não o beijei. Fiquei esperando; cada um dos meus nervos estava encolhido, prontos para saltar. E quando ele me beijou, eu me incendiei. Os lábios dele eram mornos e insistentes contra os meus, os braços apertados com força ao redor do meu corpo, os cabelos macios por entre os meus dedos.

Eu achava que me lembrava de como era beijá-lo, mas aquelas memórias não eram nada perto da coisa real. E eu estava certa em pensar que beijar Noah era muito mais do que beijar Levi. Eu sentia como se estivesse queimando de dentro para fora, da melhor maneira possível. Meus dedos deslizaram pelo rosto, voltando a tocar os seus cabelos e deslizando pelos seus braços. E tive certeza de que nunca me senti mais viva do que quando o beijava. Quando paramos, continuei abraçada nele. E Noah não afrouxou os braços que estavam ao redor do meu corpo.

— Amo você. — Suspirou ele, com as palavras saindo rapidamente, como se ele não conseguisse dizê-las rápido o suficiente; e com uma expressão tão intensa no olhar que era como se apenas aquelas palavras não fossem o bastante. — Eu errei feio. Devia ter conversado com você. Mas fiquei com tanto medo de perdê-la que só consegui piorar as coisas.

— Foi por isso que terminei com você. Tinha medo de que você encontrasse alguém melhor do que eu e se esquecesse de mim, e eu não podia perdê-lo desse jeito. Eu fiquei com medo e deixei as coisas piorarem. — Eu consegui rir.

Noah riu; um som suave, e seu hálito fez cócegas no meu nariz. Fechei os olhos, pressionando a cabeça no ombro dele e aspirando o ar com força. Ele ainda tinha o mesmo cheiro. A sensação ainda era a mesma. Ele ainda era o meu Noah. Erguendo a cabeça devagar, dei um passo atrás para poder vê-lo inteiro.

— Ainda sou apaixonada por você, Noah Flynn. Você sabe... só para o caso de ainda ter alguma dúvida.

— Então...

— Então...

Ele me beijou; desta vez, só um selinho discreto nos lábios. Até mesmo isso fez o meu coração virar cambalhotas.

— Se você ainda não quiser voltar comigo, eu entendo. Sério, entendo mesmo. É horrível ficar longe de você e sentir sua falta o tempo todo, mas não quero estar com ninguém além de você. Se achar isso muito difícil, vou entender. É só você dizer.

— Eu acho...

Ah, meu Deus. O que é que eu estava pensando? Eu sentia muito a falta de Noah enquanto ele estava na faculdade, mas... por mais que eu me esforçasse, não havia conseguido deixar de gostar dele. Nem mesmo um pouquinho.

Não queria perdê-lo, mas talvez tivesse feito a coisa certa quando terminei o namoro, caso não desse certo, ou caso estivéssemos simplesmente perdendo tempo...

Mas, olhando para Noah, eu não sentia que estava perdendo meu tempo. Quando estava nos braços dele, sentia que estava exatamente onde queria estar. E sorri para ele.

— Acho que podemos fazer isso dar certo.

25

NOAH BEIJOU O MEU NARIZ PELA BILIONÉSIMA VEZ. HMMM, ELE TINHA um cheiro delicioso.

— Vou voltar para o Natal, depois das provas. Não vai demorar nem um mês. Vai passar voando.

— Acho bom mesmo. — Eu o beijei outra vez. Estávamos compensando as semanas em que ficamos distantes. Na noite anterior, ele entrou na minha casa e nós conversamos sobre tudo. Conversamos até cairmos no sono no sofá da sala. Fui a primeira a adormecer, com os dedos de Noah passando pelos meus cabelos e os braços dele ao redor de mim.

Eu conseguia *sentir* o quanto ele me amava. Como fui capaz de duvidar dele ou de achar que havia alguma outra pessoa entre nós?

Meu pai nos acordou por volta das oito, sem parecer estar muito surpreso quando encontrou Noah na casa ao descer do quarto, e disse simplesmente:

— O que vão querer para o café da manhã? É melhor você voltar para casa logo, Noah. Você tem um voo para pegar ainda hoje.

Quando Noah foi embora, expliquei tudo para o meu pai, que suspirou e disse:

— Não me entenda mal, eu gosto do Noah. Ele é um bom rapaz, e inteligente também. E sei que você está apaixonada por ele. Mas eu gostava de Levi.

Agora, nós estávamos diante da casa dos Flynn. Os dedos de Noah deslizavam distraidamente pelo meu braço e eu tentava memorizar cada sarda que ele tinha no rosto. Ele havia feito a barba e a sua bochecha estava lisa sob a minha mão. Meu Deus, como eu senti a falta dele.

Amanda saiu da casa naquele momento e sorriu para nós.

— Está vendo, Noah? Te falei que tudo iria dar certo no final. — E, para mim, ela disse: — Fico muito feliz que as coisas tenham dado certo. Sério. Ele estava em um estado lastimável sem você. Ficava o tempo todo choramingando pelos cantos. Estava deixando todo mundo deprimido junto. E não estou brincando.

Eu ri, afastando-me de Noah por um momento para olhar para Amanda.

— Me desculpe pela forma que te tratei.

Ela fez um gesto tranquilizador, com um anel de prata no dedo médio refletindo a luz, e sorriu para mim.

— Não se preocupe com isso. Eu teria feito o mesmo se estivesse no seu lugar, fique tranquila.

E então, antes que eu conseguisse responder, ela colocou os braços ao redor de mim e disse:

— Ah, foi *ótimo* conhecer você!

— Você também — respondi, surpresa em perceber que eu estava sendo sincera quando retribuí o abraço.

Em seguida, ela voltou para dentro da casa, onde a ouvimos agradecer mais uma vez a June por recebê-la como hóspede e fazer com que se sentisse tão bem-vinda. Noah beijou a lateral da minha cabeça e me puxou de volta para junto de si.

— Ligo para você quando voltar para o meu alojamento.

— Está bem.

— Volto daqui a algumas semanas.

— Talvez eu possa ir a Boston visitar você depois do Natal?

— Talvez você pudesse procurar algumas faculdades por lá — disse ele, e embora a sua voz tivesse um tom de brincadeira, os olhos de Noah estavam sérios e cheios de esperança. Eu o beijei em resposta, subindo na ponta dos pés e segurando na gola do seu casaco.

— Bem, casalzinho, é hora de se desgrudarem. Aquele avião *vai* sair sem você — anunciou Matthew, batendo palmas e fechando o porta-malas. Amanda saiu da casa com a sua bolsa grande e disse um último obrigado à June, e Noah me deu mais um beijo.

Lee ficou ao meu lado, acenando junto comigo enquanto eles iam embora, e eu tive a mesma sensação esquisita do verão passado, quando observamos o avião de Noah decolar. Mas era uma sensação melhor do que aquela; mais tranquila, mais confortável. Desta vez, sabíamos exatamente o que deveríamos esperar de um relacionamento a distância. E estávamos determinados a fazer com que desse certo.

Lee suspirou, colocando um braço ao redor dos meus ombros.

— Ainda não consigo acreditar que você beijou Levi.

— Vou contar para todo mundo sobre o ataque de choro que você teve em *Marley & Eu*. E a história do sutiã. Vou contar para todos os seus amigos do time de futebol americano também.

Lee me cutucou no ombro.

— Sim, sim. Não se preocupe, não vou contar isso a ninguém. Isso não significa que eu ainda não ache tudo isso hilário.

— Isso não tem graça. Aff!

— Olha, até que tem, sim.

QUANDO ALCANCEI LEVI NO ESTACIONAMENTO NA MANHÃ DE SEGUNDA-FEIRA, ELE NÃO MENCIONOU O NOSSO BEIJO NO FERIADO DE Ação de Graças. Simplesmente sorriu para mim com uma certa cumplicidade e disse:

— Vi que você mudou seu *status* de relacionamento de novo.

— Mudei, sim.

— Conte tudo.

E ele parecia estar tão interessado — e tão feliz por mim — que eu relaxei. Estava preocupada com o que iria acontecer quando o visse novamente, mas tudo estava exatamente como antes. (Só que agora eu não estava mais imaginando como seria beijá-lo, ou me perguntando se tínhamos alguma química, ou se queria namorar com ele. Eu tinha certeza do que o meu coração queria agora.)

Assim, contei tudo a ele, sobre como Noah veio até a minha casa no meio da noite, o quanto ele ficou arrasado com o fim do namoro e como nós acabamos resolvendo a situação.

— Estou muito feliz por vocês — disse Levi, e realmente estava; percebi pelo sorriso dele. — Mas não olhe agora; acho que tem umas garotas vindo para cá que vão querer saber de tudo também.

Olhei ao redor e vi algumas das garotas vindo para onde estávamos. Levi já havia se afastado quando elas me alcançaram. Lisa estava com um sorriso quase ensandecido no rosto e Rachel segurou na minha mão.

— Queremos saber de *tudo!*

Aquela manhã ia ser bem longa. Mas eu não era a única pessoa que tinha boas notícias; Dixon não parava de sorrir. Passou o dia inteiro com um sorriso bobo na cara, mas não consegui perguntar o motivo até nos sentarmos para almoçar.

— Ah, pare com isso — falei, jogando uma batata frita nele. — Você não pode estar *tão* feliz por mim, agora que as coisas deram certo entre Noah e eu. Fala logo!

Dixon ficou vermelho. E mordeu o lábio.

— Ah, bem... digo... bem, não é nada tão importante assim. É meio que... bem... digamos que...

— Meu Deus. Desse jeito, o Natal vai chegar e não vamos saber do que você está falando. Vamos lá, cara, bote tudo para fora. — Warren riu e Dixon parecia estar se enrijecendo. Ficou todo sério por um segundo, antes que seu rosto se abrisse em outro sorriso enorme.

— Danny pediu para namorar comigo. Vocês sabem, tipo... oficial-mente. Então... sim.

— Ah, meu Deus! — eu exclamei.

— Não acredito! — disse Rachel.

— Não sabia que as coisas tinham avançado tanto — disse Warren, enquanto Olly começou a cantar "Love is in the air", e Lee e Lisa formaram o coro.

Dixon deu de ombros, baixando os olhos, ainda com aquele sorriso grande e bobo no rosto. Troquei um olhar com Rachel e nós duas tivemos que engolir o riso. Nunca pensei que algum de nós veria Dixon com aquela aparência tão contente.

— Bem, então... digo... não queria fazer alarde nem nada, mas nós saímos algumas vezes e... eu gosto muito dele.

— Isso é lindo, cara — disse Lee, depois que a cantoria terminou.

— Sim, nós estamos muito felizes por você.

— Já que estamos falando de boas notícias — disse Cam. — Finalmente mandei a documentação para me candidatar às vagas nas faculdades. Sei que não é algo que está na mesma escala, mas finalmente consegui começar a trabalhar e terminei tudo.

— Cara, de onde está vindo todo esse carma bom? — riu Warren. — E quando vai vir um pouco para mim?

UMA SEMANA ANTES DE A ESCOLA INTERROMPER AS AULAS PARA AS festas de fim de ano, eu estava com Levi. Nós estávamos assando *cookies* com Becca para serem vendidos na feira beneficente da escola no dia seguinte, mas ela os comia tão rápido quanto nós conseguíamos fazê-los. Em seguida, a mãe de Levi ligou para perguntar se podíamos assar alguns *cookies* a mais para que ela pudesse levá-los para o trabalho.

Enquanto eu ajudava Becca a usar o cortador de biscoitos em formato de bonequinho e Levi batia mais uma tigela de massa, a porta da casa abriu e logo depois se fechou.

— Olá, garotada — disse o pai de Levi.

O pai dele havia passado por várias consultas no hospital durante as últimas semanas. Mas estava ficando melhor; pelo menos era o que Levi me dizia. Alguns dias eram bons, outros não eram tão bons. Ele estava melhor e era isso o que importava.

— Tem alguma coisa com um cheiro ótimo aqui — ecoou a voz dele outra vez, e Becca saltou da cadeira para ir abraçar o pai.

O Sr. Monroe era alto e tinha a aparência de alguém que costumava ter uma excelente forma física, mas que perdeu muito peso em muito pouco tempo. Seu rosto era magro e seus cabelos, ralos. Estava usando apenas uma calça *jeans* e uma camiseta azul; e quando sorria, ele se parecia com Levi.

— Oi, docinho — disse ele, abraçando Becca. Voltando a se levantar, ele sorriu para nós. — Tudo certo, Levi? Elle? Como foi o dia de vocês na escola?

— Uma maravilha — disse Levi, sem demonstrar qualquer emoção. — São os melhores dias das nossas vidas, você sabe.

Becca voltou para se sentar ao meu lado e pegou o cortador de biscoitos da minha mão.

— Elle está nos ajudando a fazer os *cookies*.

— Bem, não vou chegar muito perto do forno — eu disse. — Sou um desastre na cozinha.

— Ela é mesmo — disse Levi. Eu sabia que ele estava pensando sobre o dia em que tentei preparar uma lasanha e o resultado foi uma gosma intragável que provavelmente nos causaria uma intoxicação alimentar se a comêssemos. Meu pai ligou para um restaurante e pediu que entregassem comida na nossa casa. Noah riu sem parar por cinco minutos enquanto eu ligava para ele pelo FaceTime para exibir o desastre que eram as minhas habilidades culinárias.

O Sr. Monroe pegou um *cookie* em forma de bonequinho de um pote que estava aberto. O biscoito se quebrou quando ele o mordeu.

— Hmmm — disse ele, com a boca cheia. Depois que engoliu, ele continuou: — Será que vocês podem fazer alguns desses para o meu grupo de apoio? — E, para mim, ele disse: — Meu médico e minha esposa insistem para que eu participe das reuniões desses grupos de apoio para pessoas em remissão. É um desperdício de uma noite de segunda-feira, se quiserem a minha opinião. Eu vivo dizendo a eles que não preciso ir.

— Ah. É claro. Mas... alguns *cookies* de Natal talvez deixem a coisa um pouco melhor, né?

— *Cookies* de Natal deixam *tudo* melhor. — Ele sorriu outra vez.

— Claro, que diferença faz assar mais algumas dúzias? — Levi suspirou melodramaticamente, e em seguida o alarme do temporizador do forno tocou pela sexta ou sétima vez naquela tarde.

Eu simplesmente ri. E Becca comeu outro *cookie* quando achou que ninguém estava olhando.

— Desculpe-me pelo meu pai — disse Levi mais tarde, quando estávamos jogando *videogame* em seu quarto. Nós dois tínhamos que estudar, o que dissemos que faríamos depois de terminarmos de assar os *cookies*, mas nenhum de nós estava muito a fim. — Se ele causou algum constrangimento. Eu acho que o grupo de apoio dele tem alguma coisa sobre não fazer do câncer um tabu, para que todos consigam falar com mais facilidade sobre o assunto.

— Está tudo bem. De verdade. Não fiquei constrangida. — O alívio de Levi chegava a ser palpável. — Você ainda não contou para o resto da turma, né? — perguntei, embora já soubesse a resposta.

258

— Achei que não tinha motivo para isso.

— Talvez você precise ir a esses grupos de apoio — falei, mas não de uma forma agressiva. — Ninguém da nossa galera vai olhar para você de um jeito diferente. Eu juro. Eles vão entender. Assim como aconteceu quando Dixon se assumiu, lembra? Todo mundo meio que... reconheceu aquilo e a vida seguiu em frente. Não muda nada.

Ele murmurou alguma coisa em resposta e eu não insisti no assunto, mas, alguns minutos depois, Levi suspirou, apertou o botão de pausa no controle e disse com a voz tensa:

— Eu acho difícil ter que lidar com isso. Por exemplo, quanto menor for o número de pessoas que me perguntam como ele está, melhor eu me sinto. Costumava ser assim na minha antiga escola, onde todo mundo passava o tempo todo falando a respeito. Eu sabia que eles estavam apenas tentando ser legais, mas isso só me irritava.

— A escolha é sua. Mas, mesmo se você não quiser contar ao resto da turma, você sabe que pode conversar comigo a respeito, não é? Se algum dia você estiver se sentindo mal por causa disso — disse a Levi.

— Sim — disse ele. — Sim, eu sei.

Continuamos jogando *videogame* e não voltamos a tocar no assunto. Mas ele ainda disse:

— Elle? Estou feliz por ainda sermos amigos. Mesmo depois de...

— Depois de eu ter usado você para tentar esquecer meu namorado? — Nossos olhares se cruzaram e Levi sorriu. Eu estava *muito* feliz por ele não estar usando aquilo contra mim. — Pelo menos, eu parei de ser alvo de olhares irados das garotas que têm você como *crush*, agora que voltei a namorar com Noah.

Ele pareceu ficar contente demais consigo mesmo quando me ouviu falar sobre as garotas que gostavam dele, mas eu revirei os olhos.

No dia seguinte, na escola, Levi contou ao resto da turma sobre a doença do seu pai. E, exatamente como eu havia previsto, ninguém olhou para ele de um jeito diferente. Só disseram que, se algum dia ele precisasse distrair a cabeça daquilo, nós estaríamos ali para tomar cerveja, comer uma pizza ou o que quer que seja.

— Viu? — falei a Levi, com um ar de superioridade. — Eu te disse.

— E quem é da Corvinal agora? — ele rebateu, com a voz tão esnobe e provocadora que eu tive que rir. — Se pelo menos você conseguisse prever quais serão as perguntas que vão cair na prova de biologia, já seria ótimo.

— Aposto que vai ter uma questão sobre o que são mitocôndrias. — Nossa professora de biologia vinha martelando aquele assunto nas nossas cabeças há alguns meses. Eu jurava que ainda iria saber a definição quando tivesse cinquenta anos.

— Não quer refrescar a minha memória?

Eu revirei os olhos, rindo, e Levi começou a rir também.

Talvez ele poderia ser um rapaz com quem eu namoraria se as coisas tivessem terminado de um jeito diferente entre Noah e eu, ou se Noah não estivesse tão determinado a vir me ver e consertar as coisas. Talvez se o Dia de Ação de Graças tivesse acontecido de um jeito diferente, as coisas também seriam diferentes com Levi.

Mas imagino que não teríamos durado muito tempo como casal.

Eu precisava daquela faísca, daquela paixão que tinha com Noah. Com Levi, ela simplesmente não existia.

Era melhor simplesmente sermos amigos; e eu ficava muito grata por saber que ele parecia pensar o mesmo.

E foi então que pensei: mesmo com as provas finais e a longa espera por uma resposta das faculdades em que eu estava tentando conseguir uma vaga, o resto do ano escolar passaria bem. Eu havia chegado ao fundo do poço. O único caminho possível agora era para cima.

EPÍLOGO

O SOL BRILHAVA SOBRE AS NOSSAS CABEÇAS. HAVIA ATÉ MESMO pássaros cantando em algum lugar. O céu estava azul como os olhos dele e não havia nenhuma nuvem à vista. Eu me sentia mais leve do que me senti nesses últimos meses, como se não soubesse exatamente o tamanho do peso sobre os meus ombros agora.

Lee e eu estávamos com os braços um ao redor do outro, os dois pulando sem parar, fora de sincronia (para variar), com a minha cabeça batendo no queixo e nos ombros dele.

Aquilo doía um pouco, mas eu não me importava. Eu estava delirando. As pessoas estavam gritando, rindo, chorando, tentando falar com todos ao mesmo tempo, com qualquer um que aparecesse.

— CONSEGUIMOS! — gritou uma voz, e Cam se jogou em cima de nós. — Nós conseguimos! Nós vamos para a faculdade!

— Faculdade! — gritou Lee em resposta.

— Faculdade! — gritei também.

— FACULDADE! — gritou Cam outra vez. Havia muitos gritos. E nós não éramos os únicos.

Lee e eu nos soltamos. Cam já havia corrido para outro lado, provavelmente para gritar "FACULDADE!" com outras pessoas. E quando achei que os abraços tinham terminado, Lee colocou um braço ao redor do meu ombro e beijou o alto da minha cabeça com um ruído estalado e exagerado.

— É isso. O início de um verão dourado e glorioso, do tipo que aparece nos filmes *indie* para adolescentes, e depois nós somos jogados no poço sugador de almas que é a faculdade.

— A faculdade não vai sugar *tanto* as nossas almas.

— Como você sabe?

— Bem, como *você* sabe que vai ser assim?

— Você tem razão. Vai ser ótimo. Com certeza vai. — Lee simplesmente riu.

— Não se vanglorie demais. Não quero acabar dividindo o quarto do alojamento com alguma pessoa horrível. E se a minha colega de quarto for alguém igual a você? Ah, Deus, por favor, me faça morrer agora!

Lee riu outra vez; parecia estar delirando tanto quanto eu. Tudo era bonito. Tudo era muito bonito.

Naquele momento, eu me sentia inebriada pela vida, e não queria que aquela sensação terminasse nunca.

Eu fui aceita em Berkeley. Lee também.

Ele não conseguiu entrar na Brown.

Rachel ficou arrasada, mas eu sabia que Lee havia ficado secretamente aliviado. Estudar na Brown seria uma pressão enorme para ele, e ele me disse isso depois da rejeição — embora estivesse decepcionado por estudar em um lugar tão distante de Rachel. Eles dariam um jeito de fazer o relacionamento ir em frente. Se um casal tão turbulento como Noah e eu estava conseguindo, Lee e Rachel, definitivamente, não teriam muitos problemas.

Olhei ao redor, procurando por Noah. Eu o ouvi gritar bem alto quando o meu nome foi chamado — e também quando o nome de Lee foi chamado. (Ele também mandou entregarem balões para mim na escola quando eu recebi os resultados dos meus exames SAT, e eu achei super-romântico.) Eu não o via desde antes de a cerimônia de formatura começar, quando me perdi no meio daquele monte de becas e capelos.

Bem quando eu estava pensando nele, Noah se aproximou de mim por trás, com os braços me envelopando e me virando para ficar de frente para ele, com o toque que faiscava por dentro de mim. Ele me beijou firmemente nos lábios antes de dizer:

— Parabéns, Shelly. Oficialmente formada no ensino médio!

Em seguida, ele ergueu um pouco os olhos e alisou o meu cabelo. Eu havia passado um bom tempo naquela manhã alisando os cabelos até que estivessem perfeitos, mas tinha certeza de que o chapéu da formatura os havia embaraçado.

— Obrigada!

Os últimos seis meses não tinham sido muito fáceis. Não por termos outras discussões e discordâncias, mas porque eu sentia muito a falta dele — e eu sabia o quanto ele sentia a minha também. Ele me surpreendeu com uma visita no Dia dos Namorados para que pudéssemos celebrar a data juntos, trazendo até mesmo um urso de pelúcia gigante vestido com um moletom e um boné de Harvard.

Mas nós conseguimos. Havíamos decidido seguir com o relacionamento a distância e, agora que estávamos aqui com o verão inteiro se estendendo à nossa frente, o sol morno nas minhas bochechas e as pontas dos meus dedos brincando com as pontas do cabelo de Noah e com os lábios dele nos meus, percebi que tudo valeu a pena.

— Está bem, vocês dois, tratem de se desgrudar — disse o meu pai. Eu ouvi June rindo e enfiei a cara no ombro de Noah antes de me virar para os nossos pais. — Venham aqui, nós queremos mais fotos. Não quero que a foto de formatura da minha filha seja somente uma *selfie* no feed do Twitter.

Noah se afastou um pouco e eu ajeitei os cabelos antes de segurar o meu diploma recém-conquistado do ensino médio e sorrir para a câmera. Meu pai mal havia tirado a foto quando um borrão vestido de beca trombou na gente, parando assim que percebeu a câmera, agitando os braços para se equilibrar e quase caindo de cara no chão.

— Desculpem! Desculpem! Eu estraguei a foto?

— Não, não, ela saiu boa — disse o meu pai, verificando a câmera. — Ei, parabéns, Levi.

— Obrigado. — Ele sorriu e se virou para mim.

Quando pensei que ele fosse me dar parabéns, ele abriu a boca e gritou. E não foram nem mesmo palavras. Apenas um longo grito.

E assim, eu gritei de volta. E, logo depois, nós dois estávamos rindo e nos abraçando e ele disse:

— Eu vou visitar você na faculdade no ano que vem. Não me importo em dormir no chão. Vou levar um saco de dormir.

— Acho bom!

Nós trocamos um sorriso. Levi havia começado a trabalhar em uma 7-Eleven, apenas algumas horas por semana, e passou a trabalhar lá por mais tempo agora que as aulas haviam terminado. Ele também tinha um novo emprego em uma confeitaria, com o qual estava bem empolgado, e que iria começar na semana seguinte.

Ele ainda não havia decidido o que queria fazer. Assim, ele disse, iria trabalhar até se resolver. A mãe dele me disse, quando fui até a casa da família para jantar há alguns dias, que esperava que ele mudasse de ideia sobre candidatar-se a uma vaga em alguma faculdade assim como o resto de nós, mas acabou suspirando, resignada.

— Mas eu acho que não posso obrigá-lo a fazer isso.

— Ei, Monroe! Traga essa sua bunda magra para cá! — E nós dois olhamos na direção de um grupo de rapazes que estava esperando para tirar uma foto: o time de beisebol da escola. Levi havia sido aceito no time no início da temporada.

Ele se afastou, passando ao redor das pessoas para sair naquela foto, e em seguida Noah estava ao meu lado, segurando a minha mão. Eu o apanhei olhando para Levi; eles haviam conversado uma ou duas vezes e foram bastante educados, mas sempre havia algo rígido e forçado quando eles estavam juntos. Agora, entretanto, Noah estreitou os olhos ligeiramente. Eu apertei a mão dele e ele voltou a prestar atenção em mim, e a sua expressão começou a relaxar. O sol, atrás da cabeça dele, contornava os seus cabelos escuros com um brilho quase dourado, e os cantos dos seus olhos se enrugavam com o sorriso enorme que tomou conta da sua face quando ele olhou para mim.

Eu envolvi o bíceps dele com a mão que estava livre (afinal, um bíceps *desses*!) e retribuí o sorriso. Antes de conseguir puxá-lo novamente para outro beijo, Lee pulou nas minhas costas, com as mãos nos meus ombros me empurrando para frente enquanto eu recebia o peso do seu corpo, cambaleando para tentar evitar que nós dois caíssemos no chão. Noah estava me segurando para não cair e rindo. Eu sabia que era Lee, mesmo sem precisar olhar; a risada dele na minha orelha revelou quem era.

Os irmãos Flynn começaram a conversar por cima da minha cabeça sobre uma festa à qual iríamos naquela noite para celebrar a formatura, e Lee disse que ouviu um boato sobre estarem montando uma barraca do beijo lá. Eu não estava prestando muita atenção.

Eu me sentia um pouco distante. Como se estivesse sonhando. Meus olhos passaram pelas famílias se abraçando, amigos tirando *selfies* e tentando encaixar todo mundo na foto, pessoas correndo para tentar conversar umas com as outras, caso nunca mais voltassem a ver aquelas pessoas depois do dia de hoje, e meus dois rapazes favoritos no mundo estavam ao meu lado.

O olhar de Levi cruzou com o meu enquanto conversava com os seus pais. Seu pai parecia estar muito melhor ultimamente; seu rosto não estava tão magro, nem a pele tão cinzenta. Vi Dixon conversando com um grupo de pessoas, mas Danny não estava por perto; eles terminaram o namoro em janeiro. Rachel estava chorando, abraçando a mãe. Havia sido aceita na Brown, é claro; foi uma das primeiras admissões. E eu sabia que ela e Lee haviam conversado muito; depois que viram o quanto as coisas foram turbulentas entre Noah e eu, os dois tinham uma noção melhor do trabalho que teriam para manter o relacionamento durante a faculdade.

E o que aconteceria com Noah e comigo?

Nós já havíamos passado pela pior parte. Eu tinha certeza de que seríamos capazes de vencer aquela distância, independentemente do que viesse a seguir. Noah beijou a lateral da minha cabeça e Lee segurou o meu braço, conversando animadamente sobre alguma coisa.

Eu não parava de ouvir as pessoas falarem sobre os anos do ensino médio serem a melhor época da vida — e depois, dizerem que, na realidade, não era. E eu decidi que, se essa não foi a melhor época da minha vida, o resto dela não poderia ser muito melhor do que era agora.

PAPO COM O LEITOR

Queridos leitores,

Estou muito contente por lançar a continuação de *A Barraca do Beijo* depois de todos esses anos. Sei que muitos de vocês estão esperando há um bom tempo, e, para mim, foram vários anos de trabalho duro para conseguir chegar até estas páginas. Alguns de vocês conhecem Elle, Lee e Noah desde a primeira aparição deles no Wattpad, no ano de 2011, e outros foram apresentados a eles pela adaptação feita pela Netflix, em 2018.

Por falar no filme, é absolutamente incrível saber que temos a oportunidade de ver a sequência de *A Barraca do Beijo* na Netflix. E embora ele seja baseado na minha história original e no que vocês leram neste livro, vocês também perceberão algumas diferenças quando o filme for lançado. O que não chega a ser surpreendente; o segundo filme tem que continuar a partir do ponto em que o primeiro acabou, e houve algumas diferenças daquela versão para o primeiro livro também.

Eu adorei o roteiro do segundo filme de *A Barraca do Beijo* e, sinceramente, gostei das mudanças que foram feitas em relação ao livro. Achei que fizeram bastante sentido, e, afinal de contas, é por esse motivo que chamam a obra de "adaptação". Mas também acredito que o segundo filme permanece fiel aos personagens, aos desafios, aos sucessos, aos conflitos e aos relacionamentos de cada um, como vocês também viram neste livro. Espero que vocês todos adorem o filme tanto quanto eu adorei. E, claro, espero que tenham adorado este livro.

Beijos,

Beth

AGRADECIMENTOS

Há muitas pessoas às quais preciso agradecer por este livro. Já faz sete anos que ele vem sendo preparado. O fato de finalmente ter chegado à publicação causa uma sensação muito estranha. Já faz muito tempo desde a primeira vez que me sentei no meu quarto e decidi começar a escrever *A Barraca do Beijo*. E, honestamente, estou muito empolgada por tudo o que ainda há por vir.

Em primeiro lugar, obrigada à minha incrível agente, Clare, por ser tão paciente e solícita durante todo esse processo. Obrigada às minhas editoras, Naomi e Kelsey, por todo o seu esforço em transformar este livro no melhor que ele poderia ser.

Quando eu estava editando uma versão anterior deste texto, em 2017, e sentindo que meus personagens não evoluíam, as pessoas na Cidade do Cabo foram uma inspiração gigantesca. Joey, Joel, Jacob e todos os outros — vocês deram vida aos meus personagens e me ajudaram a seguir em frente quando eu estava me sentindo esgotada. Vince, Andrew e Ed, vocês me deram um gosto renovado pela história. "Obrigada" não está à altura de retribuir o que vocês fizeram por mim, mas... obrigada.

Obrigada às minhas amigas e a todos os nossos bate-papos em grupo, por me animarem quando eu estava tendo uma crise ou enchendo vocês de spam com as últimas novidades sobre mim, porque não podia postar nada no Twitter ainda. Vocês sempre sabem me levantar quando preciso. Assim, obrigada a: Lauren e Jen; Katie e Amy; Emily e Jack e ao meu colega de laboratório, Harrison (um agradecimento especial por todos os memes); e Ellie e Hannah, sem as quais Levi ainda seria Kevin.

A jornada até este ponto foi uma loucura. Desde a ideia da cena no Dia de Ação de Graças até várias rodadas de edição e alteração, passando por um filme inesperadamente popular na Netflix e outras coisas, muitas coisas foram assimiladas neste livro, e a minha família foi uma âncora forte durante todo esse processo. (Especialmente enquanto estava envolvida com dois empregos, algumas mudanças pelo país e outras coisas também.)

Agradecimentos especiais à minha irmã, Kat, porque uma de nós tem que ser a pessoa tranquila da família quando estou aqui, pendurada no meu notebook e no celular. Obrigada por amar meu livro e por me manter centrada.

Obrigada aos meus pais, à minha tia e ao meu tio, e também ao meu avô. (Desculpem-me por receberem as minhas últimas notícias pelo Twitter às vezes. Mas, em minha defesa, geralmente são coisas sobre as quais vocês já sabiam pelo menos um ano antes de eu anunciar.)

Finalmente, obrigada a vocês, meus leitores. Tanto aqueles que só descobriram a história de Elle depois do primeiro filme da Netflix, em maio de 2018, quanto os que estão com ela desde os primeiros capítulos que publiquei no Wattpad, em 2011, o apoio e o carinho de vocês significaram muito para mim; e eu não acho que este livro seria possível sem todos vocês. Sinceramente, vocês mudaram a minha vida.

Primeira edição (julho/2020)
Papel de Capa Cartão 250g
Papel de Miolo Pólen Soft 70g
Tipografias Arnhem e Futura Std
Gráfica Santa Marta